まだ　もっと、もっと

晴美と寂聴のすべて・続

瀬戸内寂聴

集英社文庫

この作品は二〇〇七年十月、集英社より単行本『老春も愉し　続・晴美と寂聴のすべて』として刊行されたものを、文庫化にあたり改題しました。

まえがき

一九九八年十一月発行で、『晴美と寂聴のすべて』という本を、集英社から刊行している。

私の〇歳から七十六歳（数え年なら喜寿）までの全軌跡を、年代順に取りあげた編集で、文章はすべて、私の著作の中から選び出していた。

これが読物としても結構面白く、好評だった。また、私の仕事や行動を調べるのに、とても調法な資料になった。

常に身近に置いて、辞書のように、自分の行跡について調べるのに利用した。編集者たちにも、とても便利がられた。大いに版も重ねた。

ところで、あれから早くも十年近い歳月が流れ、私は今年（二〇〇七年）の誕生日で満八十五歳となってしまった。

ふりかえれば、この十年の歳月の私の生きざまは、我ながら呆《あき》れるばかり多忙多彩で、とても八十代の老婆《ろうば》の行動とは思われない。寸暇の休まる閑《ひま》もなく、私はこの十年、東奔西走して働き通している。およそ老年の優雅な時間などとは無関係に生きてきた。

五十一歳で出家して以来、私のすべてはみ仏にお任せしているので、仕事が多いのも、あちこちを走り廻《まわ》らされるのも、み仏の思召《おぼしめし》によるのだろうと、私は体の許す限り、仕事を引き受けてきた。岩手の天台寺の住職を引き受けたのも、法話で全国走り廻るのも、出家した者としては奉仕だと心得ていた。

前の本では念願の『源氏物語』の現代語訳が仕上がったところで終っている。もう今夜死んでも悔いはないと言っている。

日本橋の髙島屋で、『源氏物語』現代語訳完成記念として「瀬戸内寂聴と『源氏物語』展」というのが開かれて、大成功を収めたところで終っている。

毎日三百冊ほどのサインをつづけて、疲労の極に達しながら、それも回復させると、「白寿まで生きたらどうしよう」

と心配していることばが、この本の結びになっている。

さて、今度の本は、実質的には全くその続きなのだが、題は前の本とまぎらわしいので、『まだ　もっと、もっと』というのにした。

喜寿から八十五歳までの私の軌跡をつぶさにたどることになったが、ゲラが送られてきて、あっ気にとられた。私はこの十年、その前の十年より、更に忙しく走り廻り、仕事も全く減らさず書きに書いているのであった。

人々はそんな私を見て、人間ではない化物でも見るような気味の悪い表情をする。健康とパワーの秘訣《ひけつ》を教えてくれと問われて困ってしまった。「元気という病気です」と答えてごまかしてきたが、自分でも、何かが憑《つ》いているのかと思うほど、いつでもパワー全開であった。

『源氏物語』の大事業で、すっかりひからびていた脳と体が回復すると、私は十年前から念願の『釈迦《しやか》』を書き始めた。苦手の書き下ろしであったが、とにかくこれが最後の小説になるだろうと思った。

それなのに、私はまた『場所』を書き、これで思いがけず野間文芸賞をもらった。

私の老年はますます活気づき華やかさを加えてきた。

七十代の終り頃から、予想もしなかった舞台芸術の仕事がつぎつぎ舞いこんでくるようになった。

源氏物語を題材にした新作能の台本を依頼され、「夢浮橋《ゆめのうきはし》」を書き、梅若六郎（現・玄祥）さんが上演してくれ、思いの外の成功を見た。

引きつづいて歌舞伎《かぶき》の「源氏物語」も台本を書かせてもらった。これも興行的に大成功を収めて、大谷竹次郎《おおたにたけじろう》賞をいただいた。

狂言も書いた。

ついに八十代になって「オペラ」までも書いてしまった。同郷の作曲家三木稔《みきみのる》氏にすすめられたもので、「愛怨《あいえん》」を書き、新国立劇場で上演され、これも予想外の大成功を収めたのであった。

失敗して晩節を汚してはどうすると、周囲からとめられたけれど、私はどの場合も、やってみなければわからないと挑戦した。

人生の行手は、死ぬまで何がおこるかわからないとつくづく思う。

中国には老青春《ラオチンチユン》ということばがあるが、私の老年はまさに青春が再びよみがえったようである。こんな活気にみちた老年があるだろうか。

そして、前の本の最後に七十五歳で文化功労者に選ばれたのに対して、それから九年めの八十四歳で、文化勲章を受章した。

それに先だち、その年の春には、イタリアのノニーノ賞までいただいている。同じ年に二つも文化に貢献したという賞をいただくとは、考えられないことであった。

そして、私は、更に、また小説『秘花』を書きあげた。世阿弥《ぜあみ》の晩年を書いたもので、これを書きあげたら、死んでもいいと思っていたが、まだ私は生きている。しかしこの小説と引きかえに、私は右の目の視力をほとんど奪われた。惜しいとも思わない。片目でどんな小説が書けるかと、私はまたわくわくしてきた。

二〇〇七年八月　京都にて

まだ　もっと、もっと　目次

瀬戸内寂聴アルバム

1998年（平成10）10月、ハワイ大学にて『源氏物語』の特別講義。隣はガイドさん。

2000年（平成12）2月、釈迦の足跡をたずねるインド旅行。

上と同じくインドにて。ガンジス河で沐浴も。

2000年(平成12)10月、
徳島市名誉市民になる。

2001年(平成13)12月、『場所』での
第54回野間文芸賞贈賞式。

2002年(平成14)1月、新作歌舞伎「源氏物語　須磨・明石・京の巻」で第30回大谷竹次郎賞受賞。
明石の入道を演じた市川團十郎(左)さんと光源氏を演じた新之助(現・海老蔵)さんと。写真提供:松竹

2002年（平成14）8月、NHKテレビの仕事で中国へ。天安門広場にて。

2003年（平成15）4月、徳島で「青少年のための寂聴文学教室」を開校。授業中の風景。

2003年（平成15）9月、新作能「虵」の稽古風景。左から武富康之さん、梅若六郎さん、山本東次郎さん、石踊達哉さん、著者、横尾忠則さん。

2004年（平成16）3月、黒船来航150年祭の
講演を行ったサンフランシスコにて。

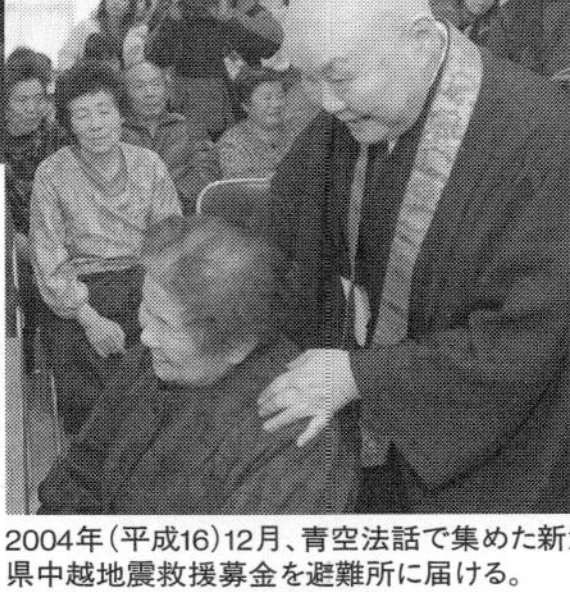

2004年（平成16）12月、青空法話で集めた新潟
県中越地震救援募金を避難所に届ける。

2005年（平成17）4月、フランスでフランソワーズ・サガンの取材。サガンの息子、ドニと。

2005年（平成17）6月、世阿弥の取材で
佐渡へ。はじめてのたらい舟ものりこなす。

上の写真と同じく佐渡で。佐渡の
郷土史研究家の磯部欣三さんと。

2005年（平成17）6月、天台寺の住職退任法要。

2006年（平成18）1月、イタリアで国際ノニーノ賞を受賞。

2006年（平成18）11月3日、文化勲章受章。

2007年（平成19）2月、「瀬戸内寂聴さん　お祝いの会」にて。左から著者、林真理子さん、平野啓一郎さん、井上荒野さん、江國香織さん。

2007年（平成19）6月、佐渡にて小説『秘花』の出版記念パーティー。佐渡郷土芸能「鬼舞つぶろさし」を見る。

まだ もっと、もっと

晴美と寂聴のすべて・続

1997
平成9年
75歳

四月、『つれなかりせばなかなかに』（中央公論社）を刊行。NHK教育テレビ「人間大学」で「源氏物語の女性たち」（全十二回）を放映。六月、『私の京都案内―小説の旅―』（講談社）を刊行。七月、水上《みずかみ》勉《つとむ》との対談集『文章修業』（岩波書店）を刊行。八月、NHK教育テレビ「おしゃれ工房」で「源氏物語の世界――瀬戸内寂聴の〝古典〟を現在に活《い》かす」を放映。十月、宇野千代と『女性作家シリーズ4　宇野千代　瀬戸内寂聴』（角川書店）を刊行。十一月、文化功労者に選ばれる。『孤高の人』（筑摩書房）、『源氏物語の女性たち』（NHK出版）を刊行。十二月、「いよよ華やぐ」を「日本経済新聞」に連載（九八年十二月まで）。対談集『生きた書いた愛した』（新潮社）を刊行。

遠藤周作さんと最後に逢《あ》ったのは、亡くなる一年ほど前であった。その頃から、遠藤さんは入退院をくり返していて、一時は危篤の噂《うわさ》が流されたりしたことがあった。私は心配だし、会いたかったが、遠藤さんの病状の只《ただ》ならぬ様子を聞くと、みだりにお見舞いなどに訪れることも遠慮しなければならないような雰囲気があった。

そのうち遠藤さんが元気になられたと聞き、現に朝日新聞に連載小説を書きだした。ああこれなら大丈夫だと安心して、私はその新聞小説を熱心に読んだ。筆力は緊張していて、文章に気力があり、とても病人の作とは見えなかった。たくさんの資料を必要とする時代小説なので、普通の小説より労力が要《い》る筈《はず》であった。

その小説が終る頃、また遠藤さんの病気の噂を聞いた。今度こそ会いに行こうと思っていると、快方に向かったと聞く。この間を逃してはもう会えないような妙な予感がして、出版社から対談を申しこんでもらった。遠藤さんは快く対談に応じてくれた。

吉行淳之介さんが亡くなって三、四カ月経っていた。吉行さんの亡くなった時、遠藤さんの姿が見えたという噂も聞いていた。

対談は、遠藤さんの負担を出来るだけ少なくするため、遠藤さんのお宅に近い場所を選んだ。

その日、親しい編集者にかかえられるようにしてやってきた遠藤さんの顔を見て、私は声も出なかった。会えば必ず冗談を言い、私を抱腹絶倒させ、私がおかしさの余り涙

を出して笑っていると、ニヤニヤして、

「姉《あね》さま、笑いすぎて、今おもらししただろ？」

などと言う遠藤さんのふざけた表情は影もなかった。遠藤さんと私は一つしか年が違わないのに、三十余年前、はじめて「新潮」の編集者だった田邊孝治さんのお宅で逢った時から、私を「姉さま」と呼び、面喰《めんくら》わせた。私はてっきり遠藤さんは私より七つくらい年下なのだろうと思いこんだほど、それは自然な口調だったのだ。その日、私は遠藤さんから「不眠症の治るレコード」という珍奇なものを押しつけられた。いくら、私は不眠症ではないといっても承知しないで、くれるといってきかないので、もらって帰った。それを聞いてみると、妙なつくり声の男の声が、

「あなたの夜尿症は治ります、あなたの夜尿症は治ります……」

と、ひたすらくり返すものであった。今、これを書いていて、突然ひらめいた。あのレコードは数枚持って来ていたが、あれこそ、遠藤さん自身のつくり声で吹き込んだものではなかったか。

遠藤さんのウソつき病や電話魔の癖は、もう文壇では有名になっていて、すでに狐狸《こり》庵山人《あんさんじん》を名乗っていた頃であった。爾来《じらい》、私と遠藤さんは、義姉弟《ぎきょうだい》の関係を深めてゆき、ずいぶん親しくなった。

つきあいの多くは、遠藤さんの狐狸庵の面で行われた。私たちはよく、一緒に仕事を

した。たとえば毎月、美女を一人ずつ呼び出して、二人で彼女をイビルという座談会などの種類であった。この場合、美女を選ぶ権利は遠藤さんで、私はただ遠藤さんのお相伴をするだけであった。もちろん、お客の美女には目的のイビルことなどは伝えていない。専ら御意見拝聴という立前である。遠藤さん一人だと、相手は緊張するが、私がいっしょなので、あんまりな悪ふざけはしないだろうという安心感を与えるらしい。そういう人の心理を読むのには、遠藤さんは実に達人であった。デビ夫人や春川ますみさんなど記憶に残っている。

私たちは大いに気が合ったが、三十余年にわたる長い歳月の間に、ほとんど文学や、人生について、真面目《まじめ》に話しあったことはなかった。お互いにひどく恥しがりやで、そんなことは照れ臭くて、とても面と向かって口に出来ないのだった。

しかし、私は遠藤さんの狐狸庵ものより、小説の方がずっと好きで、ほとんど目につく限り読んでいた。

さまざまな面白おかしい二人の時間の中で、私には妙に鮮明に記憶に残っている場面がある。

私たち以外誰一人いない京都の法然院《ほうねんいん》の庭である。秋の紅葉の季節だったように思う。私たちは二人で谷崎さんのお墓に詣《まい》り、ゆっくり庭を歩いていた。どうして、そこに二

人で行ったのか、前後のことは思い出せない。遠藤さんが、いつものふざけた声ではなく、ひどく生真面目な声で、

「瀬戸内さん、死ぬの怖《こお》うないか？」

と言った。遠藤さんは背が高いので、私は振り仰ぐような形で、遠藤さんの顔を見上げた。かつがれてはならぬという気持ちからであった。そこに、これまで見たこともないような真剣な遠藤さんの表情があった。

「あんまり怖くない」

「そうか、ぼくは怖い、とても怖い」

「カトリックの信者でも、怖いの」

「うん、信仰と怖さは別や」

　私はそれだけしか覚えていなかったが、遠藤さんの没後送ってもらった交友録を見ると、二つ、私についての文章があって、その中で、遠藤さんは、この法然院での場面を取りあげている。それには、私がその時、夫のもとにおいて来た娘の話をしたとある。

　それを読んで、突然、私は忘れていた様々なその時の会話を思い出した。私は娘を捨てたという罪を、死ぬまでもあの世までも、背負って生きていくであろうこと、娘を捨てて以来、決して自分は実人生で幸福になってはいけないのだと思い決めていること、そんな話をした。もっと誰にも話したことのない話を一杯したようだった。あれは一種

の告解《こっかい》だったのかもしれないと、今にして思う。

遠藤さんも、自分の信仰のこと、お母さまのこと、お父さまのことを、沈んだ口調でたくさん話された。自分で選んだわけでないお仕着せの服のような信仰が辛《つら》いと、いかにも辛そうな口調で言った。


最後に逢った日の遠藤さんは、誰の目にも衰弱が目立っていて、半病人としか見えなかった。新聞の連載小説を書いている人とは見えなかった。

あのいたずらっぽい目の輝きも、明るい笑顔もなく、顔は糊《のり》を張ったように無表情でこわばっていた。声も弱々しく、喋《しゃべ》るのも辛そうに見えた。坐《すわ》るなり、

「吉行が死ぬなんて、考えたこともなかった。おれ、瀬戸内さんが帰られた直後に行ったらしいね。まりちゃんがそう言ってた」

「きれいな死に顔でしたね」

遠藤さんはそれにはうなずいただけで、涙をこらえるようにうつむいてしまった。

半時間ほど、吉行さんの死についてばかり話しつづけた。そのことが言いたくて、その席に来たという感じだった。

人の死について、次々話したが、自分の病気については何一つ話さなかった。私の方も訊《き》けなかった。私は辛く、早くこの対談を終りたいと思った。来てもらったことが、

悪かったという思いで一杯だった。一向に弾まない話なのに、遠藤さんは、時間がきても切り上げようとはせず、雑談をつづけて座を立たなかった。私ははれものに触るような気づかいをしながら、泣きたいのをこらえて、遠藤さんの話に当り障りのない相槌《あいづち》を打つのがせい一杯だった。

その日、帰る遠藤さんを見送って、私は涙がこらえられなかった。あの長身で、文壇の誰よりも脚の長い、タキシイドのよく似合う、カッコいい遠藤さんが、これも背の高いがっちりした編集者に抱きかかえられ、杖《つえ》をつきながら、よろけよろけ、長い石の廊下を歩いて行く後ろ姿を見送るのがたまらなかった。私はこれが見おさめだと思って、合掌していた。余程の無理をして、逢いに出てきてくれたのだと思うと涙があふれた。

いたわり過ぎて、弾まない会話をしたことが悔まれてならなかった。

私は出家する前、誰にも意中を打ちあけたことはなかったが、遠藤さんだけには相談した。その時は、私の気持ちとしては仏教の出家は考えていなくて、何でもいい、何か、人間以外の聖なるものにすがりたいという切望があった。

遠藤さんに電話して、何の説明もなく、カトリックの洗礼を受けるにはどうしたらいいかと訊いた。

「そうか、わかった。神父を一人瀬戸内さんのとこへ行ってもらうよ。ぼくの留学の時からの親友で、立派な奴《やつ》や、パリでもの凄《すご》い行《ぎょう》をしてきた男やで。その神父と、まず聖書読んでみたらどうかな」

なぜそうしたいかとも、一切訊かなかった。お鍋《なべ》や帽子を買うのは、この店がいいよというような、さりげない日常的な雰囲気の口調であった。

やがて井上洋治神父が、中野のわが家に来て下さるようになった。私は井上神父に、聖書を読んでいただいた。

井上神父は、飾り気のないさっぱりした朴訥《ぼくとつ》で誠実な感じの方であった。しばらく通っていただいて、私は遠藤さんに電話した。

「ごめんなさい、私やっぱりカトリック、水が合わんみたい」

「そうか」

遠藤さんの声には何のわだかまりもなかった。

「瀬戸内さんのとこにはもっと、爺《じじ》いの、もの凄いガチガチの神父廻《まわ》したらよかったのかな」

アハハと笑いとばして、それきりだった。私はそれから半年後に、中尊寺で得度《とくど》した。

これは縁のものだと思う。遠藤さん、三浦・曽野《その》夫妻、田中澄江さんたちカトリック作家たちが、心のこもった有難いお手紙を下さり、私の出家を祝福して下さった。同業の女性の作家たちからは、何かと非難の声を聞いた。

遠藤さんは、黒の羽二重《はぶたえ》の衣を贈って下さった。順子夫人は神父さまの許可を得た上で、観音経《かんのんぎょう》を吉野の紙に書いて下さり、御自分で製本して贈って下さった。遠藤さんと順子夫人の名前が並んで書いてあるその経本を、私は押し戴《いただ》いて家宝にしている。

お礼の電話をかけると、

「よかったなあ」

遠藤さんの声は晴々としていた。もちろん井上神父にも御挨拶《ごあいさつ》した。井上神父も、心から祝福して下さった。

その後、高橋たか子さんと大原富枝さんが井上神父によって、カトリックの洗礼を受けた。

出家した翌々年の二月、嵯峨《さが》に建ったばかりの寂庵《じゃくあん》で、私は持仏堂で観音経をあげている最中、クモ膜下出血をした。手術は辛うじてまぬかれたが、左半身がしびれ、言葉も無理に押し出すようにしないと出なかった。

出家して、お経をあげていて、仏さまに頭をどやされるなど、実にみっともない話だと思い、私は外部にはひたかくしにして、静養していた。一年がすぎ、玄米菜食療法が効いたのか、外の何かが効いたのか、私はほとんど全快に近い状態に快復していた。

年が明けてすぐ、遠藤さんから電話をもらった。私が病気したと風の便りに聞いたので、遠藤さんと司馬遼太郎《しばりようたろう》さんの両御夫妻で、私を励ます会をしてあげるから一緒に御飯を食べようという結構な話であった。

自分ひとりで隠しているつもりで、私の病気は編集者仲間にはどうやら知れ渡っていたらしい。

私は喜んで「千花《ちはな》」という、美味《おい》しいことと値の高いことで有名な小さな料亭へ出かけていった。

毎年、遠藤夫妻と、司馬夫妻は暮から正月を京都のホテルで過す習慣になっていて、それを愉《たの》しみにしていられたということを私は知らなかった。

その時の四人の方々のやさしいおもてなしは生涯忘れないだろう。

遠藤さんも司馬さんも、

「せっかく出家したんだもの。元気になって、うんと仕事しなくちゃあね」

といって、慰めてくれた。比叡山《ひえいざん》の横川《よかわ》の修行について色々訊いてくれたりした。玄米菜食で一年以上になる私は、この日はじめて解禁のお酒が骨にしみるようで、千花の料理も、一人で来た時よりずっと美味しかった。

司馬さんは新聞記者時代、宗教欄を受け持っていて、お寺廻りをしていたとかで、お寺の内実について、私の知らないことをたくさん教えてくれた。

遠藤さんは井上神父のパリの修道院での荒行が比叡山の行の比ではないすさまじいも

のだった話などを聞かせてくれた。

二人の夫人は、始終にこにこして言葉をさしはさまなかった。

その日を境に、私はめきめき体調が良くなり、半年後には、全くそんな病気をしたことが嘘《うそ》だったように全快していた。

それも二十年前のことになる。

あの時、私を励まして下さった二人が二人とも、今年（九六年）故人になってしまい、私はそのお葬式に参列しなければならなかった。

司馬さんの時も遠藤さんの時も、告別式にはファンたちの参列者が三千人とか四千人とか列《なら》んでいた。

遠藤さんのお葬式は井上神父が司《つかさど》っていた。

二十余年ぶりに見る井上神父は堂々と年を召していて、重々しい神父に見えた。私はこの日、遠藤さんから出家のお祝いに贈られた黒の衣を着て出席し、讃美歌を参列者と一緒に歌った。隣には遠藤さんを畏敬《いけい》していた梅原猛《うめはらたけし》さんが並んでいた。

遺影は元気な時の美しいもので、いきいきした表情がこよなくなつかしかった。

順子夫人は長い看護生活に、ほっそりして一廻り小さくなったように見えたが、表情は落ち着き、どこかすがすがしい感じがした。

私は外に出る時、順子夫人の前で挨拶のため立ち止り、衣の両袖《りょうそで》を拡《ひろ》げて言った。

「これがあの時いただいた衣です」

順子夫人は私の言葉の意味をすぐ了解して、にっこり笑顔を見せてうなずいて下さった。

年々に、みんなみんな懐しい人々が去って行く。

この世よりもあの世の方に逢いたい人が揃《そろ》っている。

二十一世紀など見たいと思わない。前よりいっそう私は死ぬのが怖くない。思えば、出家とは生きながら死ぬことであった。私の魂はすでに、あの世とこの世を、自在に往来しているもののようである。

淋《さび》しくなったら、彼等《かれら》の書き遺《のこ》した本を読みかえす。この頃ほど、精力的に遠藤さんの小説を読みかえしている時はない。

はじめから終りまで、遠藤さんはひたすら神についてしか書いていない。最後になるほど遠藤さんの神は、仏教の阿弥陀仏《あみだぶつ》に重なってくる。

『沈黙』と『深い河』を、お棺に入れたということを洩《も》れ聞いた。生涯、ただ一つのことを精魂こめて書き通し、それが布教につながった遠藤さんは、稀《まれ》なる幸福な作家ではなかっただろうか。

（「幸福な生と死　遠藤周作さんのこと」97・1）

最後に埴谷雄高《はにやゆたか》さんにお逢いしたのは一九九五年十一月三十日だった。その日、私は何の予約もなしに、いきなり埴谷さんの吉祥寺《きちじょうじ》のお宅に伺った。埴谷さんの体調が非常に悪く、あの明断そのものの埴谷さんの頭が、時々曇るようだという噂を聞いていたから心配だった。まだはっきりしている埴谷さんに逢って、少しでも話したいと思った。吉祥寺の駅前で、埴谷さんが大好きで、毎日でも食べている鰻《うなぎ》を需《もと》めて行った。どこか大正時代の俤《おもかげ》が残っている路地を入ると埴谷さんの家がある。生垣の多いそのせまい路地が、私ははじめて埴谷家を訪れた時からなつかしく好きであった。

玄関の戸を開けると鍵《かぎ》がかかってなく、すぐ開いた。

声をかけたが返事がないので、私は一緒だった編集者の芳賀《はが》さんと、東京での私の秘書役をしてくれている親類の娘と三人で、勝手知った家の奥へ侵入していった。玄関のすぐ右手に応接間があり、玄関から廊下が奥へのびていて、左手に寝室があり、右手の奥に茶の間と台所がある。開けっぱなしの寝室に姿は見えず、茶の間を覗《のぞ》くと、台所に背を向けこたつに膝《ひざ》を入れ、和服姿の埴谷さんが独り端然と坐っていた。すっと背をのばしまるで坐禅《ざぜん》でもしているようなすっきりした姿であった。

「今日は、瀬戸内です。突然伺ってすみません」

私が思わず弾んだ声で云《い》うと、埴谷さんは「おう」と、夢から覚めたような表情になって私の方を見た。きれいに髭《ひげ》を剃《そ》り、つやつやした琥珀色《こはくいろ》の頬《ほお》をして、あの端整な美しい顔がひどく若がえって見えた。まるでこれから客を迎えるようにそのせまい部屋は、今まで見た中で一番きれいに片づいていた。声はいつものはりのあるちょっと高い声で、病人の声ではなかった。私は埴谷さんのすぐ右横のこたつの前に坐っていた。

「いやあ、この頃はボケてしまってね、時々頭が霞《かす》んでしまって何でも記憶の網から落ちこぼれてしまう。ところが、切れかけた電球の線がどうかした拍子に、風でも吹くと、ぴたっとくっつく時があるでしょ、するとぱっと明るくなる。それもつかの間でまたすぐ切れる。するとアウトですよ、あなた、これが老衰というものです」

たとえ話が蠟燭《ろうそく》でなく、電球なのが埴谷さんらしいと思った。

「それに目が見えなくなった。もう本が読めない」

それが苦痛とも淋しいともいう表情でなく、淡々とした声だった。切れ長の色っぽい目は澄んでいて見えないというのが信じられないくらいだ。

「耳も遠くなったかな、しかし、あなたの声はよく透るから気持ちがいい。しかし残念だなあ、瀬戸内さんの顔がもうわからない」

私はいきなり埴谷さんの右手をとって掌《て》を私の頰に押し当てた。

「あたしですよ。ほら」

「ああ、これはたしかに瀬戸内さんだ。すべすべして柔かい。芳賀くんの髭面とはちがう、あっちは触りたくない。ああ、いい手触りだなあ」

私はそれまで埴谷さんと握手したこともなかったのに、何ということをしてしまった

のか。一度手を離した埴谷さんは、

「もう一度触りたいな、いいですか」

「どうぞ」

埴谷さんの掌の方がもっとすべすべして柔かく、女の手のようだった。ああ、この人は八十数年も生きて、箸《はし》とペンくらいしか持ったことがないのだなと妙に感心した。

「今日はこれで、切れていた電球の線がしっかりくっついた」

と笑って、埴谷さんの声はますます高くなった。埴谷さんは顔もいいが、実にいい声をしている。井上光晴さんの葬儀の日に、みんなで新宿のバー「プーさん」にくり出して、この方が井上さんの供養になると不謹慎にわいわい騒ぎながら呑《の》んだ時、編集者が次々カラオケで歌うのを聞いて、

「ぼくはカラオケなんて機械の助けは借りない。聞きなさい。これが歌というものだ」

と、やおら立ち上り、胸を張って朗々と歌いだした。

「どこからわたしゃ来たのやら
いつまたどこへ行くのやら
咲いてはしぼむ花じゃやら
群れては遊ぶ鳥じゃやら……」

それがハウプトマンの「沈鐘」だということを大正生まれの私以外、その場の誰も知

らなかった。ああ、埴谷さんの小説の原点はこれなのかと、私は納得したものだ。

この日、私はまたとんでもないことを言ってしまった。「もう早くあっちの世界へ行きたいでしょう。だってこの世よりあっちに、もうみんないい人たちがいるし……百合《ゆり》子《こ》さんだっているし」

埴谷さんはとても上機嫌だった。

「おお、百合子さんがいるぞ、ぼくは今度あっちで会ったら百合子さんの手をしっかり握って、もう絶対離さないからな」

「泰淳《たいじゅん》が怒りますよ」

「何をいうかあなた、地獄に所有権なんかないんだぞって、泰淳に云ってやる」

埴谷さんは武田百合子さんをとても好きだった。引導を渡しに来たみたいと私は心の中でおわびをしながら、また、口をすべらしていた。

「向うではみんなで歓迎会ですね」

「そうだ無限歓迎会、あなた、ゆっくり来なさい、それこそ大無限歓迎会をやろう。待ってるけどゆっくりね。そして最後の歓迎会」

「『沈鐘』を歓迎に歌って下さいね」

その晩、埴谷さんは四十度近い高熱を出されたと洩れ聞いて、私は青くなった、でもそれから一年三カ月、埴谷さんは生きつづけてくれた。

（「最後に逢った日」97・4）

木山捷平《きやましょうへい》さんとの最初の出逢いがいつだったか、どういう形だったか、どうしても思いだせない。

気がついたら、私たちはすっかり仲よしになっていた。このエッセイの中で私は木山さんと呼び木山氏とは書いていない。木山さんは、氏も、様も似合わなくて、誰もが親しそうにさんづけで呼んでいた。しかしその頃、たぶん昭和三十八、九年の頃、私は木山さんを面とむかっても陰でも木山先生と呼んでいた。

木山さんは私が先生と呼ぶと照れ臭そうな目でちらっと横目で睨《にら》むようにしたが、そんな呼び方はよせとは、一度も云われなかった。

実際、木山さんは私の先生であった。何の先生かというと俳句の先生である。親しくなりはじめの頃、木山さんは文壇句会というのに誘ってくれた。何にでも好奇心の強い私は、喜んでついて行った。それまで私は文壇にそういう会があることも知らず、まして俳句など小学校以来作ったこともなかった。

私は飄々《ひょうひょう》とした木山さんの風貌《ふうぼう》が大好きで、二人並んで歩くのも大好きだったけれど、当時有髪《うはつ》で、年より派手な着物を着たがる私とつれ立って歩くのは、とても迷惑そうで、いつでも少し離れて歩きたがる。私はおかまいなしにぴたりとくっついて歩く。この場合も木山さんは、そんなにくっつくなとも、尾《つ》いてくるなとも一言も云われなかった。

さて句会に行って驚いた。赤坂の山王《さんのう》さんの山にある有名な鰻屋「山の茶屋」の大広間が会場で、そこに集まっていたのは、まさに文壇の錚々《そうそう》たるお歴々総出という盛観であった。名前だけでお会いしたこともない、でも写真で顔は知っているような人々がすでに机に向かっており、何と私たち二人は、どうやら最後の入場者のようであった。従って一番入口に近い端っこの机に並んで坐った。

宗匠は、久保田万太郎氏である。私は『田村俊子《たむらとしこ》』の中で、俊子と万太郎氏の上海《シャンハイ》での再会の場面をまるで見て来たように書いているが、御本人にお会いするのははじめてで、わくわく興奮した。

やがて句会がはじまり、新顔は自己紹介というのがあるしきたりらしく、私にそれが廻ってきた。私は緊張して、すっくと立ち上がり、

「私は木山捷平先生の弟子の新参者です。瀬戸内晴美です。よろしくお願いいたします」

と言って坐った。なぜかびっくりするような拍手と、どよめきとはいかないが、何やらおかしげな、笑いのさざ波がわきおこった。

横を見ると、わが師匠は深くうなだれて、身も世もないように恥じ入っているではないか。

考えてみれば江國さんとのつきあいは三十五年も昔にさかのぼる。はじめて「週刊新潮」に「女徳」を連載した時の係が江國さんだった。私は目白台アパートに移ったばかりで、一九六二年（昭和三十七）十月であった。江國さんはまだ入社後、そう経っていない新米編集者の筈だったが、風貌も物腰も、老成していて、大ベテランのようであった。はじめ私は脅《おび》えていたが、ある時、私より一廻り若いと知って、急に安堵《あんど》し、我ままになって、すっかり親友のようになってしまった。

その後、また「女優」の連載で江國さんの世話になった。この時はモデルが嵯峨三智《さがみち》子《こ》さんだったので、今、嵯峨さんが帰ったばかりだと、電話で告げると、江國さんは、「瀬戸内さん、その嵯峨三智子の坐ったソファの後に、誰も坐らせないで下さい。ハンカチかけておいて下さい。僕がすぐ行って坐りますからね」と言う。冗談かと思ったら、本当にすぐやってきて、満足そうに女優の坐ったお尻のあとを撫《な》でて、そこに腰を下ろし、泰然と反りかえった。

私はそんな、風貌に似ずユーモアのある江國さんが大好きになった。「新潮」では田邊孝治さんが係で、この人は厳しい編集者だが、講談に凝っていた。江國さんは落語に凝っていた。私は二人のおかげで、この世界のことも少しは教えてもらって愉しみが増えた。

「女優」の連載中、長女、香織さんが生まれた。結婚して子宝に恵まれることの遅かった江國さんに、私は京都に夫婦で手をつないでその石をまたげば子供が授かるという子生まれの石というのがあると聞きこみ、早く実行するようにと教えた。そんなバカなと、江國さんは私を嘲笑《ちょうしょう》していたが、なぜか、その後、二カ月もたたず、江國夫人が懐妊したと、消え入らんばかりの表情で報告した。今でも私は、二人で石をまたいできたのではないかと疑っている。その香織ちゃんの書いた童話を読んだ時、私はその才能の見事さに感動して、すぐ電話で、

「娘の方が親より大器だ、これは大物になる」

と断言した。江國さんは口では怒ったが、とても嬉《うれ》しそうだった。私の予言は見事適中して、香織さんはほんとうに小説家として順調な成長をとげ、文学賞も次々とり、今やベストセラー作家となっている。

　カードマジック、絵画、俳句と、江國さんの多趣味はすべてかい撫でではなく、どれもプロ級である。特にカードマジックの才能に至っては、何度見せられても鬼神ではないかと恐れ入って尊敬してしまう。私の驚く顔が見たいのか、江國さんはよくカードを切って、私を慰めてくれた。

　俳句は私は一応束脩《そくしゅう》も納めて弟子入りをしたのだが、二回しか見てくれなかった。弟子の才能を見限ったのであろう。

　私は出家して以来、あの世を信じているので、親しい人が死ねば、ひとり号泣するけ

れど、その後は、あの世に魂を解き放たれた死者を羨《うらや》む気持ちの方が強くなり、いいな、羨ましいな、今頃、誰と喋ってるだろう、誰と呑んでるだろうなどと想像して、いつまでも取り残されている自分が惨めったらしく見えてきてならないのだ。

江國さんのお葬式、告別式は千日谷会堂で行われ、私は生まれてはじめて葬儀委員長というのを務めた。また一廻り小さくなった勢津子夫人と病院へのお見舞い以来お逢いし、切なくてたまらなかった。この優しく、辛抱強く、行き届いた夫人あってこそ、江國さんは人生を存分に愉しめ、また堪え難い闘病の苦痛にも、半年も耐え抜かれたのである。

勢津子夫人から手渡された骨壺《こつつぼ》の箱の意外な重さにどきっとした。

「ほら、最後にびっくりさせてやりましたよ」

江國さんの笑っている遺影がそういって私を見下ろしているようであった。

生き長らえるということは、愛する人々の死を見送る辛さを劫罰《ごうばつ》として受けることのようである。師匠の句の真似《まね》をして弔句ひとつ。

あの人があの人がガン死夏終る

（「はじめての葬儀委員長」97・10）

1998
平成10年
76歳

一月、歌会始《うたかいはじめ》を陪聴。『寂聴おしゃべり草子』（中央公論社）を刊行。三月、『寂聴ほとけ径《みち》』（マガジンハウス）を刊行。『寂聴　あおぞら説法』（光文社）を刊行。NHK放送文化賞受賞。四月、瀬戸内寂聴現代語訳『源氏物語』第十巻（講談社）刊行（全巻完結）。「瀬戸内寂聴と『源氏物語』展」東京日本橋高島屋にて開催。五月、自伝「花ひらく足あと」を「徳島新聞」に連載開始（二〇〇〇年十二月まで）。郷里・徳島そごうにて「瀬戸内寂聴と『源氏物語』展」を開催。ウィーン、ヴェニスへ「ローバの休日」旅行。六月、荒《あら》木《き》経惟《のぶよし》と「寂聴×アラーキー　フォトーク」を「週刊新潮」に連載開始（九八年七月九日号〜二〇〇〇年八月十日号まで）。七月、「あした見る夢」を「朝日新聞」（日曜版）に連載開始（九九年六月まで）。九月、札幌《さっぽろ》そごう、静岡松坂屋にて「瀬戸内寂聴と『源氏物語』展」を開催。十月、ハワイ大学にて『源氏物語』

の特別講義。「源氏物語の脇役《わきやく》たち」を「図書」に連載（九九年十二月まで）。広島三越にて「瀬戸内寂聴と『源氏物語』展」を開催。十一月、一橋大学にて『源氏物語』の特別講義。なんば髙島屋にて「瀬戸内寂聴と『源氏物語』展」を開催。『晴美と寂聴のすべて』（集英社）を刊行。

人命は地球より重いと言われた時代があったけれど、昨今の人の命のもろさや危険度を考えると、風船より軽くなったような感じがする。

いつどこで交通事故に遭うか、テロの犠牲になるかわからない。得体の知れないヴィールスにはうようよ取りまかれているし、地震の起こる危険度は更に確実だといわれている。

一方、日本人の寿命はやたら長くなってきて、これも喜ばしいというより、困った現象の方が多い。

『源氏物語』の書かれた千年前の日本では、人の寿命は実に短かった。小説の中とは言え、女たちは実に短命であった。夕顔など十九歳で死んでいるし、桐壺《きりつぼ》もおそらく二十代。葵《あおい》の上は二十六、藤壺《ふじつぼ》は三十七、宇治の大君《おおいぎみ》も二十六の若さで死んでいる。主人公の光源氏も五十四、五歳で死んでいる。

作者の紫式部《むらさきしきぶ》だって、どうやら五十を待たずに死んでいるようだ。

人の寿命がかくも短い時代に書かれた『源氏物語』の後世への強烈で息の長い影響を思う時、人の命と、人によって書かれる小説の重さということを考えずにはいられなかった。

病気はものの怪《け》のせいと考えて、加持祈禱《かじきとう》に頼り、医者も薬も、あまり用いなかった千年前の時代では、人命のはかなさ、軽さは文字通り、草の露のようなものであった。だからこそ、来世に望みをかける想いは強く烈《はげ》しいものがあったであろう。

そんな時代にあの大長篇《だいちょうへん》小説を手がけた紫式部は、書きながら、自分の作品が、自分の死後千年以上も読まれることなど期待していただろうか。

紫式部より五十年ほど早く私小説の原点のような『蜻蛉日記《かげろう》』を書き残した道綱の母は、一夫多妻の制度の中で、夫の愛を独占出来ない自分のこの苦しさを、後世の人に伝えたいという切実な思いを書き残している。当時古物語と呼ばれた小説があったにせよ、印刷術のない時代の小説の普及など知れたものであったし、読者の数も極《ご》く限られていた。

そうした条件の中でも、書かずにいられなかった彼女たちの創作への思いの強さや、情熱や、書かずにいられない持って生まれた才能の高さを思う時、背筋の冷えるような、一種の恐ろしさを覚えずにはいられない。

私などはもともと人間が下品《げぼん》と生まれついているので、自分の才能など謙虚にかえりみる閑《ひま》もなく、怖いもの知らずの蛮勇で、しゃにむに書きに書いてきたが、そのはじめから、自分が子供の頃から親しみ、限りなく啓蒙《けいもう》され、感動させられた小説が集められている文学全集なるものに、一篇でも入れてもらえる作家になりたいと憧《あこが》れていた。

文庫に入ることも憧れだった。最初、角川文庫に入った時は飛び上がって喜んだ。こっけいなのは、出版社の手帖《てちょう》の後ろに載る作家や画家の名簿の中に入ることさえ、嬉《うれ》しがったことだ。

文芸雑誌の金の入った表紙の一月号の目次に、自分の小説の題と名前が載った時の晴れがましさ、嬉しさは、子供がクリスマスプレゼントとお年玉を一緒にもらったように心が弾んでならなかった。

流行作家と呼ばれた時期、新聞広告に自分の小説が柱になって白ぬきで出た時など、そこをおでこに張って町を歩きたいくらいだった。

そして、もう何が何でも、自分の小説が文学全集に入ることを望んでいた。はじめて新潮の文学全集に入れてもらえた時、まさに天にものぼる気持ちだった。新潮社は永遠であり、その赤い箱に入った文学全集は地球が亡びるまで残ると信じて疑わなかった。

まさか四十年小説を書きつづけ、それだけで食べてきて喜寿を迎えた私が、そんな阿《あ》呆《ほ》なことを考えつづけているわけではない。しかし、やっぱり自分の小説が読まれ、ほめられるくらい、生きているこの世で嬉しいことはない。

出家をして二十五年にもなるくせに、他の欲は何もなくなったが、小説だけは書きたいし、書いた以上はほめられたい。

私は長く書き、多く書いたわりには、文壇では不当な扱いをうけていると、内心むくれかえっていた。みっともないので、つとめて外見はそんなことに気もないふりを装っていたが、いつまでたっても、芸術院会員にもしてもらえないことを、実は深く恨んでいたのだ。

今度思いがけなく、それをとびこして、いきなり文化功労者にしてやるとお達しが電話であった時、私は、

「でも私は芸術院会員にもなっていないのですから、そんなものは順序をふまないといただけないのではないでしょうか」

など、阿呆な質問を大真面目《おおまじめ》でしたものである。あちらは笑って、そんなことは問題ないと言われた。何となく、インドでインド人から「ノープロブレム」と言われたような感じがして気が軽くなった。

自分の書きに書いてきた小説の死骸《しがい》の山が目に浮かんだ。不出来な子供ほど親は可愛いといわれているが、私にとっては、どんな不出来揃《ぞろ》いであろうと、やはり自分の胎《はら》を痛めて生んだ小説ほどいとしいものはない。

私はたいしてむくいてやれなかったその骸骨の頭をひとつひとつ撫《な》でてやりたいような気になった。

その時、私は自分の命の重さより、自分の生んだ小説の重さを実感として掌《て》に感じとっていた。

「自分の書いた小説など何も残らないだろう。『放浪記』だけは、いつの時代でも、貧しく苦しい青春を送る娘はあるだろうから、そういう人たちが読んでくれるかもしれない」

といったのは林芙美子《はやしふみこ》であった。

「小説家はね、生きてる時だけですよ。死ねばたちまち忘れ去られます。だから、私は生きている間に、何でも賞はみんなほしいのよ」

そう私に言われて涼しげな笑顔を見せられたのは円地文子《えんちふみこ》さんであった。

彼女たちの恐ろしい予言の適中を見て、今更私は脅《おび》えたりはしない。私自身もいつ頃からか、そう思うようになっていたからだ。

しかし、中にはごくごく稀《まれ》に、『源氏物語』のような、紫式部のような例もあるのである。

現実の歴史より、虚構の小説の方が真実だといい放った紫式部は、あの当時すでに人の命の重さより、小説の重さの方を認識していたのかもしれない。

読者は小説家を選ぶことが出来るが、小説家は読者を選ぶことは出来ない。しかし紫式部は当時、最高の読者を、スポンサーの道長によって選んでもらうという幸福な作家だった。

一条天皇という最高の文化人で文学の分かる人物が読者代表であり、紫式部はその人と、自分の愛人でもあり、パトロンでもある道長の二人に読まれたく、ほめられたくて、あの大長篇を書きつぐ情熱を保ったのであった。

（「小説の重さ」98・1）

まるで大波にさらわれるように、ここ二、三年、文学仲間の人々があの世に逝《い》ってしまう。いつの訃報《ふほう》も、馴《な》れることのない驚きと悲しみに打たれる。中でも私にとっては中村真一郎氏の急逝の報は、思わず声をあげずにはいられない驚きと悲しみであった。

そのつい数日前に、日本経済新聞の随筆欄で、氏が御尊父のことを書かれた文章を拝読したばかりであったからだ。その随筆は、いつもの中村さんとはどこかちがった風情《ふぜい》があって、云《い》うなれば、たいそう素直で初々しい文章で、お偉い実業家だったらしい御尊父のことを誇らかに、そしてこよなくなつかしまれていたのだった。

その時も、近いうちに早く会わなければと私は思った。自分もいつのまにか喜寿とかを迎えてしまい、私はつとめて自分よりも御老齢の尊敬する作家の方々と、お会いして、様々な御感想や想い出話を伺うのを愉《たの》しみにしていた。

この次は中村さんだと心のうちに思い、そういうチャンスを作ってくれるように編集者にも頼んであったのである。

『王朝物語　小説の未来に向けて』という、サブタイトルのついたすばらしい中村さんの著書（潮出版社）がある。序章「二十一世紀小説の可能性」というところを読んだだけでも、このお仕事にかけた中村さんの意気込みと自信のほどがうかがわれる名著である。どの頁《ページ》をあけて読んでも面白い。

「二十世紀も終りに近い最近の、小説という文学形式の世界的な衰退には目を覆うものがある」という書き出しではじまった序章だけでも、およそ小説を書こうとしているすべての若い人に読んでほしいと思う。この中にあげられた中村さんの少年時代から親しまれた世界の小説の題名や作者名は、私にはすべてなつかしいものであり、少女時代から私を酔わせてくれたものたちであった。

つまり、私は中村さんとあまり年の差のない大正生まれで、同じ文学的遺産によって魂を養われ、文学を好きになった者どうしなのであった。

もちろん、私はそれら十九世紀の外国小説をすべて翻訳で読み、中村さんは原文で読むという大変な差はあったけれど。

　自分も小説家になり、中村さんをその道の先輩として親しくお会いするようになってから、私は積極的に中村さんのお書きになったものを読み、その教養の深さに仰天してしまった。その博識ぶりは古今東西和漢洋に及び、博学さは極限を知らなかった。評論、エッセイ、小説と何でもこなされたが、私は評論やエッセイに教えられるところが多く、何を読んでも、とても得をしたような気分になった。

　とにかく偉い人なのだと思っているのに、現実に文学者のパーティーや、人の授賞式などで、年に二、三回お会いしたり、演劇会のロビーや、ホテルのロビーでひょっこりお会いする度、中村さんは人なつこい目つきで近々と顔を寄せ、パイプをくゆらせながら、ひそひそ内緒話をして下さるのであった。

　その話はほとんどが最近の御自分の色事の収穫であった。私はその度いつでも身を乗り出すように聞いた。私たちの仲間の中には、その話を信用していず、ホラだという人が多かったが、私はそんな話をする時の中村さんの若々しくなる目の光と、微に入り細をうがった描写が面白くて、心からなる拝聴者であったのだ。たいていの場合、その情事のお相手は天下に名のひびいた美人の高名な女優だった。

　最後に聞かされたのは木の実ナナさんがいかに中村さんを敬愛し、自分のマンションに招くかという話であった。そんな時、夫人はちょっと離れた場所から「どうぞ、どうぞ」という表情で笑っていられる。

ある時はまた、パリでネクタイを買いに入ったら、店員頭のような人が出て来て、こんなにこれが似合う方はいないといって、ワイシャツから、スーツから、ハンカチまで揃えて、みんな買わされたと言い、そのすべてを身につけていて、三十も若い人の着るようなもので、輝いていられたりした。

私はそんな話をする時、中村さんは小説を作っているのだと思い、愉しかった。私が喜んでいるのが伝わるので、中村さんの「作り話」はますます、その場で手が込んでくるのであった。

もうあの愉しい作り話が聞かれなくなったのかとがっかりしていたら、未発表のすばらしい小説があると耳にはさみ、無理にゲラを見せてもらった。「老木に花の」という題の王朝物語として書かれた中村さんのすべて虚構の小説で、読みはじめてすぐ「待ってましたァ」と、声をかけたくなる面白さである。

知られざる王朝物語を、現代語に訳したという序文までつけた手の込んだものである。プルーストや『源氏物語』ばりのセンテンスの長い長い文章でありながら、すんなり頭に入る仕組になっている。

「私自身の願望のある秘密に触れ、私自身の『私小説』とも感じられる部分をも含む。主人公は、私と同年の八十歳」と序文にある。

惜しいことにこれは未完に終った。それでも三分の二は書き上がっている。この無類に面白い小説を読み終ってから、中村さんと対談させていただきたかったと、今更ながら口惜《くや》しい。

しかしまた、あの世で、この終りの部分を見せてもらい、もっと秘めたる色事の打ちあけ話を聞く愉しみも増してきた。

中村さん、どうか続きを書いていて下さい。

（「もう一度会いたかったのに」98・3）

『源氏物語』の現代語訳がついに終った。

準備に五年、訳にとりかかってから足かけ六年の長い歳月であった。

版元の講談社は完成前に、私が死ぬのではないかと、最後まで、完成に対して半信半疑であったようだ。

途中、三度ほど血圧が二百二十まで上って、あわや、という時があったが、何とか乗り越えた。

文字通り、神仏の御加護というほかない。

与謝野晶子《よさのあきこ》、谷崎潤一郎、円地文子という、天才、文豪の御歴々《おれきれき》が、すでに立派な訳を完成されている後に、今更私如《ごと》きがという迷いがずいぶんあった。しかし円地源氏が完成してからすでに二十五年が過ぎており、その間にわが国の国語教育は、情けないほ

して私もPRにこれつとめた。しかし何と言っても、『源氏物語』そのものが傑作であり、天下一面白い小説であるということが最高の力である。こんな素晴らしい『源氏物語』を訳し終えた今、もう私は今夜死んでもいいと思っている。

（「源氏物語訳を終えて」98・6）

釈迦のことをブッダと日本人が呼んだり、書いたりするようになったのは最近のことではないだろうか。私のような大正生まれの人間は、今でもお釈迦さんとか釈尊《しやくそん》とか呼んだほうがしっくりする。

それでも二十五年前出家して仏弟子となってからは、外国へ行く度、「私はブッディストである」と自己紹介することが多くなったので、ブッダという言葉が否応《いやおう》なく身についてきた。

ブッダとはインドの古代語サンスクリットで、覚者という意味である。覚者とは真理に目覚めた者、悟りを開いた者という意味で、本来は釈迦ひとりを指したわけではなかった。悟りを開いた者はすべてブッダで、Aブッダ、Zブッダがいてもいいので、釈迦の在世の二千五百年前には、インドにはブッダがたくさん存在した。数多くのブッダの中で、釈迦、即ちゴータマが一番秀でたブッダであり、それを誰もが認めたから、ゴータマブッダがブッダの代表のようになった。花は多くても、日本では花といえばさくらといい、山は多くても、山といえば富士山というような例である。

私の生家は浄土真宗だったが、私が小学校の時、父が従姉妹《いとこ》の養子になり瀬戸内家を継いだ。瀬戸内家は真言宗だった。ところが私の祖母になった瀬戸内イトは、夫と共に明治のクリスチャン（新教）になったので、お墓には十字架と讃美歌が刻まれている。そうして私の父の仕事は神仏具商なのである。

祖母イトは、父を養子に決めた時、キリスト教と神仏具商では具合が悪いのではないかと父が言うと、「どっちも大いなるものを拝むのやからかまへん」と言ったという。

この祖母は、私がキリスト教の精神をモットーにした東京女子大学に入学した時、誰よりも喜んでくれた。夫と一人息子に早く死に別れたイトは、須磨《すま》にずっと独り住み、最期《さいご》の病気になって、瀬戸内神仏具商の二階に来た。臨終には神戸の教会から、牧師さまはじめ十人ほどのクリスチャンが来て下さったが、祖母がなかなか死なないので、一週間ほども、わが家の二階に滞在された。祖母は最も信頼する好きな師や友に讃美歌を唱《うた》われ、大往生をとげた。

祖母も彼らも「死は神のみ許《もと》に召されるのだからおめでたい」と言ったのが、小学生の私の印象に強く残っている。

五十一歳で私が出家した時、実はキリスト教でも仏教でも私にとってはよかったのである。遠藤周作さんに相談してカトリックの洗礼を受けようかと思ったくらいである。結局、私は今東光《こんとうこう》師の弟子としていただき、釈尊の仏弟子となった。今師が天台宗の大僧正《だいそうじょう》だったので、私も天台宗の法嗣《ほっし》となったわけである。

この時、あちこちの寺へ行って出家させてほしいと頼んだがすぐには許可されなかった。おかげで日本の仏教界の各名刹《めいさつ》を廻《めぐ》り、宗派の多いこと、各管長の素晴らしいお人柄にも触れることが出来た。

今師は「ところでお前さんの家は真言宗だが、これからはあんたは天台宗になる。天台宗ってどんな宗派か知ってるか」と訊《き》かれた。

「伝教大師最澄《でんぎょうだいしさいちょう》の開かれた宗派で、日本仏教の総合大学みたいなものとちがいますか」

と答えると、「ま、それでよろし」とおっしゃった。私はその時、祖母イトの「どっちも大いなるものを拝むのやから」という言葉を思い出した。

出家以後、私ははじめて仏教について学び、人間釈迦について教えられた。インドへも九回ほど行き、北から南まであらゆる釈迦の足跡や歩かれた土地を自分の足で踏んだ。インドでは、まだ釈尊の歩かれた道がそのままあり、生誕の地も成長された王宮の跡も、悟りを開きブッダになられた土地もそのまま存在した。

「もう私の体はボロボロになった。傷んだ部分を革の紐《ひも》で無理にくっつけて動かしているポンコツ車のようだ」

とおっしゃった土地にも立った。そこで釈迦は、

「この世は実に美しい。この世は本当になつかしい」

とつぶやかれた声を、風の中に聞いたように思った。

ブッダはスッドーダナ王とマーヤー王妃を両親として生まれた。奇跡や神通力を見せることを好まず、ただ人の悩みを聞き、苦しみや悲しみに涙を流された。忘己利他《もうこりた》を信条とし、ひたすら人々の心に安らぎを与えられた。三十五歳でブッダとなり、八十歳で示寂《じじやく》するまで、遊行《ゆぎよう》をつづけて、貧しい人々、心や体を病んだ人々、愛する子に死に別れ半狂乱になった悲しい母たちを慰め、癒《いや》しつづけた。

そして御自身は貧しいかじやのチュンダの捧《ささ》げた食事を食べて、食物にあたり、下痢をしつづけて、旅の途上で死んでゆかれた。

人間の生老病死を身をもって人々に示され、この世の苦しみから魂の解放される道を説きつづけられたのである。

釈迦をはじめ、その流れを汲《く》むあらゆる宗祖たちは、すべて果敢な革命家であり、自分を捨て、人類の幸福ばかりを祈ったことを、私は釈尊《ブッダ》によって教えられた。

出家して二十五年、私は心の底から釈尊に帰依《きえ》し、仏教徒になったことに感謝している。

（「ブッダと私」98・6）

1999 平成11年 77歳

三月、『いよよ華やぐ』（新潮社）、『寂聴 今昔物語』（中央公論新社）を刊行。源氏大学の学長として各会場一回ずつ講義（二〇〇〇年七月まで東京・玉川髙島屋、大阪、横浜、名古屋、東京・パレスホテル、札幌、福岡、仙台、金沢、広島各会場で、複数の講師にて開校）。四月、熊本鶴屋百貨店、大丸ミュージアムKOBEにて、瀬戸内寂聴源氏物語現代語訳完訳記念展覧会「瀬戸内寂聴と『源氏物語』展」を開催。五月、ロサンゼルスにて源氏物語の講演。福岡大丸にて「瀬戸内寂聴と『源氏物語』展」を開催。六月、仙台藤崎にて「瀬戸内寂聴と『源氏物語』展」を開催。ロンドン、パリにて源氏物語の講演。七月、稲盛和夫、中坊公平との鼎談《ていだん》集『日本復活』（中央公論新社）を刊行。八月、東京のパレスホテルにて「瀬戸内寂聴と『源氏物語』展」を開催。編集者、ファンなど総勢百三十名の寂聴連を率いて阿波踊《あわおど》りに参加。九月、「髪」を「新潮」十月号に発表。『さよなら世紀末』（中央公論新社）、『夏の終り』仏語訳『La Fin de l'été』(Editions Pilippe Picquier）を刊行。浜松遠鉄百貨店にて「瀬戸内寂聴と『源氏物語』展」開催。十月、小松大和百貨店にて「瀬戸内寂聴と『源氏物語』展」を開催。十一月、『あした見る夢』（朝日新聞社）を刊行。シカゴ・カルチャー・フェスティバルのメインイベントとしてシカゴ大学にて源氏物語を講演、ニューヨークのコロンビア大学にて源氏物語を講義。ハーティ・ドレッサー賞を受賞。十二月、「場所」を「新潮」一月号より連載開始（二〇〇一年二月まで）。「ぜんとるまん」を「群像」一月号に、「記憶」を「すばる」一月号に発表。

『更級《さらしな》日記』の作者、菅原孝標《すがわらたかすえ》の娘は、父の任地の上総《かずさ》から、父に伴われて京へ帰り、そこで伯母《おば》なる人から贈られた『源氏物語』五十余帖《じょう》を夢中で読みふけったと書き遺《のこ》している。その熱心さは「后《きさき》の位も何にかはせむ」と、「昼は日ぐらし、夜は目のさめたるかぎり」灯火を低くして読みふけったという。その時、彼女は十三歳だった。

私が『源氏物語』にはじめてめぐり合ったのも十三歳の時であった。ただし、彼女は紫式部が書いた原文を読み、私は与謝野晶子の現代語訳であった。

この『源氏物語』との出会いは、遅くも早くもなく丁度いい年頃であったと思う。もっとも大庭《おおば》みな子さんは、小学生の頃、『源氏物語』を読破したという。しかも現代語訳などではなく、古註《こちゅう》を見ながら、原文を読破したというのだから凄《すご》い。大庭さんは早熟だったし、おうちがインテリ家庭で、そういう古典なども取り揃《そろ》えられていたらしい。

私のうちは職人の父のところへ、貸本ばかり読んでいた母が嫁いできたという、貧乏所帯だったので、立派な文学全集など一冊もなかった。

その当時、子供たちの憧《あこが》れだったアルスの日本児童文庫も家にはなく、友達の家にあったので、毎日借り出して読んでいた。

ところが五つ年上の姉が文学少女になり、どしどし本を買ってもらって読みはじめた上、姉の小学校の担任の先生から、日本文学全集や世界文学全集を借りてきたので、私も小学生の頃、片っぱしから、それらの本を読みあさった。

トルストイの『復活』がいたく気に入って、カチューシャが処女を失った後で聞く氷の割れる音などにぞくぞくした。

しかしそうした小説が、どの程度わかっていたかは怪しいものである。

徳島高等女学校というのは、スパルタ式の良妻賢母教育で鳴らしていた。入学した翌日、校門の左脇《ひだりわき》にあるあまり大きくない図書館へ放課後入って見た。棚の本を勝手に引き出して係の事務員に、伝票を渡せばいい。私は何気なく右手をのばし、あてずっぽうに割合厚い二冊本の一冊を引き出した。

それが与謝野晶子訳の『源氏物語』だった。

その日、日が暮れて、図書館が閉まるまで、私は夢中で読んだ。

その頃私が熱中していた、岩波文庫の外国の翻訳小説よりもずっと面白かった。『竹取物語』は子供のおとぎばなしと思っていたし、『伊勢物語』は、歌が退屈で物語が単調で、好《よ》さがわからなかった。

それらに比べて、『源氏物語』は実に面白かった。孝標の娘のことも、その頃は全然知らなかったが、もし借出しが出来たら、私も徹夜で読みふけったことだろう。

孝標の娘は、光源氏にたいそう憧れたらしいが、私は光源氏にはあまり魅力を感じなかった。

何だかのっぺりして、女蕩《おんなた》らしで、どこがいいのかわからなかった。しかし女君たちはどの人も魅力的ですばらしいと思った。

与謝野訳では、紫の上を紫夫人と訳しているので、何だか古めかしい感じがしたが、馴《な》れてしまえば気にならなかった。

女学生の頃、私が好きになったのは明石《あかし》の君だった。身分が低くてもプライドが高く、いかにも聡明で魅力的だった。紫の上に嫉妬《しっと》させるだけの魅力があるのだと思った。

嵯峨の子別れの場面は、明石の君が可哀《かわい》そうでならなかった。こんなあこぎなことをしてまで子供を連れて行ってしまう源氏の利己主義が許せなかったし、平気で明石の君から子供を奪う紫の上も、ずいぶん勝手だと思って義憤を感じたものだ。今では明石の君に一向に魅力を感じていない。

その頃から私は、末摘花《すえつむはな》や近江《おうみ》の君が気の毒だった。どうして紫式部は、この二人にこんな冷たい筆つきで、これでもか、これでもかと愚弄《ぐろう》するのだろうと不思議であった。

女学校でも二年生の国語の時間に『源氏物語』があった。ところがそれは、

「須磨には、いとど心づくしの秋風に、海はすこしとほけれど云々……」

のところで、さっぱり面白くもなかった。どうしてこんなよりによってつまらないところをテキストにするのだろうと不満でならなかった。

しかしこれは誰でもが感じた経験らしく、河合隼雄《かわいはやお》氏も、中学三年だかで、若紫のところを教科書でならい、このどこが面白いのだろうと、

「何でこれがええのか、なんよ、これ？」

と思ったと告白されている。

主語がないし、センテンスがやたら長い原文は、ほんとに読み辛《づら》い。

同じ時代を生きた清少納言《せいしょうなごん》の『枕草子《まくらのそうし》』のてきぱきした文章に比べると、何とわかりにくい『源氏物語』だろうと思った。

それでも「宇治十帖《うじじゅうじょう》」まで与謝野源氏は一気に読ませた。私は『源氏物語』の面白さを知らされ、とにかく筋や登場人物の名前や関係がのみこめただけでも、この女学校に入って幸いだったと思った。

徳島高女は、特に国語の授業にいい先生が揃っていて、副読本の課外授業まであったが、『折《おり》たく柴《しば》の記』や『太平記』はとりあげられていたのに、『源氏物語』はなかった。

谷崎源氏が出たのは、女学校の三年頃で、これは買ってもらって夢中で読んだ。この頃は原文も『湖月抄《こげつしょう》』を見ながら少しずつ読むようになっていた。

「宇治十帖」が女学生の私には特に面白かった。浮舟は、数多い登場人物の中でも屈指の女君だと思ったが、当時の私には、薫《かおる》と、大君、中の君姉妹の関係が興味深く、丁度その頃はやっていたジイドにかぶれていたので、

「おや、これはジイドの『狭き門』そっくりじゃないか」

とびっくりした。ジェロームが好きなのに、ぐずぐず言ってその愛を受けず、妹を愛してくれと言い、男がそれを聞き入れないと、あれこれ悩んで、病気になって死んでし

まうアリサに、大君がまるで生き写しに思えたのだった。

薫もジェロームも、そんなに軽々と心を移せないと言いはって自分の思いを貫くところもそっくりだった。

私は「宇治十帖」を読んだ時、ジイドを紫式部が真似《まね》たのかと思った。しかし、私の読んだ順序が、後先反対なだけだったわけで、『源氏物語』は十一世紀のはじめに書かれ、『狭き門』は二十世紀のはじめに書かれているのだから、真似たとすればジイドの方であろう。

東京女子大では、『源氏物語』を研究している青山なを先生が、予科の担任になって下さったので、鈴を振るような声で『源氏物語』の朗読をお聞きした。

また『源氏物語』の碩学《せきがく》石村貞吉先生もいらっしゃったが、石村先生には『平家物語』を習った。

入学するなり、松村緑先生が『長恨歌《ちょうごんか》』を暗誦《あんしょう》しろと教えて下さった。『長恨歌』を暗誦しなければ『源氏物語』を読む資格がないと言われたことが忘れられない。

もちろん、私たちは全員またたく間にそれを暗誦した。若い記憶力というのは頼もしいものだ。そのおかげで、今でも『長恨歌』は、ところどころつっかえながらも口をついて出る。

私は阿波徳島の生まれで、幼い時から、箱廻《はこまわ》しという人形遣いが町を廻ってくるのを、丁度子供が紙芝居を見たように愉《たの》しんで見ていた。口三味線語りの、その人形を見ながら、人生や恋や、人の世の哀切さを知った。浄瑠璃《じょうるり》のなだらかな文章と節廻しが、子供の私にしみついてきた。もし私の文学の根をたどれば、どうやら、こうもりの舞うたそがれの町角の、人形廻しにたどりつくような気がする。

しかし、はっきりと、小説家になりたいと思い定めたのは、徳女の図書館で、与謝野源氏を読み終った時であった。

あの昏《くら》くなりかけた図書館で、もう誰もいなくなってしまった後、私は読み終えた興奮でしばらく立ち上がれなかった。

与謝野晶子の『みだれ髪』はすでに大方暗誦していたが、あの天才が、こんな仕事をしたのかと思うと胸が高なった。

小学三年の時から、私は小説家に憧れていたが、小学校を卒業する頃は、そんなことは夢にすぎないと思っていた。

ところが、『源氏物語』を読んで、無理に抑えこんでいた小説家への憧れがよみがえった。

紫式部は千年前にこんなすばらしい小説を書き、千年後の少女の私をこれほど感動させる。

どうせ生きるなら、人を一人でも感動させるような何かをして死にたいと思っていた私に、その何かが明確に見えてきたのだった。

しかしその想いはまた、何年かたつと、常識に曇らされて、それは夢にすぎないという否定的な考えに邪魔される。

大それたことを考えず無難に生きようと決心して私は結婚した。

それなのに、夫の家を飛び出す時、私は、

「小説家になりたいんです」

と口をすべらせてしまった。やっぱり少女の頃からの夢は死んでいなかったのである。ただ仮死したふりをしていただけだ。

私にとって、『源氏物語』は、わが人生に於《お》ける実に重大な意味を持つ。小説家になって、仕事場にした目白台アパートで、私は『源氏物語』の現代語訳の大業を果たされた谷崎潤一郎氏と円地文子さんのお二人の大先輩と、一つ屋根の下に暮らすという不思議なめぐり合せを持った。

特に円地さんは、その仕事場で『源氏物語』を訳されたのだった。私はその難産の産室を覗《のぞ》かせてもらったのだ。

何という因縁だろう。それでも、お二方とも、まさかそれから二十五年後に、私が同じ訳業を果たすだろうなどとは、夢にもお思いにならなかったにちがいない。

お二人のエネルギーの火照《ほて》りを、お二人が御存命の時、私は目白台アパートでたしかに火の粉のように浴びたのであった。

（「源氏物語との出会い」99・1）

寂庵は今臘梅《ろうばい》が真っ盛りである。

二十年ほど前、年の瀬の東寺の弘法市《こうぼういち》で買ってさげて帰った木である。自分でさげて持てるほどの小さな苗木であった。

それがいつのまにか地に根を張り、年々に枝をのばし、びっしりと花をつけるようになった。去年の年末に一輪開いたのが皮切りで、毎日開花の数を増やしてゆく。

寂庵には白梅、紅梅、黒梅など、いろいろの梅があるが、臘梅は二本で、どの梅よりも先に咲くこの硝子《ガラス》細工のように透明で、きゃしゃな花が私は特に好きなのだ。

急に寒波のおそってきた京都で臘梅の花盛りを見ていると、どうしても四年前の関西の大地震のことが思い出されてくる。

あの時、私は地震直後の神戸を訪れ、その痛ましい惨状をつぶさに見てきた。

まだバスも通りかねているような震災の町の、無残にひび割れた道を私はたどっていた。

ある邸町《やしきまち》のあたりを歩いている時、ふと私の顔のあたりを、言いようのないいい匂《にお》いの風が撫《な》でて通った。

思わず匂いの方へ目をむけると、むごたらしく屋根も壁も崩れ落ちた家の庭に、屋根を越すくらいの臘梅の大木が立っていて、枝におびただしい花をつけていた。

ところがその花々は真っ白い埃《ほこり》にすっかり覆われていた。

屋根が落ち、壁が崩れる時たった埃が、花を覆ったのだろう。

花は埃を払い落とすことも出来ず、灰をかぶったようなみじめな姿をしたまま、匂いだけは、けなげに放っていたのだった。

立派な家が崩れ落ちても、そこらの家々の庭の木は、しっかりと天をさしているのが改めて目についた。

夕方まで、私は夢遊病者のように、地震で破壊された町々を歩きつづけていた。

その日、目にも心にも焼きついた光景は、地獄そのものだった。

まだ焼け跡がくすぶっていた。

私はこの惨状を決して忘れてはならないと思った。

あの時、日本列島を走った恐怖とショックは、被災地の神戸だけではなかったはずだ。家も家族も一瞬に失った人々の不幸を、だれもが心に刻みつけたはずだ。

あれから早くも四年の歳月が過ぎた。

今もまだ仮設住宅に住んでいる人々は多い。中にはその中で絶望のあまり自殺した人々のことも報じられている。

一方、神戸は目ざましい復興をとげていく。絶望の中から不死鳥のように立ち上がる民衆のエネルギーが、あのなつかしい美しい神戸を一刻も早く取り戻そうとしている。日本のどこよりも美しい灯の祭典ルミナリエを見るため、五百万の人々が年の暮れには押しかけている。美しいもの、美味《おい》しいものを売る店々も軒を並べている。

日本人はまるで絶望を知らない人種のように、いつでも最悪の立場から立ち直る。今の東京のビルの林立するさまを見て、大正の関東大震災を思い出すことが出来るだろうか。第二次世界大戦の空襲の無残な焦土と化した東京はどこに消えたのか。永久に草も生えないといわれた原爆を受けた広島も長崎も、今は美しい緑の木々の葉が光り輝いている。

人間はどんな苦しいことも悲しいことも歳月と共に記憶が薄れ、やがては忘れ去る。忘却する能力というのは、神仏の恩寵《おんちょう》なのだろうか、それとも劫罰《ごうばつ》なのだろうか。臘梅の咲くころ、私は必ず、あの埃をかぶった震災の町の花の香を思い出さずにはいられない。死ぬまで、あの花の姿を忘れてなるものかと、今も思いつづけている。

（「臘梅の咲くころ」99・1）

三岸節子《みぎしせつこ》さんをはじめて見たのは私が京都での放浪生活を脱して、本気で小説を書こうと決意して上京して間もない時であった。

「見た」と書いたのは、実際ただその人を見ただけで、視線も合わさなければ一言も言葉を交さなかったからだ。

その時、私はどういうわけか上野駅にいた。そのころの上野駅は今よりもっと人が多く混雑の激しい場所で、人でごったがえしていた。

戦後の猥雑《わいざつ》な混乱が続いている時で、人々の服装も整っていなかった。

その雑踏の中で、そこだけ照明がさしこんだような明るい華やかさが輝いているのが私の目をとらえた。

鮮やかな黄色に黒の線のきっかり浮かんだ縞《しま》の和服を着て、その人は更紗《さらさ》らしい帯をやや胸低く締めていた。泥中《でいちゅう》の蓮《はちす》という言葉があるが、泥中に豪華な黄薔薇《きばら》がすっと立っているような華やかな印象を受けた。私は思わずその人に惹《ひ》きつけられ、雑踏を泳ぐようにしてその人に近づいていった。

その人は一人でいたのではなく、長身の男性を顔をあげて見上げるようにして親しげに話しかけている。

近づいて私はすぐ気がついた。雑誌で見かけていた画家の三岸節子さんにちがいなかった。

男性は誰だか知らなかったが、三岸さんの全身から匂いたつような色っぽさから、恋人らしいと判断出来た。その人の旅立ちを見送りにきたのか、旅の帰りを迎えたばかりなのか、そこだけ、人を寄せ付けないふたりだけの場がくっきりと聖域のように保たれていた。

小説を書きたい意欲だけが旺盛《おうせい》で、何の当てもない立場だった私は、その日、幸福そうな女として光り輝いている芸術家の美しい姿を間近に見ただけで、快い刺激を受け、パワーを全身に浴びたようで嬉《うれ》しかった。

私はその日から、私もお金が出来たら和服を着ようと決心した。そしてそれを実行した。

和服に知識の乏しかった私は、その日の三岸さんの着物を黄八丈だと思い込んでしまい、原稿料で暮らすようになれると、まず黄八丈を買って、お対で着たりして楽しんでいた。

三岸さんのことはおぼろげながら識《し》っていた。まだ女性の洋画家の少なかった画壇で三岸さんはすでに認められた才能豊かな女性画家で、天才画家として著名な三岸好太郎《こうたろう》氏の未亡人だということだった。三岸節子さんの絵は華やかで強く、赤や黄の色彩が烈《はげ》しいタッチで描かれていた。

私の見た三岸さんは思ったより小柄だった。あの小柄な軀《からだ》の中に秘められた力強さを想像しただけで、身震いするような感動があった。

その後、三岸さんが画家の菅野《すがの》圭介《けいすけ》氏と別居結婚されたことを知った。

最初の好太郎氏との結婚は節子さんが十九歳の時で、三人のお子さんが生まれた。結婚生活十年間で好太郎氏が急逝した後、女手一つで幼いお子たちを育てあげられていた。

菅野さんとの再婚は節子さんが寡婦《やもめ》になって十四年が過ぎていた。節子さんは四十三歳になり、菅野さんは三十九歳だった。

お互いの仕事の邪魔をしないため、別居結婚の形をとるというのは、戦後、女性の意識がめざめて、女が真剣に職場に立つような時代だったので、若い人や中年の働く女性たちに拍手された。そういう方法で、お互い束縛せず、互いの才能を発揮させるのはすばらしいと、希望の灯のように仰がれた。

ところが、やがて、その別居結婚は破綻《はたん》して、菅野氏の側の感想として、

「やっぱり男は朝、美味しい味噌汁《みそしる》を作ってくれるやさしい妻がそばにほしい」

という言葉が新聞に発表された。それを読んだ時のショックと失望と腹立ちを、私は今でも生々しく思い出すことが出来る。こんなつまらないことを言うだらしない男に三岸節子ともあろう人がなぜ惚《ほ》れたのかと腹が立った。別居結婚に希望と期待を寄せていた多くの女性たちも同様に失望した模様だった。

その後私は『愛にはじまる』という短篇集《たんぺんしゅう》の装幀《そうてい》を三岸さんの長男の三岸黄太郎《こうたろう》氏にお願いした。清新であたたかなすばらしい絵でその本は中央公論社から出版された。

その関係で黄太郎氏とは一度お目にかかった。それから間もなく三岸さん一家は居をフ

ランスに移され、カンヌとニースの間にあるカーニュに住まわれたという噂《うわさ》を聞いた。

ヨーロッパに旅行して、ニースに遊んだ時カーニュの山の下を車で通りながら、よほどその山の上のお城のある町を訪ねて、三岸さん御一家にお逢《あ》いしたいと心をそそられたが遠慮した。日本にいては絵が描けないと、南仏に逃れた三岸さん一家の静謐《せいひつ》を乱してはならないと思ったからであった。

その頃には、もう私は北海道の三岸好太郎氏の絵も、節子さんの絵も本物を訪ね歩いてずいぶん見ていた。

ようやく実物の三岸節子さんとお逢い出来たのは、私がすでに出家して、嵯峨野に寂庵を結んでからであった。

ある日、私の友人の向坂隆一郎《さきさかりゅういちろう》さんが三岸さんと御一緒に寂庵を訪ねて下さった。向坂さんは三岸さんのお嬢さんと結婚していて、劇団「雲」の理事長をしていられた。三岸さんの留守のマネージャーの仕事もされていたようだ。日頃私が三岸さんの絵と人に憧れていることを識った向坂さんが、私を喜ばせようと御案内してくれたのであった。

その頃三岸さんはメニエル病になってフランスから療養に帰っていられた。渋い結城《ゆうき》の着物に派手な帯を締め、短い髪は白髪が多くなっていた。寂庵をとても気に入ってくれ、ゆっくり遊んでゆかれた。それに甘えて私はその頃連載していた「婦人公論」の対談のお願いをしたら快く引き受けて下さった。

高速道路を走る車の中で、私は平林たい子さんと話していた。対談の帰り、出版社の出してくれた車だった。平林さんの離婚がマスコミで騒がれて数年が過ぎていた。それまで目を閉じ眠っているのかと思っていた平林さんが、ふっと口を開いた。

「瀬戸内さんはいくつになりましたか」

四十幾つだった私の年齢を聞いて、平林さんは投げやりな口調でつぶやいた。

「若いですねえ、わたしはもう酔生夢死ですよ」

答えようがなく黙っていると、

「熱帯魚を飼っていましてね、それだけが愉しみ」

「熱帯魚って可愛いですか」

「魚は裏切りませんからね」

前方を見つめた平林さんの横顔は、何の表情も浮かべていなかった。

円地文子さんが『源氏物語』の現代語訳をするため借りられた目白台アパートの部屋だった。同じアパートにいた私は呼ばれて話し相手をしていた。

源氏の話を熱のこもった口調でされていた円地さんがふっと声をとぎらせ、疲れた表情で、私の入れたお茶をのまれていた。私の頭の後方の宙に目をやったまま、円地さんがつぶやかれた。

「作家はね、生きてる間だけですよ。死ねば二、三年も持てばいい方です。忘れられてしまう」

その時、円地さんは文壇では女流の大御所的存在で、今盛りの流行作家でもあった。閉じた瞼《まぶた》の中に、なつかしいそれぞれの大先輩の顔が浮かんでいた。

お三人の葬儀の日の風景も、ありありとよみがえった。

心に虚無を抱《いだ》いていない作家などいるものであろうか。

七十七年生き得て、最後に残る大切なものといえば何だろうと考えていた私に、答えるように浮かんできたそれらの言葉が私にはひどくなつかしかった。

ふとした瞬間にもらされたそれらのつぶやきは、その方たちの本音ではなく、疲れた時のため息のようなものであったかもしれない。お三人ともその一瞬で忘れ去られた言葉であったかもしれない。

しかしそれを確かに聞いたのは私ひとりであったというのは、偶然であろうか。

自分の書棚に並んだその方たちの全集のおびただしい量が、私の瞼に描かれていた。

人は死ぬ時、何一つ持ってあの世に行けないという仏教の原理が、私の心を満たしてきた。急に機体が激しく揺れはじめ、スチュワーデスの、乱気流に入ったという注意の声がした。


（「三つの声」99・5）

『源氏物語』の講演旅行でロンドンとパリへ行ってきた。

六月二十一日には、ロンドンのウエストミンスターセントラルで講演した。空港からホテルへ着いて二時間後に講演開始という殺人的スケジュールだったが、時差を感じないという奇妙な体質のおかげで、会場一杯の聴衆を前にすると、例によって私はすっかり張り切ってしまい、立ったまま水も呑まず、一時間半、いつもの通り喋《しゃべ》り通した。駐英大使の林御夫妻もお見え下さって、聴衆の反応も極めてよく、まずは成功裡《り》に終った。

そもそも『源氏物語』はアーサー・ウェイリーの英訳で世界に知られたものである。ドナルド・キーン氏も若き日、偶然古本屋で、山積みになっている本の中から、一番頁数《ページすう》が厚く、最も値段の安かったウェイリー訳の本を手に取り上げたのがきっかけで、『源氏物語』の面白さに惹きこまれ、爾来《じらい》日本文学にのめりこんでいったと話されている。この英訳をテキストにして、世界の様々な国にも訳されて、日本最大の文化遺産として誇る『源氏物語』は伝わり知られてきた。ある時、外国人記者クラブの会で、「我々は日本に転任する時は、上司から必ず『源氏物語』を読むようにと命じられています。『源氏物語』を読まないと日本の文化の本質も日本人のものの感じ方、考え方もわからないからと言われるのです。ところが日本に来てみると、ほとんどのインテリが『源氏物語』を読んでいないので驚きました。どんな質問をしても答えが返ってこない」と外国のジャーナリストから言われた時は恥しかった。ロンドンの聴衆は日本人がほとんどなので通訳を必要としなかったが、六月二十五日のパリ日本文化会館大ホールでは、フランス人の聴衆が多く来られたので通訳がついてくれた。館長の磯村尚徳《いそむらひさのり》さんが流《りゅう》暢《ちょう》なフランス語で私と通訳をしてくださるフランソワ・ラショウさんを紹介してくださった。

ラショウさんは三十代の若い学者だが、日本文学研究ですでに博士になっていられ、日本の古典文学の造詣《ぞうけい》の深さでは、日本人も顔負けという方であった。日本の古典文学と仏教の関係をテーマに研究していられるとのことで、私との出逢いをとても喜んで下さった。

ロンドン以上の成果をおさめたので、パリではぐっと気分もリラックスして、河盛好《かわもりよし》蔵《ぞう》先生の『藤村《とうそん》のパリ』を読み返しながら、パリの藤村の足あとをたどり、とうとう、藤村がパリ滞在中遭遇した第一次世界大戦の難を避けて三カ月疎開していた中部フランスのリモージュの町まで足をのばしてきた。ここは藤村がパリでずっと下宿していたマダム・シモネエの故郷で、彼女に誘われてその親類の家に一緒に疎開したのだった。河盛先生はこの下宿の女将《おかみ》と藤村の仲に興味を持たれ、実に執念深く熱を入れて、マダム・シモネエの年齢を探究されている。そこがこの本の中でも私は殊に面白かったのでリモージュまで誘われてしまったのである。

リモージュは静かなのどかな町で、藤村の仮寓《かぐう》したマテラン家も、藤村がよく休んだポン・ナフの石橋畔の小さなコーヒー店もそのままだった。ヴィエンヌ河の青い流れは藤村の見たままだろうと思われた。河盛先生の執念稔《みの》り、ついに判明したマダム・シモネエは、藤村より十五歳年上だった。『源氏物語』では、これくらいの年齢差は、男女の仲では問題にしていないが……さて。

（「『源氏物語』から『藤村のパリ』へ」99・7）

旅先では嬉しくて旅愁というものも感じないが、今度だけはパリで思いがけない感傷に見舞われた。どういうわけか、パリの街の至るところに、大きな白いペルシャ猫のポスターがかかげられていたのだ。その猫が先日死んだ寂庵のペペという白猫に全くそっくりで、じっとこちらを見つめている。最初は思わず声をあげて、馴染みの同行の編集者に、あそこにペペがいると言ってしまった。その人も、ほんとによく似ていると驚いていた。そのポスターの猫に毎日、いろんな街並で迎えられるものだから、薄情な私もやっぱり旅に出ていて、死に目にも会えなかったペペに思い出してくれと訴えられているようで切なくなった。

今度の旅に発つ前、骨になっていたペペを、寂庵の坪庭の菩提樹《ぼだいじゅ》の下に自分の手で埋めてお経をあげてきた。上には小さなやさしい石仏を置いて墓にした。そこはペペが好きで、よく昼寝をしていた場所だった。私の留守も文芳さんという尼さんが毎日供養してくれているので、ぺぺはまあ幸せだといっていいだろう。

あのポスターを一枚盗んでくれないかと、同行の人たちに頼んでみたが、誰もがいやだという。そのかわり、ポスターの写真を何枚も撮ってくれたので、いい土産《みやげ》になった。

東京から天台寺の法話に出かけたら、ようやく天台寺霊園の整備が出来ていて安心した。整然と並んだ段々の墓地は西方浄土に向いていて、二百基の墓がおさまる予定である。墓はみんな同じ大きさ、同じ型で、すっきりしたモダンなもので、四角い墓石がいっせいに西方の夕陽を見上げる仕組になっている。

その上に立って、夕陽に真向かっていると、ふいに夏うぐいすが鳴きだした。

寂聴といっしょに眠りませんかと冗談に言ったら、墓地の整地も出来ていないのにすでに十人の申し込み者があった。

土地つき墓石ふくめて四十五万円だから、買い易《やす》いのだろう。

お寺の墓地は金もうけが目的に造られるのが多いが、天台寺の墓地は、これじゃ足が出ると、檀家《だんか》に泣かれてしまった。

お寺は金もうけしては罰が当たると言い聞かせて無理に納得させたが、当面の費用は全部私が持つのだから檀家も文句が言えない。全部売り切れたら、返してもらうという約束だがどうなることやら。

身寄りのない女の人たちの合同墓地も造るつもりでいる。もちろん、宗派は問わない。

さんは髪が黒々して、精気が全身にみなぎっていて、黙っていても戦闘的な感じがした。舌鋒《ぜっぽう》も筆鋒も容赦なく人を刺した。

あの江藤さんが、こんな柔かな心で病気の奥さんを包みこみ、自分もほとんど死にそうなほどの病状に耐えて、最後まで看《み》とりつづけたのかと思うと、痛ましくてならなかった。

江藤さんの自殺の前日、私は梅原猛さんと、松山へパネリストとして招かれていた。その日、梅原さんは楽屋で、ふっと、

「江藤さんが相当悪いらしいね」

とつぶやいた。私は「文學界」に新しく「幼年時代」の連載を始めたばかりの江藤さんの仕事ぶりに、ようやく失意から立ち直られたとばかり思っていたので、

「どうして？　何の病気？」

と訊《き》いた。

「前立腺《ぜんりつせん》の癌《がん》の手術が手遅れだったからな、あれは転移するんじゃないかな。それに最近脳梗塞《のうこうそく》にもかかったらしい」

梅原さんの言葉は、すでに江藤さんの死が逃れられないことのように、重く沈んでいた。私が黙りこむと、

「淋《さび》しくなるなあ、江藤さんがそんなことになると、ほんとに淋しいなあ。文壇もだめ

になるなあ。あの人は古風な律義な人だと思うよ」

とため息をついた。

その時、「自殺しないかしら」と咽喉《のど》まで出てきたことばを私は呑みこんだ。

その日、梅原さんはまっ直《すぐ》、京都へ帰り、私は空便で東京へ出たのであった。

死後発見された江藤さんの短い遺書は、文語体で書かれていたのが印象的だった。

わずか七十五字の遺書は、一切の無駄がなく、決然としていた。「心身の不自由が進み、病苦が堪え難し」というだけで、ひとり病気と闘っている江藤さんの肉体の苦痛と、心の孤独が痛烈に伝わってくる。「自ら処決して形骸《けいがい》を断ずる所以《ゆえん》なり」という文章に、江藤さんの本来の強さが戻っている。誰にこんな文章が書けるだろう。思わず三島さんの最期《さいご》を思い重ねてしまった。江藤さんの死を愛妻の介護疲れが引きおこした心優しい夫の殉死、と受け取ることも出来る。この一年の三万人の男の自殺者の中に、江藤さんの死も数えられてしまうのか。

江藤さんの遺書を読み、「古風な人」といった梅原さんの言葉が思い出された。武士の遺書のような文語体は、極度に言葉を少なくして、わずか七十五文字だった。

芥川龍之介《あくたがわりゅうのすけ》三十五歳、有島武郎《ありしまたけお》四十五歳、太宰治三十八歳、三島由紀夫四十五歳、原民喜《はらたみき》四十五歳、川端康成七十二歳、そして江藤淳六十六歳と、自殺した文学者の享年を並べてゆくうち、女の物書きは自殺者がほんとに少ないことに気づいた。私は仏教徒のくせに、芸術家の自殺だけは、なぜか許されるような気が今もしている不埒《ふらち》な者である。

（「文学者と自殺　江藤淳さんの死を悼んで」99・9）

最近、最も衝撃を受けたのは、二歳の他人の子供を、トイレにつれこみ、マフラーで絞め殺した主婦のいたことである。

僧侶《そうりょ》の夫にすすめられ自首したことから、事件が明るみに出たが、報道されている範囲では、何とも救いようのない暗い事件である。

未熟な子供の犯す殺人も恐ろしいが、れっきとした大人の、しかも自分も母親である人間が昼日中、行った殺人は、たとえようもなく陰惨でやりきれない。

はじめはお受験殺人といわれ、自分の二歳の女の子を名門幼稚園を受けさせようとしてくじ引きで落ちたのを悲観し、くじで入った知人の子供を殺したというのだった。

しかし取調べの進むうち、そうとばかりではないらしく、地方から東京に嫁いで以来、都会や、周囲の人間関係に馴じめず、ストレスがたまってきて、とんでもない犯行に及んだというような報道もされている。

まだ取調べ中で、三十五歳の容疑者は殺害の直接の動機を語ってはいない。殺した子供の母親と「長い間の心理的なぶつかり合いがあった」と供述しているらしいが、そんなもやもやしたものが蓄積して、ノイローゼになっていたのではないだろうか。強迫観念症というノイローゼがある。

今からもう三十数年も前になるが、私は自分では気づかず、そんな病気になっていた。親しい友人が私の異常に気づいてくれ、上手にだまして精神分析医のところにつれていってくれた。もう現役をしりぞいて、家で、ごく少数の患者だけを診《み》ておられたその老博士は、私と二十分間ほど一対一で話しただけで、強迫観念症というノイローゼという、れっきとした病気だと言った。私は自覚していなかったので驚いてしまった。それでも、その頃、出口のない人間関係で悩んでいた時だったので、そういうこともあるかもしれないと思った。不思議なことに、心の病気だと宣言されてから、妙にストンと肩が軽くなったような気がした。老博士の言う通り、私は治療に通い、十回も通わないうちに治ってしまった。

正常になった精神で悩みをふりかえると、実に自分が馬鹿げていたと思うことが出来るようになり、悩んで落ち込んでいた穴から、自力で這《は》い上がることが出来た。老博士の治療は薬も与えず、ただ患者に心に浮かぶことをひとり喋らせるというだけだった。ただ帰りぎわ、さりげない言葉とやさしい表情で、何か一言、私に向かってほめことばを贈ってくれた。今日の着物の趣味がいいとか、色彩感覚がいいとか。

あとになって、あれこそが自信を失《な》くしていた私に何よりの良薬であり、それで私は立ち直ったのだと気づいた。

（「ひとつの見方」99・11）

2000 平成12年 78歳

一月、『髪』（新潮社）を刊行。二月、NHKの取材でインドに釈迦の辿《たど》った道を訪ねる。銀座・博品館劇場にて「源氏物語朗読」公演。三月、『源氏物語の脇役たち』（岩波書店）を刊行。新作能「夢浮橋」を国立能楽堂で上演。四月、八九年〜九九年の「寂庵だより」を編集した『人生道しるべ　寂聴相談室』（文化出版局）、『痛快！　寂聴仏教塾』（集英社インターナショナル）を刊行。NHK教育テレビで「釈迦と女とこの世の苦」（全十二回）を放映。五月、岩手県県勢功労者になる。瀬戸内寂聴現代語訳を下敷きに大藪郁子《おおやぶいくこ》脚本で「源氏物語」を歌舞伎座《かぶきざ》で上演。八月、「かきおき草子」を「週刊新潮」に連載（〇二年二月まで）。『寂聴美の宴』（小学館）を刊行。十月、徳島市名誉市民になる。十一月、毎月寂庵で開いていた法話に集まる人が増え過ぎ、危険なのでやめる。十二月、「時代の風」を「毎日新聞」に連載開始（〇一年十二月まで)。櫻井よしことの対談集『ニッポンが好きだから　女二人のうっぷん・はっぷん』(大和書房)、荒木経惟と『寂聴×アラーキー　新世紀へのフォトーク』(新潮文庫)を刊行。


徳島市の吉野川可動堰《せき》の是非を問う住民投票が、一月二十三日に実施されることになっている。

この原稿が紙面に載る日が、ちょうど投票日である。

この問題は、徳島市だけの問題でなく、日を追うにつれ、全国的な関心を呼び、マスコミで盛んに取りあげられている。

自然の破壊の恐ろしさに目覚めた人々が、最も自然の破壊の顕著な作業となる可動堰の設置に、どこのものであれ無関心にはなれなくなったのである。

徳島をふるさととする私にとっては、他人事《ひとごと》ではない切実な問題であった。

子供の頃、あの美しい吉野川で潮干狩をした日の愉《たの》しさ、なつかしさを思い出すにつけ、あの川に不必要な堰が造られ、そのため、吉野川の自然が無慚《むざん》に破壊され、川に生きている魚や貝が死滅するのを、空《むな》しく見ていられるだろうか。

戦火に焼きつくされた徳島には、他に誇る歴史的遺産は何もなくなってしまっている。残ったのは美しい眉山《びざん》と四国三郎吉野川の悠々たる流れだけである。

私が十数年前、徳島に寂聴塾を造り、毎月手弁当で徳島へゆき、文化おこしの運動をした。その塾が発展して、六十人の塾生が三百人となり千人となり徳島塾になった。その時、講師の一人としてお招きした石牟礼道子《いしむれみちこ》さんが、壇上に立つなり、今渡ってきた吉野川の自然の美しさを絶讃してくれたことが忘れられない。こんな美しい川は日本のどこにもないとまで言ってくれた。川の葦《あし》の美しさ、その葉にとまるとんぼの美しさ。私たちは他県人の目に映るふるさとの自然の美しさに感動して、文化的に遅れを取り、誇るべき何もないと思っていた徳島に、これほど詩人を感動させる美しい山河があることを改めて誇りに思ったものだ。堰を造ろうという人々は、いつ起こるかもしれない川の氾濫《はんらん》に備えるのだという。本当の目的は、その工事によって、国から出る補助金と、景気の回復を期待している。反対派の人々は、国費の無駄遣いだと思い、自然を守るべきだと考えている。どっちを取るのもその人の自由である。

その結果、住民投票が行われることになり、各世論調査によれば、投票直前の今日（一月二十一日）では、計画反対は六一パーセントで、住民投票に賛成は七五パーセントになっている。

ところが投票率が五〇パーセント未満の時は開票しないで、そのまま闇《やみ》から闇へ民意を葬ってしまうという異例の取り決めが議会でなされた。こんな不都合な話は聞いたことがないというので、また市民は憤っている。そのため住民投票に行くと言っている人が七七パーセントになってきた。

しかし、そのまま投票日を迎えることは出来ないだろう。可動堰賛成派の強力な巻き返しも始まっていると聞く。

私は二十二日付けで、「投票に行って下さい　瀬戸内寂聴」という意見広告を自費で徳島新聞に出した。いい結果をただ祈るばかりである。吉野川の運命の行方は、今や日本の全国的な自然の運命に直結しているのである。

（「ふるさとの川の運命」00・1）

二〇〇〇年（平成十二）の四月から六月まで、NHK教育テレビの人間講座で「釈迦と女とこの世の苦」という題で話させてもらった。

その時、私の希望で、インドへ行き、インドの各地で、そこにまつわる女たちのさまざまな運命について語りたいと思った。私の希望は容《い》れられて、私はNHKのスタッフたちとインドの旅をした。私にとっては十何度めかのインド行きとなった。

ブッダガヤで、ベナレス（現・ワーラーナシ）で、ルンビニーで、サーヴァッティー（舎衛城《しゃえいじょう》）で、ラージャガハ（王舎城《おうしゃじょう》）で、ヴェーサーリーで、クシナガラで、町で、川辺で、森の中で、野原で、大樹の下で……私はさまざまな場所で話しつづけた。

そして、結局その旅は、釈迦の生涯をたどり、その時代に生きた釈迦のまわりの女性たちの切ない生と嘆きを語ることになった。それはまた、この世の苦とは何かを探すことにもなった。

どの道を歩いても、二千五百年前、ここを釈尊がその脚で歩かれたと思うと、いいようのないなつかしさと慕わしさが、全身に湧《わ》いてくるのであった。


今度の旅は、私にとってもインド最後の旅になるかもしれないという想いがあった。

私は、はじめての旅の時、ブッダガヤでうるさくつきまとって、私に数珠《じゅず》を買わせた少年を覚えていた。日本人寺で日本語を習い、それで日本人観光客に土産物屋へのガイドをしていた少年である。その少年がいまや二十代の青年になって、ブッダガヤで声をかけてきた。私を覚えているという。あの時も私はその黄色の衣をつけ、笠《かさ》を持っていたというのであった。

また霊鷲山《りょうじゅせん》の登山口でも、警備員に声をかけられた。「長く来なかったね、元気でよかった」という。もう七年も私はその男に逢《あ》っていなかった。

私はまた、苦行をやめた釈尊が、ニグローダの木の下で、村の新妻のスジャーターから乳粥《ちちがゆ》を布施《ふせ》された感動的場面を体験するため、セーナ村で、村人に乳粥をつくってもらって食べた。はじめてのときは暗い台所で、土のへっついで炊いてくれたのだが、今度はガスバーナーで炊いてもらった。台所の隅に土のかまどはまだあったが、その村人の家では使用されていない様子だった。

またの日、私はインドへ来るたび、ほとんど訪れているベナレスのガンジス河の畔《ほとり》に立っていた。インド人は死ぬまでにこの河を訪れ、この河の水に沐浴《もくよく》し、罪穢《けが》れをみそぎして、河水を家に持ち帰ることを最高の楽しみとしている。河の岸は沐浴場（ガート）になっていて、朝未明から人々が集まり、思い思いに沐浴して、河向こうに昇る太陽に向かって礼拝するのである。外国人を乗せた観光舟は、河をゆっくり上下しながら、舟の上から沐浴の様子を見せる。同じ河岸の数メートル先には、死体焼場があって、そこでは毎日、運びこまれた死体が露天で焼かれている。焼いた灰は河に投げこまれる。清も濁もあわせのんで悠久の昔から流れつづけるガンジス河を、インド人は聖なる河と呼び、河水に霊力があると信じこんでいる。

私はこれまで、沐浴を見るだけだったが、今度は思いきって、自分もガートに降り、沐浴してみた。河水はそばで見ると土色に濁っていて汚く、ガートの石段の下にはごみが打ちよせられ、不潔なことおびただしい。とても聖なる河とは思えない。それでも人々はそこへ平気で入って、男も女も、老人も、みんな厳粛な顔をして沐浴している。

私も何度かためらった後、思いきって目をつむり、どぼっと頭からつかってしまった。

河の中には長い藻が群生していて、それが体じゅうに、ぬるっとまきついてくる。蛇にまきつかれたようで悲鳴をあげたくなる。思いきって、何度もどぼんどぼんと頭まで河水につけていると、河水は思いのほか温かく、これほど汚いのに少しも臭くないことに気がついた。

この沐浴の霊験の効き目は、河から上がってすぐあらわれた。何とも名状し難い爽快《そうかい》感《かん》と達成感が全身に湧きおこり、両手をあげて、あたりかまわず踊りたいようなハイな気分になった。

その幸福感と、その時もらったらしい不思議なパワーは、帰国して半年以上も保っていたように思えた。

ガンジス河の沐浴はヒンドゥー教徒の習慣だが、誰でもこれは体験してみる価値があると思った。

人間のこの世で味わう苦は、昔も今も一向に尽きていない。煩悩《ぼんのう》がすべての苦の種となっている。愚かな人間は、いくら聖者に教えられても変らず、無限に尽きない煩悩の炎を消すことが出来ないで、苦しみつづけ、他を苦しませつづけているようだ。

（「『釈迦と女とこの世の苦』あとがき」02・5）

心には「無明《むみょう》」があり、そこに人間は無限の煩悩をかかえている。煩悩の火はめらめらと炎となって燃えさかっていて、心や身を焼き人は苦しめられる。

さまざまな煩悩があるが、一番苦しいものは渇愛《かつあい》だと釈尊は教えていられる。渇愛は男女の性愛といえば一番わかり易《やす》いが、男と女だけのことでなく、愛しすぎる愛、過剰すぎる愛といってもいいだろう。それは対象に対して限りなく執着する心である。

人は愛したものを離したくない。奪われたくない。去られたくない。それが執着の心で、執着心は対象を独占しようとして苦しむ。この世は苦しみの世だと説かれたのは釈尊である。苦の中には死も、愛する者との別れも数えあげていられる。

何が辛《つら》いといって、愛する者に死別するくらい悲しいことはない。子供が親より先に死ぬことを逆縁といって、死別の中でも、残された親は最も辛い。去年の秋頃から、寂庵へ来られるようになったHさんは、一人娘を亡くされた。Y子ちゃんは二十六歳になったばかりで、小さい時から可愛らしく、賢く、Hさん夫妻にとっては文字通り掌中の珠《たま》であった。

成人式にはHさんが心をこめた黄金色のお振袖《ふりそで》を着て、誰もがその明るい美しさをほめそやした。

その町のミスナンバーワンに選ばれて、立派な会社に採用された。職場でも明るくやさしいY子ちゃんは人気の的で、やがてすてきな男性に誠実な求婚を受け、婚約した。Hさん夫妻は、娘の晴れの花嫁姿を楽しみにして、婚礼の支度をしていた。

そんなある朝、いつものように元気よく、

「行ってまいります」

と声をはりあげて出勤したY子ちゃんが二十分もたたないで、車にはねられ、遺体となって帰ってきた。

その日以来Hさんはあまりの悲しさに理性を失ってしまった。Y子ちゃんの骨壺《こつつぼ》を肌身離さず持ち歩いて、誰の顔も見えず言葉も受けつけず、ただ、ただ、号泣しつづけた。夫のH氏は、目を離せば首をくくりそうなHさんから目を離せず、夜もおちおち眠れなくなった。

寂庵に来ても、ただ子供のように泣き叫び、

「Yちゃんは、どこにいるの？　どこに行ったの？　教えて！」

と叫ぶばかりであった。

私の言葉も聞こうとはしなかった。それなのになぜ、寂庵にくるのか。

私は泣き叫ぶHさんの横で万策つきはてて、ただ一緒に手をとって泣くしかなかった。

自分の無力さをつくづく思い知らされた、私の涙は苦かった。

そういう日が半年つづいていた。

私はある日、思い余ってHさんに言った。

「一緒に巡礼に行かない？」

涙に濡《ぬ》れた顔をあげてHさんはきょとんとした。

「巡礼って、どこへですか」

「四国おへんろをしてみませんか。私も一日か二日、一緒につきあいますよ」

「えっ、先生も行ってくれるんですか」

Hさんの顔が、はじめて灯がともったようにいくらか明るくなった。

「Yちゃんの御冥福《ごめいふく》を仏さまに祈りながら、四国八十八カ寺を廻《めぐ》っているうちに、仏さまがあなたの心の傷をいくらかでも治して下さるかもしれない。Yちゃんがきっと、一緒にあなたと歩いてくれますよ」

「Yちゃんも、来てくれるんでしょうか」

Hさんは、はじめて、心の窓が少し開き、そのすき間から、風が入ったような、少しさっぱりした表情になった。

その次、Hさんが来庵《らいあん》するまでに、私は御主人と二人分の、巡礼に必要なものを一式ずつ用意しておいた。

すげ笠やずだ袋や、笈摺《おいずる》には、私が二人の目の前で、六字の名号《みようごう》（南無阿弥陀仏《なむあみだぶつ》）や、同行二人《どうぎようににん》などの文字を書きこんだ。

「同行二人というのは、自分と弘法大師さまが一緒に歩いて下さるという意味だけれど、あなたの場合は、同行はYちゃんかもしれないわね」

と私が言うと、Hさんは子供のように素直なうなずき方をした。

Hさんの御主人の車で出発した。まず、徳島の一番霊山寺《りようぜんじ》からはじまって、一日で八番熊谷寺《くまだにじ》まで廻った。

今年は至るところの札所《ふだしよ》で大ぜいのおへんろの白衣《びやくえ》姿に出逢った。

寺の住職がどこでも、

「今年はびっくりするほどおへんろが多いのです。やっぱり世の中が不穏で、暗いことばかりつづくせいでしょうか」

と言う。それに、今年は、歩きへんろが例年より目立って多くなったという。

停年後の御夫婦らしい二人づれが、甲斐々々《かいがい》しく歩いている姿は、実に美しかった。

若い人たちも、リュックを背負って、男も女も元気に歩いていた。ピクニックでない証拠は、杖《つえ》を持っているくらいだ。

釈迦も二千五百年前、三十五歳で悟りを開かれてから、八十歳で亡くなるまで、全国を遊行《ゆぎよう》しつづけられている。遊行とは、歩きながら修行することで、その途上で釈迦は多くの人々の悩みや苦しみの相談にのり、病を治し、人々を助けられている。

「弘法大師の時代から、どれだけ多くの人が歩いたかしれないへんろ道だから、数えきれない人々の涙と汗がこの道にはしみこんでいるのよ。あなたのようにお子さんをなくされた人々も数えきれないほど通った道ですよ」

そんな話をしながら、私たちは、寺々でYちゃんの冥福を祈りつづけた。

私が先に帰洛《きらく》してからも、Hさん御夫婦は札所を廻りつづけ、とうとう阿波一国二十三番の巡礼を打ち終ってきた。その報告に来庵したHさんの顔は五つも若返り、晴々と、おだやかな表情になっていた。

（「春へんろ」00・3）

『源氏物語』の現代語訳が終って、もうまる二年になろうというのに、まだ世間の源氏ブームの熱風は収まりそうもない。

銀座・博品館劇場での美しい平成の女君《おんなぎみ》たちによる朗読会は、連日大入り満員で人気も上々のうちに最終回の幕をめでたく閉じた。私は出来るかぎり今回は通って、華やかな競演を拝聴したり、見せてもらったりした。

それと並行して国立能楽堂で公演された私の新作能「夢浮橋」は二日間、三回だったが、これはもう作者の私が茫然自失《ぼうぜんじしつ》するほど美しく迫力ある舞台となり、有頂天になってしまった。原作『源氏物語』にはない話を、私が作ったのは、「宇治十帖」で浮舟の髪を剪《き》る役の阿闍梨《あじやり》が、几帳《きちよう》の向こうから、浮舟が自分でかき出《いだ》す黒髪のなまなましい美しさを見て、「しばし鋏《はさみ》をもてやすらひける」とためらった一行にひっかかったからである。あとはその一行から湧きおこった私の妄念の所産である。

一房の髪のため、淫欲《いんよく》の虜《とりこ》となり、破戒して行く僧の苦悩を、どう浄化させ、救いへと聖化させていくかが、新作能「夢浮橋」のモチーフである。

阿闍梨のほかに浮舟と匂宮《におうのみや》の亡霊があらわれる。それは阿闍梨がうつつに描いた妄想の場面でもあった。開幕で、匂宮《におうのみや》の亡霊があらわれる。宇治川に手向《たむ》けの花を投げる女も、浮舟の化身《けしん》である。わずか三人の舞台が、どう展開するのか、台本を書いた私にも見るまでわからない。

これが失敗したら、それこそ私は阿闍梨のように身をかくし、天下を流浪せねばならないと恐れおののいていた。年寄りの冷水とはいえ、よくもこんな大胆不敵な恐ろしいことに手を出したものだと後悔していた。

ところが、いざ開演されたものを見ると、これが私の書いた台本かと目と耳を疑った。植田いつ子女史の衣裳《いしょう》がこれまた華やかで艶《えん》で、この上なく上品であった。

この人よりないと私が思った梅若六郎さんの阿闍梨は、迫力と哀切さに満ちて圧巻であった。金剛永謹《こんごうひさのり》宗家の匂宮は、まさしく匂宮とはこういう色気と品と高貴さを具《そな》えていたのだろうとうっとりした。若い梅若晋矢《うめわかしんや》さんの浮舟は、可憐《かれん》でたおやかで申し分なかった。烈《はげ》しい恋の相舞《あいまい》の中で、匂宮に華やかな袿《うちぎ》を脱がされた場面では、一瞬静まりかえった客席に、声にならぬため息がゆれた。能ではぎりぎりのエロティックな表現だと、演出の梅若六郎さんと山本東次郎さんから後で聞かされた。

剃髪《ていはつ》の場面では私のたっての希望で、その時だけにあげられる毀形《きぎょうばい》唄という声明《しょうみょう》を、大原魚山実光院《じっこういん》の副住職天納久和《あまのきゅうわ》師にあげてもらった。これがまことによかった。能のすばらしい洗練され尽くした謡《うたい》も、もとは声明が源流だということが実証され、違和感が全くなかった。

そして、今日は、五月から歌舞伎座ではじまる私の訳の『源氏物語』で、光源氏になる市川新之助（現・海老蔵）さんと、対談してきた。この人の祖父の十一代團十郎丈の海老《えび》さま時代の光源氏を、私は昭和二十六年（一九五一）に見ている。長く生きたものよ。


（「源氏狂騒曲」00・3）


大原富枝さんは同じ四国の生まれで、徳島と高知の隣県同士のせいか、格別の親しさがあった。話し口調や訛《なま》りが同質で、自分の声や言葉は自分ではわからないのに、大原さんの話し口調をお聞きすると、ああ、自分の喋《しゃべ》り方もああなのだなと自覚する。

はじめて女流文学者会に入れてもらった時、その会に出席すると、時間をまちがえ、誰よりも早く着いてしまった。心細くてどうしようかと思った時、大原さんが一番に見えられて、気さくに声をかけてくれ、

「ああ、あなたが瀬戸内さん？」

と、笑顔で話しかけてくれ、ほっとした。地味な洋服姿で疲れた表情をしていられた。後で知ったことだが、その頃大原さんは長い病気を克服された後で、お仕事もしばらく出来なかったという時だったようだ。次々あらわれる名だけ知っている女流作家たちの立派な衣裳と、堂々とした態度に気を呑《の》まれてしまった私は、その日、始終、何となく新米の私を気づかい、かばってくれた大原さんのやさしさが心に沁《し》みた。何でも当時、女流文学者会に入れてもらえるのは大変で、私の名が上がった時、あんなエロ作家の評判の人は入れると会の名誉に傷がつくと、ある作家が猛烈に反対されたと後で聞いた。そんなこととは露知らぬ私はノコ〳〵出かけたのだが、そんなことがあったので、大原さんはああいうやさしさで私の楯《たて》になって下さったのだと後で解《わか》ったことであった。

一時期、棲《すま》いがお近くで、訪ねて下さったり、お訪ねしたりした。貸しマンションを持っていられて、独り暮らしを愉しんでいられる風情《ふぜい》だった。

引っ越し魔の私はその後、転々と居を移し、自然大原さんと疎遠になっていたが、目白台アパートに住んでいた時、突然、早朝大原さんが訪ねていらっしゃった。白い和服姿で、目がさめるような艶《つや》っぽい若やいだ表情をしていられた。玄関からどうすすめても中に入らず、

「ただちょっと、お寄りしてみただけなの、この下の江戸川公園を散歩していて、ああ、このアパートにあなたがいると思い出してなつかしくなって」

ということばだった。その時、私はようやく、ドアの外に誰かを待たしてあるらしい大原さんのそわそわした態度や表情に気がついた。

「どなたかと御一緒なら、どうぞ御一緒にお入りになって」

と言うと、

「いいえ、ちょっとね、色川さんと御一緒なの」

と言いながら、片手でドアを押した。外に白絣《しろがすり》に黒いへこ帯の色川武大《いろかわたけひろ》さんが立っていた。私は一度新宿の呑み屋でお目にかかったことがあっただけの色川さんをそこに見て、ちょっとびっくりした。色川さんは実に魅力的な堂々とした風情で私に笑いかけて目礼した。

二人はどうしても内へ入らず、そのまま、立ち去って行った。

私はその後、あれは何の訪問だったのだろうと、あれこれ推測したが答えが出なかった。

しかしあんな幸福そうな色っぽい大原さんの表情を見たことはなかったから、きっと、二人の仲を見せびらかしに見えたのだろうということで落ち着いた。色川さんに奥さんがいらっしゃるのかどうかさえ、私は知らなかった。しかし男でも女でも、誰もが好きになるような魅力的な人だと思い、書かれるものも、私は好きだった。

あんなすてきな恋人がいたら大原さんが若く美しくなられたのも当然だと思った。私を信用して見せびらかせに来てくれたものと思い、私はその件を誰にも喋らなかった。そのうち色川さんは突然亡くなった。腰を据えて小説に専念するとかで、地方に居を移されたとたんだったように聞いている。きっとやさしい人で人の誘いを断ることの出来ない人だったので、つきあいを整理するため引っ越したのかななどと思っていた矢先だったので、傷ましい想いがした。

大原さんの全集の出版記念会の席で、私は遠い朝の突然の訪問をはじめてすっぱ抜いた。お祝いのつもりだったし、もう時効だと思ったからだ。大原さんは頰《ほお》を赤くされて身をよじって恥しがり、そのことにかえって私の方がどぎまぎした。

それからすぐ、大原さんは色川さんのことを実名で、小説に書いた。それを読むと、色川さんとの間は、色川さんの一方的な好意を大原さんが受けとめていなかったように書かれていたが、小説とは妙なもので、色川さんの恋愛感情のない友情のやさしさだけが行間からあふれていて、大原さんの人のいい間の抜け加減がユーモラスに出ていて、私は一人で笑ってしまった。

（「早朝の訪問客」00・4）

河盛好蔵先生の御年齢を考えれば、いずれは悲しい訃報《ふほう》に接する日が訪れるとは、心ひそかに覚悟していたことであった。

けれどもお逢いすると、信じられないほどお元気で、お話し好きで、昔の文壇の誰彼の思い出や、事件について語られる時の記憶の正確さや、表現の汲《く》めども尽きぬといった面白さのため、ついつい時間を忘れ、長居させていただくのであった。帰り道で、長時間喋り通されて、さぞお疲れになられたのではないかと、自分の非礼と厚かましさに忸怩《じくじ》たる思いをするのであった。そして、「百歳までもちろん生きますよ」とおっしゃったお声が耳に残っていて、まだまだそれは先のことだと思いこんでいた。

　河盛先生はお宅でも車椅子《くるまいす》を使っていらっしゃったが、いつもおしゃれで、若々しかった。御病気前に比べて、表情に堅いところが遺《のこ》っていたが、言葉は明瞭《めいりよう》で、頭の廻《かい》転《てん》の速さには、二十歳も年少の私が、たじたじとなっていた。常に何カ月か先にパリへ行くという予定を話されるので、死などは訪れるすきもないと思われた。

　河盛先生は、私にとってははるかに仰ぎ見る方であったが、先生の随筆の面白さに傾倒していて、手をのばせばすぐ触れる場所に『私の随想選』（新潮社）や、その他の先生の新刊書が並んでいる。ふっとその一冊を開くと、すでに読んでいても面白くて、止められなくなり、一冊隅から隅まで読み上げないではいられない魅力にあふれていた。

　先生の座談の妙は、全く、そのエッセイと同じ面白さで味わい深く、時々笑わずにはいられなくなったり、思わず膝《ひざ》を叩《たた》きたくなるような感じで、疲れや憂さはいつの間にか解消しているという妙薬のような効能がある。

　私は、尊敬する人物に対しては、極度にシャイなところがあり、よほどのことがないかぎり、自分から手紙を出したり、お訪ねしたりしたことはない。縁があって、出版社からの話で、お会いすることでもあれば、喜んでそのチャンスを逃すことはないが、とかく遠慮深いのである。

河盛先生とは、一九六五年（昭和四十）三月、「婦人公論」の文化講演を頼まれ、講師として御一緒に四国四県を廻《まわ》ったのがはじめてのおつきあいであった。私は四十二歳で、河盛先生は六十二歳の時であった。もう一人の講師は菊田一夫《きくたかずお》氏であった。

その時のスナップ写真を今度取り出してみたら、先生はお若くて、五十代のはじめにしか見えず、私もありあまる髪が黒々として、まことに若く色っぽい。ああ、歳月はさかさまに流れぬものよと、光源氏のようにつぶやいてしまうのであった。

この時から、ほとんど個人的なおつきあいはなかったが、最晩年になって、ここ七、八年ほどの間に、長い対談をさせていただいたり、お宅にお訪ねしたりして、急に親しくおつきあいをさせていただいた。

私の『源氏物語』の現代語訳の完成を殊の外お喜び下さって、「これが解り易い点で決定版になりましたね」

とほめていただいた。その上、

「これをフランス語に訳しましょう。私がしてあげます」

とおっしゃった時は、夢かと思って、お顔をまじまじ見つめてしまった。

「こういうものは、日本の出版社が、すすんでやるべきです。それをフランスの出版社に売りこめばいいのです」

という。一緒に伺っていた版元の責任者は顔色を変えてしまった。そんなことを引き受けてくれるフランスの出版社などあるでしょうかと弱気につぶやくと、

「そんなことは、こっちの意気込みでやらせるのですよ。大体、フランスの出版社なんて当てにしないで、日本の版元が金を出してやればいいでしょう」

と、こともなげにおっしゃる。帰りの道で、版元の編集者は、とてもそんなことは不可能だと、頭をかかえる風情だった。

「先生は、昔、名編集者でもいらっしゃったのだから、日本の出版界が、今、どんなに苦境で、けちけちしてるかということをわかっていらっしゃるかと思ったのに……やっぱり、先生の編集者時代は、出版界もベル・エポックだったのね」

とつぶやく。私たちは先生から、先生が一九二八年（昭和三）から一九三〇年まで、パリへ留学された頃の、パリのベル・エポックの愉しいお話をたっぷり聞かされた後だったのである。先生は帰ろうとする私たちに向って、

「出版社というものは、常にそれ位の気位と度胸を持たなければ、だめになるんですよ。出版界がだめになったのは、そういう気概を失ったからです」

と、また追い打ちをかけるようにおっしゃったのである。それからしばらくして、

「私はやっぱり年をとりすぎて仕事がはかどらないからもっと若いすばらしい翻訳者を紹介します」

と、紹介して下さった方は、梅原龍三郎《うめはらりゅうざぶろう》氏の御令嬢で、八十歳をすぎた嶋田紅良《しまだあから》さんであった。

（「源氏物語のフランス語訳を」00・6）

最近、身辺整理にあわただしい。

今月（八月）二十八日に徳島市に文学館が建つ起工式が行われる。徳島に文学館がないことは、恥しいことなので、この設立には私も陰ながら力を入れてきた。いよいよ起工式にこぎつけたことはおめでたいし嬉しいが、その中に、私のコーナーもワンフロア設けられる。これは私の持物全部を寄付するつもりでいたので、去年から、蔵書や生原稿や、資料の数々を送りつけている。

しかし予定より、与えられた面積が少なくなったので、私の持物全部は収めきれない。これも、私の身の始末のつもりである。数え年でいえば、来年は早くも傘寿を迎えることになる。自分がまさか八十まで長生するなど想像したことがあっただろうか。

とにかく、去年あたりから、何か背後から背中を押されて急げ、急げと言われているような気がしてならない。何を急ぐのか、それこそ身の始末に決まっている。要するに死支度である。

数年前、田中澄江さんが『夫の始末』（講談社）という小説を書いて、女流文学賞と、紫式部文学賞のダブル受賞をされ話題になったことがある。

夫君の田中千禾夫《たなかちかお》さんを、あの世に見送るまでの奮闘記で、悲しく、おかしく、いじらしく、切ない物語に、読者は身につまされることも多く、感動させられたのである。

たまたま二つの賞の選者にあたっていたので、澄江さんから電話をいただき、

「瀬戸内さんありがとう、おかげで二つの賞金あわせて三百万円で、ちょうど千禾夫のお墓代が払えたわ」

と喜ばれた。その時、澄江さんはまだお元気そのもので、

「あの題が悪いって、読者から抗議殺到よ。夫を始末するとは不穏当で、もっての外だって叱《しか》られたわよ」

と言われた。

「この次は妻の始末を書かなければ死ねないわね」

とも言う。そのあと、私は『広辞苑』（第二版）で「しまつ」を引いてみた。はじめとおわりという意味から始終、首尾ともあり、事の顚末《てんまつ》、事由、整理する、処理などもある。

私の子供の頃の感覚では「しまつ」と言えば節約を意味し、つつましやかなことを指していたと思う。しまつな人というのは美徳の人としてほめられていた。しかし、始末してしまうというと、殺してしまうというような語感もある。きっと澄江さんに抗議し

てきた人々は、夫を殺してしまったという意味の方にとったのであろう。

澄江さんの小説は、亡くなるまでの夫婦の顚末の意味が強かったように思う。千禾夫さんは澄江さんと恋愛結婚したが、生涯、自分の書きたい戯曲しか書かず、平たくいえば生活能力はなかった。澄江さんも、夫に負けないくらいの裕福な生家に生まれ、才能豊かで小説家志望だったが、お子さんの病気などが重なり、結婚以来、映画やテレビの脚本を書きまくり、売れっ子になって稼ぎに稼いだ。千禾夫さんをすばらしい芸術家で天才と信じ、そのためには夫に手を汚すような仕事は一切させず、自分が経済面を一手に引き受けたのであった。熱心なカトリックのクリスチャンで、山歩きが何よりの趣味であった。

私は澄江さんのお宅にも何度か伺ったが、玄関から応接間、廊下まで、それはもう、物の氾濫で、足の踏み入れ場もなかった。ようするに獅子奮迅《ししふんじん》に働いている澄江さんは、家の内の「しまつ」は至って下手《へた》ということがわかった。

田中家から帰ってくると、私は乱雑を極めたわが書斎に坐《すわ》り、ついにんまりと笑ってしまう。「うちの方が少しましかな」と。

千禾夫さんに生涯惚《ほ》れこんでいた澄江さんは、千禾夫さんが亡くなると、急に元気がなくなり、四年三カ月ほどで後を追った。ついに妻の始末は書かれなかった。

男女の性のあり方や、文学上の好みについて、およそ澄江さんと私は意見が一致しなかったが、なぜか実生活の上では仲よしだった。

私が出家して以後は、特に澄江さんは私が悪道から足を洗って改悛《かいしゅん》したと思いこみ、好意と友情を示してくれた。

私は澄江さんの純粋さには頭が上がらず、その真摯《しんし》な信仰に心底敬意を払っていたので、大切な友人として敬愛していた。私が出家した時は、誰よりも早く、涙の出るような祝福のお手紙をいただいた。

自分の身の始末に明け暮れながら、私はしきりに澄江さんを思い出している。

（「身のしまつ」00・9）

ふるさとは遠きにありて思ふもの
そして悲しくうたふもの
よしや
うらぶれて異土の乞食《かたゐ》となるとても
帰るところにあるまじや

と室生犀星《むろうさいせい》も歌っている。

長い間、私はこの詩を愛誦《あいしょう》し、どんなに苦しくてもふるさとに泣いて帰ったりするものかと思っていた。徳島に生まれ、徳島に育ち、十八歳の春、東京の女子大に入るまで、私は徳島を離れたことはなかった。

終戦で北京《ペキン》から引き揚げて、見るも無惨に焼き尽くされたふるさとを目にした時の、絶望的な喪失感は、半世紀以上経た今も、胸になまなましく残っている。

引き揚げて、ほんのしばらく徳島にいた間に、私は愚かな恋をして、やがて家も夫も子供も捨てた。

せまい町では、私は噂《うわさ》の女になり、夫の顔に泥を塗った女、幼い子を捨てた人非人となって、非難の矢面に立たされた。

当然のことなので、私はふるさとの人々を恨みがましく思ったりしたことはない。しかし家を捨てた瞬間から、私はふるさとも、自分の心から捨てていた。

ふるさとから石もて追われたという感じを、わざと自分の心に強調して生きてきた。

父は、

「世間さまにけんとが悪いけん（外聞が悪いから）、陽のあるうちは、家へ出入りせんでくれ」

と私に申し渡した。それ以後、父の病気を見舞う時も、私は未明に着く船で帰り、深夜ふるさとの港を出る船にこっそり乗った。

小説家になってから、私は同業者のほとんどが、ふるさとでは冷たくあしらわれ、世間的な名声も、ふるさとでは一向に認められていないことを識《し》った。

ふるさとは、彼等《かれら》の小さい時の姿を覚えている。鼻たれ小僧であったり、おてんば娘であったり、生家が貧しかったり、父親が呑んだくれだったりしたことを、ふるさとの人々はみんな知っている。あんな家の子、あんな不良息子やふしだら娘がという印象がいつまでも消えていない。

世間が彼等の業績を評価して後も、最も遅く、しぶしぶ認めるのがふるさとというものであるらしい。

昔、小説家は世間からは無頼《ぶらい》の徒とみなされていて、良識人、常識人からは毛嫌いされていた。三文文士に嫁をやるなというのが、長い間の常識だった。

紫式部だって、江戸時代の道学者たちからは、あんなけがらわしい物語を書いた女と非難され、仏教者は、彼女は地獄に堕《おと》されていると断言したものだ。反道徳、反権力の小説家は、しばしば投獄の憂目を見た。その列に連なる作家として、私はいささか自分に恃《たの》むところがあった。

私が大手を振ってふるさとに帰れるようになったのは、ふるさとを追われてから実に二十数年の歳月を経た後であった。

当時の徳島の市長の山本潤造氏が、私のような者に三顧の礼を尽くして迎えに来て下さったので、その厚情に感動して、私はようやくふるさとへ帰った。

それ以来は、「寂聴塾」や「徳島塾」を開いて、少しばかりはふるさとへの恩返しをした。

今年十月一日は徳島市の置市記念百十一年めに当っていた。その記念行事の一つとして、私を徳島市名誉市民に認定することになったと報《しら》せを受けた。

当日、私は徳島へ帰り、その式典に出席した。鳥《とり》居龍蔵《いりゆうぞう》博士、実業家の原安三郎氏、地唄舞《じうたまい》の武原はんさんにつづいて、私が四人目であるという。

五、六年前、徳島県文化賞に選ばれた時も、武原はんさんにつづいていた。おはんさんと私は、同じ新町尋常小学校の卒業生である。

晩年のおはんさんは私に逢うと、小学校を思い出すらしく、

「あのなあ、××校長さんなあ、担任の○○先生なあ」

と、なつかしそうに話しかける。私と大方二十歳ほど年の差があることがわからなくなっていた。私はその度、おはんさんと同級生の小学生になりすまし、相槌《あいづち》を打ったものだ。

私の名誉市民の件は、市会議員全員一致で賛成してくれたと報告された。しかし、中には、何であんな不倫をして、子供を捨てたような女にそんな名誉を与えるのかと、反論した人もいたとか聞いた。当然のことである。

一九六二年（昭和三十七）、岡本かの子の文学碑がふるさとの神奈川県川崎市高津区二

子の多摩川の畔に建てられた時、たまたま「かの子撩乱《りょうらん》」の連載を始めていた私は、川端康成氏や岡本太郎さんに命ぜられて、建設の雑用を引き受けた。

　二子の町に、かの子の碑のための募金にも行った。

　町の古老たちの中には、幼いかの子と机を並べて小学校に通った人が、まだ幾人か残っていた。その老人たちは、私に向かって、

「あんな大貫《おおぬき》家の恥さらしの不良少女だったかの子のために、何で文学碑なんか建ててやるのか、わけがわからん」

　と言って、募金を拒んだ人もいた。

　私がかの子の文学的功績をたたえ、かの子は二子の名誉を高めて死んだといくら説明しても、まさか、というけげんな表情をしていた。

　私はその時のことを思い出しながら、式場にかしこまっていた。

　私の文章が活字になるのも見ず死んだ父、私の引揚げも知らず、防空壕《ぼうくうごう》の中で祖父と共に焼け死んだ母、私が小説家になったこと、出家したことを誰よりも喜んでくれた姉、私をふるさとに呼びもどしてくれた山本潤造市長、すべてはあの世に逝《い》った俤《おもかげ》を思い浮かべて、私は神妙に坐りつづけていた。

　今年の春には、岩手県県勢功労者に選ばれた。これは、天台寺を復興して、岩手県の文化に貢献したからだと説明された。

私の心の底にはまだ小説家の無頼の血がさわいでいる。出家したことによって、辛うじて、その血を鎮めているにすぎない。森鷗外《もりおうがい》はただ石見《いわみ》の人森林太郎として死にたいと遺言した。私はただ小説家瀬戸内寂聴として死ねば本望だと思っている。

幾山河流離の涯《はて》のふるさとに
風はやさしくわれを包めり

（「ふるさとの風」00・10）

この正月号から「新潮」に「場所」という題で小説を連作している。来年一月から刊行される私の『全集』に自分で解説を書くつもりで、自分の小説に書かれた昔の場所を訪ね歩きはじめてみた。自分の生まれた故郷はもちろん、両親の生まれたところまで出かけて見たら、全く知らなかったことが次々わかってきて、毎月探偵小説でも書いているような面白さがつのってくる。

そのうち、自分のかつて書いた小説の裏側を探っているような塩梅《あんばい》になってきて、昔、こうだと思いこんでいたものが、実はそうではなかったのではないかという疑いが次々生じてきた。人の心なども、勝手に臆測《おくそく》して、こうだと決めこんでいたのが、実は全くその反対かもしれないなどの発見も出てくる。それを探り確かめていくのが、滅法面白くなってきた。

人間は幾歳になっても過去を見直すことが可能かと思うと、いよいよ長生きすることが気味悪くなってくる。

いつのまにやら、解説なんかどうでもよくなり、十年に八回も引っ越していたような場所を、次々訪ね歩いていた。

東京の変り様は実にいちじるしいものがあり、昔、永井荷風が日和下駄《ひよりげた》で歩きながら、失われてしまった江戸情調をなつかしんだどころの比ではなかった。

道路も昔はなかった広い道が縦横についているし、町内はすっかり変っている。家もほとんどが建て替っている。

記憶の中の目じるしの店や橋を、あてにして探していたら、迷宮につれこまれるようなはめになる。

それでも、ふっと、変りはてた風景の中に、突然、昔のままの家が幻のように残っていたりすることもあるから、興味は尽きない。

昔そこにいた人々は、ほとんど故人になっているけれど、故人の二代めや三代めが、かすかに覚えていてくれたりする。

私は毎月の連載を書くのが楽しみで、それを人がどう読んでくれているかなど、考えることもしなかった。

すると、おかしなもので、十一回もつづく間に、思いの外、多くの人々に読まれていて、話題にしてくれたり、面白いといってくれたりする。

よく見せたいとか、この小説で人気を得たいとかいう気持ちは、近頃全くなくなっている。特にこの連作「場所」は、小説というつもりでもなかったので、気負いがない。

それでも、あんまり評判がいいので、少しいい気持ちになって、通して読み直してみたら、やっぱり、小説になっていた。もしかしたら、これが私の最後の私小説となるのであろうか。

私小説は、日本の文壇では、ずっと馬鹿にされてきた。フィクションの本格小説でなければ文学でないような評論も多かった。私は小説の書きはじめ、私小説なんか書くものかと思って、作り話を書いたところ、ことごとく、私小説と誤解されてしまった。あんまり阿呆《あほ》らしいので、それからは、悪評を逆手に取って、私小説のサンプルみたいな小説を書きまくった。

その傍らで、需《もと》められるままに、新聞や週刊誌に、全くのつくりものの小説も書いた。この方がずっとお金になるということも、やってみてわかった。

しかし日本の文壇とは妙なところで、貧しくつつましく、純文学一途《いちず》でございますというふりをしなければ、軽蔑《けいべつ》され、文学賞なんか、なかなか廻って来ないということも身にしみて体験した。

私は自分の全集の嬉《うれ》しい刊行を前にして、自分の書きあげた作品のおびただしい山を眺め、感無量である。

この秋、死後三十年めに、二回めの全集が出る三島由紀夫さんは、最近続々発見された未発表原稿も新しく入れて、何と全四十二巻だそうだ。第一回のは全三十五巻、補巻一だったから、凄《すご》い増量である。死後三十年も過ぎて、また全集が出るなんていう作家は、ああいう死に方をするか、心中でもしないと難しい。

私なんか、全部集めたら四十五巻くらいはすぐ越えるだろうが、厳選して遠慮し、つつましく二十巻に収めた。そのかわり、ほんとは売れる筈《はず》の小説や、随筆は、みんなはぶかれてしまった。売れなくったって私のせいじゃないよ。

個人全集などは売れないものと決まっている、今時、個人全集を次々出している新潮社は、どうかしたのかと心配する。でもそのすきに乗じて、私は個人全集を生きているうちに出してもらうことになったのだから、やっぱり嬉しい。実は、新潮社は私という作家を世に出してくれた恩のある会社だけれど、ずいぶん私はその後冷遇されていて、私より後から出た人の全集はどしどし出してあげながら、私には、これまで一度もそういう声をかけてくれなかったのである。それでも私は、やっぱり、いつか個人全集は私を世に出してくれた新潮社で出してほしいと念願していた。生きているうちに全集を出すなどとは、卑しい恥しい行為である、と、誰か偉い作家がのたまわったように記憶しているが、恥しくっても卑しくてもいい。やっぱり、私は自分の全集を枕元《まくらもと》に並べて死にたい、ああ、これが、二十七年も昔に出家した尼のいうことばか。

解説のつもりが、小説になってしまったので、解説をまた書かねばならない。「私小説」というのがあるのだから、「私解説」というのがあってもいいのではないか。それも売りものの一つにするつもりでいる。

『源氏物語』の現代語訳が終れば、即、死んでもいいといっていた舌の根の乾かぬうちに、『瀬戸内寂聴全集』の出るまでは死にたくないとつぶやいているのだから、ほんとに私は煩悩無尽の凡夫である。死ぬまで凡夫のままであろう。

その上、心ひそかに、この全集もどうぞ売れますようにと祈っているのだから救い難い。

十一月十四日が来れば、私は二十八回めの得度《とくど》記念日を迎える。二十一世紀を自分の全集で幕開けするとは何と幸福な人間か。

装幀《そうてい》は前世の息子と名乗ってくれる横尾忠則さんが、あっと驚く華やかな、ぐんと上品なものにしてくれた。

（「生きてきた『場所』」00・11）

2001 平成13年 79歳

一月、『瀬戸内寂聴全集』全二十巻（新潮社）を刊行開始。二月、銀座・博品館劇場にて「源氏物語朗読」公演。三月、『生きることば　あなたへ』（光文社）を刊行。新神戸オリエンタル劇場にて「源氏物語朗読」公演。『瀬戸内寂聴の世界』（平凡社）を刊行。五月、『場所』（新潮社）を刊行。新作歌舞伎《かぶき》「源氏物語　須磨・明石・京の巻」を書き下ろし、歌舞伎座で上演。六月、京都寂庵での法話を要望に応《こた》えて、京都アスニーに会場を変更して再開。九月、石原慎太郎との往復随筆「人生への恋文」を「家庭画報」に連載（〇三年六月まで）。中坊公平、安藤忠雄との鼎談《ていだん》集『いのちの対話』（光文社）、シリーズ古典『源氏物語』、新装版『源氏物語』（講談社）を刊行開始（〇二年六月まで）。十月二十六日〜二十八日、九月十一日に起きたニューヨークのテロ事件とアフガンでの報復戦争の犠牲者の冥福《めいふく》と即時停戦を祈り断食。十二月、「さくら」

を「すばる」一月号に発表。『残されている希望』（NHK出版）を刊行。『場所』で第五十四回野間文芸賞受賞。二十四日、「夢浮橋」を蠟燭能《ろうそくのう》として国立能楽堂で上演。三十一日、年越しの天台寺境内の雪の上で転倒し、打撲。

二十世紀も押し迫った去年の十二月二十三日のことだった。ふとテレビをつけたら、いきなり画面一杯に齋藤十一《さいとうじゆういち》氏の上半身が浮かび上がった。大きな椅子《いす》にもたれた姿は肥《ふと》りぎみで、顔はつやつやと元気そうに見えた。

「誰だって、殺した奴《やつ》の顔を見たいだろ」

と、言い放ち、いささか皮肉っぽい、人を小馬鹿にしたような不敵な微笑を口許《くちもと》に浮かべていた。

写真週刊誌のことを特集している番組らしく、最初に新潮社が創刊した写真週刊誌「フォーカス」の創始者として、齋藤氏が取材を受けているものらしかった。

おそらく殺人犯人の顔写真を掲載することの是非を論じて、アナウンサーの質問に、答えている場面と思われた。

　齋藤氏の姿はすぐ消えたので、私もテレビを消した。

　全く予期しない時に、思いがけなくなつかしい人に逢《あ》えた嬉《うれ》しさで、私はしばらく余韻を楽しんでいた。何だか得したような気持ちになっていた。まさかその翌日、倒れ、意識の戻らないまま十二月二十八日に他界されるなど夢にも思っていなかった。

　実物の齋藤十一氏にお逢いしたのは四、五年前になるだろうか。新潮社の百周年で現社長佐藤隆信氏のおひろめパーティーの席であったと思う。

　賑《にぎ》やかな人々の渦の中で何十年ぶりかでめぐりあった時、私は齋藤氏に思わず手をさし出し、握手を需《もと》めていた。齋藤氏はグラスを片手に持ったまま、照れたようにそれでも私の手を握ってくれた。

　カメラマンが素早くその場を撮《うつ》していた。私はわざと齋藤さんに身をよせ、腕を組みポーズをとった。まわりが何となくはやし立て面白がった。

　齋藤天皇といって怖がられている人の、赤くなった照れかえった表情が、面白かったからである。

　その少し前、山田詠美《やまだえいみ》さんと対談した時、詠美さんが少し酔っぱらって、「きみが山田詠美か」と珍しそうな顔で言われた齋藤氏に、いきなり近づいて、頰《ほ》っぺたにキスしたら、齋藤氏がまっ赤になって棒立ちになり、照れまくったという話を聞いていた。そ

んな齋藤氏を、

「カワユーイ」

と詠美さんは言った。

私とツーショットの写真をパチパチとられた後で、照れかくしのように齋藤氏が言った。

「今はもうあなたには何も言うことはない。そのままでいい。好きなようにして大丈夫だ」

私にだけ聞える低い声で、私にだけわかる意味を持った言葉だった。私は深い想いをこめて有難うございますと頭を下げた。一瞬、長い歳月が私の目の中を走り去った。

一九五七年（昭和三十二）一月、私ははじめて齋藤十一氏に会った。三十四歳の時だ。新潮社の四大文芸賞の授賞式の席上で、私は四つの中で一番小さな同人雑誌賞というのを「女子大生・曲愛玲《チユイアイリン》」でもらったのであった。

会場は新潮社の会議室のようなところだった。私は緊張して上がっていたので、一目で同族とわかる佐藤家のお歴々のどの人が社長やら専務やらも区別がつかず、一人だけ、佐藤系とはちがった齋藤氏の顔だけが印象に残った。定刻より七、八分遅れて名優のように現れた一番大きな賞をとった幸田文《こうだあや》さんが、たちまち一座の中心人物になり、その巧みなお喋《しやべ》りにみんなが傾聴して、会は終ってしまった。その日、私は齋藤氏から一言の声もかけられなかった。あれから何と四十四年の歳月が流れている。その間私が齋藤氏と直接会って言葉を交したことはわずか四回しかないのであった。

それでも私は齋藤氏を私の文学の恩人と想っていて、本が出る度一番に贈呈しつづけてきた。

受賞第一作としてはじめて注文原稿を書かせてもらった「花芯《かしん》」で、私は批評家たちからひどい悪評をもらった。エロを売りものにしたというような悪意の匿名批評に逆上した私は新潮社に駆けつけ、無理矢理齋藤氏に会い、反駁文《はんばくぶん》を書かせてくれと泣きこんだ。

その時怖い顔の齋藤氏に、頭から一喝された。

「小説家はね、自分の恥を書き散らかして銭取る商売だよ。売った商品に文句つけられて、一々泣きわめくような甘ちゃんでやっていかれるか。さっさとのれんを下ろして、顔洗って出直すんだな」

そのまま背を向け、取りつく島もなかった。

しかしその後、見捨てはせず、「新潮」に「夏の終り」を書かせてくれた後で、いきなり呼び出され、「週刊新潮」に連載小説を書けといわれた。しかも来週開始と平然と言う。

いくら何でもと呆《あき》れて、もう一週間の猶予を請い、その場で引き受けてしまった。断ったり出来ない迫力があって恐ろしかった。

書くと決まってから、書くことはあるのかと訊《き》く。私はとっさに祇王寺《ぎおうじ》の庵主《あんじゅ》のことならと答えた。

「ああ、照葉《てるは》ね、いいだろ、じゃ」

と、さっと背を向けてしまう。以前、一喝された時と、同じ厚い冷たい背中であった。

齋藤氏にはある趣味があった。純文学志向の作家に、「週刊新潮」に連載小説を書かせ、大衆小説家に転ばせてしまうという趣味である。

柴田錬三郎《しばたれんざぶろう》さんに『眠狂四郎』を、五味康祐《ごみやすすけ》さんに『柳生《やぎゅう》武芸帳』を書かせ、二人とも超人気流行作家に仕立てあげ、「週刊新潮」の売行きをいやが上にものばすという仕組であった。

当時百万部といわれていた「週刊新潮」の売行きを落としてはという恐怖で、私は無我夢中で必死に「女徳」の連載をつづけた。

どうにか無事連載が好評のうちに終った時、担当の江國滋さんが、齋藤さんからだといってブランデーのヘネシーを二本届けてくれた。

「私の誘惑に負けず、調子の高いいい作品を書きあげておめでとう、御苦労さま」

という手紙がついていた。私は江國さんと万歳をいってブランデーをあけ、乾杯した。ブランデーに少し酔った江國さんが話してくれた。

「あの人はね、仕事以外のことは眼中にないんですよ、ぼくが女房と社内結婚した時、二人揃《そろ》って、結婚しましたって挨拶《あいさつ》に行ったんです。その時、『あ、そう、それできみは誰と結婚するの、きみの方は誰とするの？』って、二人に向かって別々に訊くんですからね、そういう人です」

どんなに笑ったことか。しかし江國さんはその後で、齋藤氏はどんな小さな囲み記事でも、「週刊新潮」の全頁《ぜんページ》のすみからすみまで、ゲラに目を通すと教えてくれた。

昭和の滝田樗陰《たきたちょいん》とも新潮の齋藤天皇とも呼ばれた個性の強い、一匹狼の、名編集長が、二十一世紀なんか見たくもないよと、さっさと彼岸へ逝《い》ってしまわれたのは、やはり淋《さび》しい。

（「こういう人」01・1）

今度、私の『瀬戸内寂聴全集』という個人全集が新潮社から刊行された。全二十巻で、一応私が精選した形になっている。ものを書きはじめペン一本で食べてきて五十年が経つ。

いつかは個人全集を出してもらいたいと、夢にまで見ていた。

新潮社は、私の文学の才能をどこよりも早く見つけてくれ、世の中に送り出してくれた大恩のある出版社である。

「女子大生・曲愛玲」で、新潮社同人雑誌賞を受賞したのが一九五七年（昭和三十二）

一月で、私は三十四歳になっていた。すでに文壇には曽野綾子、有吉佐和子の二十代の二才女が登場して、注目を集め、華やかな喝采《かっさい》を浴びていた。

そんな中へのこのこ引揚者の子持ち離婚組という経歴のオバンが遅れて登場しても、ダサイだけであまり注目も集めなかった。

それでもその後様々な紆余曲折《うよきょくせつ》を経ながらも、私はペン一本で五十年を生き抜いてきた。

このはじめての賞の後、たてつづけに、二つの賞を貰《もら》った。一九六三（昭和三十八）年に、「新潮」に発表した「夏の終り」で女流文学賞を受賞して以来、私はたえまもなく書きつづけてきたが、その後は、三十年間、文学賞には全く無縁に過ぎた。もう文学賞などくれるといっても貰うものかと、内心すねきって、ほしいという気持ちさえ忘れた頃、突然一遍上人聖絵《いっぺんしょうにんひじりえ》を扱った小説『花に問え』で、谷崎潤一郎賞が舞いこんできた。

風呂《ふろ》の中で断ることばなどひそかに練習していたことは、とたんに忘れて、私は、信じられない幸運に舞い上がってしまった。

中秋の名月の夜、その受賞の報《しら》せは、たまたまポルトガル・リスボンにいた私のホテルに、月と共に追っかけてきた。

私はすでに七十歳になっていた。

それからは信じられないほどの急ピッチで、私には幸運ばかりが訪れてきた。

五十一歳で出家して以来、もし私が出家者として物を書くのが悪いならば、仏が私の目をくりぬき、指を折り、脳を破壊してくれるであろうと、仏まかせの心境だったので、仕事の注文が絶えないのも、読者が増えつづけるのも、自分の力だとは思えなかった。

まさかと思った『源氏物語』の現代語訳も、七十をすぎて取りかかり、完成して、私はもういつ死んでもいいと感謝していた。

そんな時、突然、あれほど憧《あこが》れ待望していた個人全集を、私にとっては文学のふるさと新潮社から出してやろうという話がきた。

その全集は、前世からの宿縁だという横尾忠則さんが装幀《そうてい》してくれ、真紅一色で飾ってくれた、シンプルで高雅で、色っぽい、何とも言えない美しく華やかな本になった。この真紅は、私の軀《からだ》を流れる血の色であり、五十年、私のペンを支えてきた情熱の炎の色である。

たまたま、この見本刷りが寂庵に届いた大寒の日、寂庵で恒例の黒田杏子《くろだももこ》さんの「あんず句会」が開かれていた。杏子さんはこの本を手にして、その日の句会に、

大寒や寂聴全集まくれなゐ

念講演会とサイン会が開かれた。


という祝句を披露してくれた。

そして今日、一月二十七日、新宿の京王プラザホテルで、『瀬戸内寂聴全集』刊行記念講演会とサイン会が開かれた。

私は前夜、全集の第三巻の解説を徹夜で書きあげ、四時から二時間仮睡して目がさめたら、東京は雪が霏々《ひひ》と降りしきっていた。

目の下の窓外は、建物も道も純白の雪に掩《おお》われていた。晴れ女を自称する私にとっては、心外な天気であったが、私は窓に顔を押しつけひたぶるに降り急ぐ雪を見つめているうち、大都会の汚濁のすべてを掩いつくした雪景色こそ、この上なく清浄に見えてきた。これこそ瑞祥《ずいしょう》の雪でなくて何であろうか。

雪がせっかくの客足をさまたげるのではないかという不安は、たちまちかき消え、この雪を押してなお、会場に来てくれる読者こそ、有難い私の宝ものだという敬虔《けいけん》な、厳粛な想いが、心も軀も熱くしていた。

十二時半からの会に、午前十時頃から人が並んでくれ、六百席はほぼ満杯になっていた。

講演は我ながら力がこもり、サイン会は予想以上の列がつづき、新潮社は、出版、宣伝、営業、総出で手つだってくれたが、一人が七冊も買ってくれ、全巻予約申し込みもつづく盛況に、嬉しい誤算だと喜んでくれた。


（「『瀬戸内寂聴全集』」01・2）

去る二月五日午後八時十分、またひとり明治生まれのすばらしい女性が百一歳で逝去した。数え年なら百三歳だ。女性解放運動の先駆者として、ただひとり生き残ってくれていた櫛田《くしだ》ふき女史である。

その報を新聞で見た時、ついにその日が来たかという感慨に捉《とら》えられ、しばらく瞑目《めいもく》していた。

どの新聞の死亡通知の写真も、女史はにこやかに笑っていて、七十歳くらいにしか見えない。

いや六十代といっても信じる人のいそうな若々しい俤《おもかげ》である。これこそ今、現在の櫛田さんの俤なのである。

私は白寿の櫛田さんに最後にお会いしたが、その時もこの写真のままの若々しさであった。童顔のせいもあるが、いつお会いしても、髪を美しく今風にカットし、セットして、しゃれた帽子をかぶり、きれいにお化粧していた。服も靴も、御自分に似合うものをちゃんと選び、その色彩もデザインも、若々しく華やかであった。笑顔が何ともいえず可愛らしく、百歳近くの人と思えないほどチャーミングであった。

十九歳で日本女子大を中退し、父君の弟子だった経済学者の櫛田民蔵氏と結婚し、三十五歳で子持ちの寡婦になって以来、子供をかかえて苦労されたというが、その明るい笑顔には苦労の翳《かげ》などどこにも見えなかった。

戦後、宮本百合子《みやもとゆりこ》や壺井栄《つぼいさかえ》との交流を縁に、女性解放運動の闘士となっている。一九四六年（昭和二十二）に発足した婦人民主クラブの初代書記長に就任、委員長も約十年も務めている。日本婦人団体連合会（婦団連）会長にもなっている。

この間、安保条約反対、日本母親大会、原水爆禁止、ベトナム反戦など、常に世界と自分との関わりを良心的に受けとめ、ゆるぎない信念を通して、いつでも運動の先頭に立っていた。一昨年二月には、日米防衛協力のためのガイドライン反対のデモの先頭に、車椅子で率先して行進している。

その生涯は筋金入りの女闘士と呼ばれるはずなのに、その小柄で可憐《かれん》な全身から匂《にお》う女らしさ、やさしさ、可愛らしさは、どこから生まれるのだろうか。

最近は、平塚らいてうの会の中心となり、今年はらいてうの映画を完成させるのだと、情熱を燃やしていられたのに、その完成を見ずに亡くなられたことだけがかえすがえすも残念で、口惜しい。らいてう女史は、今年没後三十年に当たり、生誕数え年百十六年になる。

私はらいてう女史の記念の何かの会がある度、櫛田さんから招集を受け、講演をしたり、挨拶をしたりさせられたが、その御縁で、最晩年の櫛田さんとお近づきが出来たことを何より光栄に思っていた。

いつでも、顔をみるなり、超一級の仏教用語でいう和顔施《わがんせ》（誰にでも笑顔を与えること）をたたえて、両手をさしのべ、しっかり抱いてくれる。

会ったことを、こんなに全身で素直に喜んでくれる人は、他にはもういない。

まわりには櫛田さんを敬愛し大切にする同志たちがいつでもあふれていて、その人たちに囲まれ、敬愛され、いたわられている様子は、実に幸せそうであった。

いつでもお別れする時、可愛らしいハンカチに包んだ千代紙をはった小箱を下さる。中には色とりどりの小さなお菓子が入っていた。

まるで女学生の仲よしのように、そっとそれを内緒めいて手渡して下さるしぐさが、またいいようもなく可憐なのであった。もうあの慈悲にあふれた笑顔に会えないのかと思うと淋しい。明治生まれの女性解放運動の先駆者、二十世紀の証言者たちは、ついにみんな去ってしまった。

二月十七日の青山葬儀所でのお別れ会には、私も弔辞を捧《ささ》げさせてもらうつもりである。


（「櫛田ふきさんの人生」01・2）


團菊祭五月大歌舞伎「源氏物語」の初日が開いた。

四月三十日からの稽古《けいこ》に日参して、一日などは午後の一時半から翌二日の朝五時までつきあってしまった。その間夢中で時間の経つのなど忘れきっていた。小説を書いて徹夜することには馴《な》れていたが、芝居の稽古を見て徹夜するなどはじめての経験である。歌舞伎座の外へ出て、夜がすっかり明けているのに気がつきびっくりした。

それからホテルで寝て、午後二時半からまた稽古に入り、夜の八時すぎまで立ち合う。一日と二日は衣裳《いしょう》をつけての稽古だから、『源氏物語』の世界がそこに出現している。全くこの世の外に魂を運び出されているから、時間の感覚も非現実的になってしまうのだ。

従来の古典歌舞伎とちがい、新作は、何もかも新しく生み出さなければならないので、役者さんも大変だ。台本を書かせてもらった私の立場からは、出来るだけ、役者さん自身に芝居をしてもらいたいと、説明的になるのをいましめて作ったが、もっと書きこんでくれと演出家に要求されたので、段々書き加えるはめになってしまった。

役者の側は、そんなにせりふで説明されては、役者の芝居するところがないという。私はその意見が正しいと思い、自分のやりいいようにせりふなどいくらでも捨ててくれというと、そういわれるのが一番難しくて困るというので笑ってしまった。去年はあんまり質問もなかった若い人たちが、ここは「わからない」とか「この時のこの人物の気持ちはどうなのか」など突っこんだ質問をしてくれるのが嬉しかった。わからないというのは、わかってきた証拠なので、去年よりみんな『源氏物語』を理解してきている。

新之助さんが、

「こんなせりふはいいにくいし、いやだなあ、だってぼくはこんなこと絶対、女に言わないもの」

と、どの女にも口べっぴんの源氏のせりふに抵抗を示す。

一人一人がどうやって自分の役になりきろうかと真剣に悩んでいる姿が頼もしく美しかった。

大道具の裏方さんたちも必死でやってくれるのを目《ま》の当《あた》りに見て感動する。照明がどれほど重大な役目をするかということも、つぶさにわかった。映画や新劇とちがって、歌舞伎は、役者さん一人一人が演出家なのだと理解した。團十郎さんの群衆処理のあざやかさを見ていたら、演出も役者の名を冠して行ってもいいのではないかと思った。

福助さんも團十郎さんにつぐ名演出家の素質がある。今回、明石の上を福助さんが演《や》ってくれたのは大成功だった。上品で智的《ちてき》で哀愁に富んだ明石の上が見事に出現していた。

最初の稽古の日、紫の上の心理がよくわからなくて演り難《にく》いと相談してくれた菊之助さんが一晩で、紫の上のおおらかでやさしくて聡明な性質を、自分の中に取りこんでくれ、紫の上が魅力的になったのには、さすがだと思った。

菊五郎さんは最初の稽古の日、一人だけせりふが全然入っていないので、よほど朱雀《すざく》帝《てい》がお気に召さないのかと案じていたら、衣裳をつけたとたん、何ともいえない高貴で哀切な朱雀帝を出現させて下さり、自分の書いたせりふがこんなにすばらしかったのかと仰天してしまった。要するに、せりふは文字ではなく、役者の魂が入れば全く別のいきものになるのだということを見せてもらった。

視力の衰えた帝《みかど》が、蛍兵部卿《ひょうぶきょう》の宮《みや》と三位《さんみ》の中将《ちゅうじょう》に向かって、視力の衰えを訴え、

「それでもこちらが兵部卿の宮で、そちらが三位の中将ということぐらいはぼんやりわかるのだ」

というせりふは、円地文子さんが私が仕事場にしていた目白台アパートを、『源氏物語』の新訳をする仕事場に選ばれていた頃、舟橋聖一《ふなはしせいいち》氏に招かれて、目白の舟橋邸に伺ったことがあった。その時舟橋氏は、両眼がほとんど見えなくなっていられたが、口述筆記で『源氏物語』を書かれていた。

その日、舟橋邸の応接間で、舟橋氏が私たち二人を前にしておっしゃった言葉をそのまま使わせてもらったのである。舟橋氏も円地さんも文壇では屈指の歌舞伎通で、お二人とも「源氏物語」の歌舞伎台本を書いていらっしゃる。お二人があの世で、はらはらして私の「源氏物語」を観《み》ていて下さるのではないかと思い、涙がこみあげてきた。

（「初日の涙」01・5）

私の故郷の徳島では一年中「お遍路」が歩いていた。遍路は遍土とも呼ばれた。「おへんろ」には親しみと尊敬の気分がこめられ、「へんど」と呼ぶ時には、ある種の蔑《さげす》みと差別感が感じられた。「おへんろ」は、みんな白い浄衣《じょうえ》に身をつつみ、清潔なすげ笠《がさ》をかぶり、たいてい群れになって、四国八十八カ所の札所《ふだしょ》を巡っていた。その人たちにとっては遍路は信仰の行《ぎょう》であると同時に、公然と許される楽しい行楽の旅でもあった。彼等《かれら》の腰の鈴のりんりんとさわやかな音が、町角から近づいてくる時、子供の私は、あ、春が来たと思ったものだ。

「へんど」と呼ばれる人はたいてい一人でひっそりと歩いていた。ぼろぼろに破れた笠を目深《まぶか》にかぶり、ちびた杖《つえ》をつき、浄衣は鼠色《ねずみいろ》に汚れきっていた。手甲《てっこう》も脚絆《きゃはん》も破れていた。彼等は家々の戸口に立ち、物乞《ものご》いをした。金銭や食物を恵まれる時は、柄《え》の長い木の杓《しゃく》をさし出してそれに受けた。柄を握る指もなくなり、すりこぎのような手に、杓の柄をひもでくくりつけている人もいた。母はおへんどさんに布施をする時、子供の私にその役目をさせた。その時は必ずおへんどに掌《てのひら》を合わせるように教えた。

「わたしたちの代りに、辛《つら》い病気になって苦労してくれてるから」といつも言った。その当時、寺や神社の参道には、手足や目や鼻を、病で失ったおへんどが、もう歩く力もなくなり、地べたにずらりと坐《すわ》りこんで物乞いをしていた。

らい病という病気の恐ろしさを、その人たちから覚えた。今から七十年ほど前の当時、らい病は遺伝だと信じられていた。らいにかかると、家族は病人を遍路に出す。わずかの金を与えて、死んでも帰ってきてくれるなと、言いふくめた。棄民にされた遍路は、どんなに望郷の念にかられても、家へ戻ることは許されなかった。路上で行き倒れて死ねば、その地に埋められ、土饅頭《どまんじゆう》の上に笠を伏せ、杖を立て墓にされた。杖には本来、住所、姓名を書くが、彼等は決してそれを書かなかった。

らいは業病《ごうびよう》とも呼ばれて、ひたすら恐れ忌み嫌われていた。

女学校の二年の時、『小島の春』を書いた小川正子《おがわまさこ》さんが講演に来て、らいはノルウェーのハンセン氏が菌を発見して以来、ハンセン病と呼ばれていること、遺伝ではなく、伝染病であることを熱っぽく話した。彼女の話は、伝染病である以上、ハンセン病患者は、隔離して養生させ、感染しないように人々の意識を改めるべきであるという内容だった。病人を見つけて、療養所に送りこむ仕事の辛い経験を例をあげて様々に話した。感じ易《やす》い女学生は、みんな泣いて、その話を聞いた。

それは一九三六、七年（昭和十一、二）頃のことであった。らい予防法（旧法）が改正され、隔離対象が全患者に拡大されたのが、三一年だから、小川正子さんがその必要性を説いて全国を廻《まわ》り、巡査が山奥までらい患者を探しては、発見すると即、療養所に強制収容していた時と重なっている。幼い子供でも親元から引きもがれるようにして療養所に入れられ、家族は差別され、悲劇は絶えなかった。

新薬プロミンによる治療が功を奏し、ハンセン病が完治する病とわかってからも、患者たちの法改正要求は認められず、かえって五三年にはらい予防法（新法）が制定され、患者たちの自由と尊厳は認められず、不当な差別は一向に改められなかったのである。らいはいわゆる伝染病ではなく、正しくは慢性細菌感染症で、伝染力の非常に弱いものだということも一般には余り伝わらなかった。

今回のハンセン病患者や元患者たちの訴訟が、五月十一日、熊本地裁で全面勝訴したことが、どれほど患者や元患者に人権回復の喜びを与えたものかは、ハンセン病と無縁で生きてきた健康者には、到底想像も出来ないものがある。

私はこの勝訴を聞いた直後から、言いようのない不安と恐怖を抱《いだ》いていた。万が一にも政府が控訴したらという恐れである。

私は「徳島ラジオ商殺し事件」の冨士茂子さんの冤罪《えんざい》裁判に二十数年関わって支援しつづけ、茂子さんの死後、ようやく無実の判決を勝ちとった苦い経験を、持っている。

その時、日本の裁判の様々な恐怖の実態を見せつけられたが、最も骨身にしみて恐怖したのは、せっかく勝訴しても、二週間ほどで、権力側に控訴されたら、長い苦労も水泡に帰すという残酷な運命であった。検察側の控訴断念の声を聞くまでの、当事者の不安と恐怖は、まさに拷問に等しかった。

茂子さんの死後勝ちとった勝訴判決の直後、私は市川房枝女史と、手を取りあって泣き、喜んだ。その時、市川女史が、「まだ控訴の不安があります。検察の控訴断念を聞くまでは油断ならない」と言われた厳しい口調を忘れない。

小泉首相の改革の旗じるしは、今度の控訴断念を決然と示したことによって、単なる打ち上げ花火でないことを証明してくれた。小泉政府の改革は、ここに見事な実績を一つだけは見せてくれたのである。

ハンセン病患者、元患者の方々にあやまらなければならないのは、政府だけではないと思う。私もまた国民の一人として、これまで、この方たちの苦悩を見殺しにしたまま、彼等の人権回復のために、何の努力も援助もして来なかったことを、深く恥じ、懺悔《ざんげ》しなければならない。

（「ハンセン病訴訟『控訴せず』」01・5）

朝晩はめっきり涼しくなって、秋空高く爽《さわ》やかになったといい気持ちでいたら、突如として、ニューヨークに物凄《ものすご》いテロ事件が勃発《ぼっぱつ》し、仰天させられた。

九月十一日の夜、徳島から甥《おい》夫妻が来て、近所で美味《おい》しい鱧《はも》しゃぶを食べ、いい気持ちで寂庵に帰り、のんびりテレビをつけていた。

その日に突然、異様なテレビの画面が飛びこんできたのである。ニューヨークの百十階建ての、私も行ったことのある世界貿易センタービルに飛行機が突込んだのだ。

一瞬映画のワンシーンかと目を見張ったが、事故かと思ったのも束《つか》の間《ま》、それが現実のテロのニュースの映像だと解《わか》るにつれ、恐怖が背筋を走った。

アメリカの繁栄のシンボルの世界貿易センタービルが、二つとも、火と煙を噴き、目の前で、あまりにもあっけなく無惨に崩れ落ちていく。

「戦争だっ」

と思わず私は叫んでいた。それからは深夜までテレビから離れられない。私が日頃お題目のように口にする「無常」がこれだと、妙に肚《はら》が据わってきた。

「今夜、あんな美味しい鱧しゃぶ腹一杯食べといてよかったな」

甥がのんびりした徳島弁で言う。思わず笑ってしまう。しかし笑うどころではない。戦争が始まれば、アメリカの基地がある日本は、アメリカともどもテロの標的にされるだろう。

それからまる三日間というもの、毎日毎晩、テレビのニュースと新聞ばかり見ている。事情が判明するにつれ、同時多発テロと呼ばれる今度のテロによる犠牲者の多さに激しい憤りと無力感を感じる。

戦中派の私は、テロ犯人の仕業は、即、戦争中の特攻隊の体当り戦死と、肉弾三勇士の姿に結びついた。小泉首相は、特攻隊員の遺品の陳列を見て涙を流し、戦争をしてはならないと思い、靖国神社へ詣《まい》った。

戦争中、肉弾三勇士の勇気と犠牲は国を挙げて賞讃された。特攻隊もまた然《しか》りであった。誰も彼等を可哀《かわい》そうとは口に出せなかったし、ほとんどの国民は本気で尊い偉業だと思っていた。

今度のテロの決死隊たちも、自分のすることは正しいと洗脳された人間なのである。自分たちの信じる正義のためには無辜《むこ》の人々を無残な道づれにして恥じない非人間に洗脳されてしまっている。恐ろしいことだ。

彼等の背後にいるイスラム原理主義指導者オサマ・ビンラディンが、今回の同時多発テロ事件の容疑者だということになってきた。敵の正体がわからない時は無気味だったが、敵の姿が見えてきても無気味さや恐怖が薄らぐこともない。

残虐無道な今回のテロに対して、世界のほとんどの国々は怒りを一つにしている。アメリカの報復感情は強く、テロ発生より三日たった九月十四日にはブッシュ大統領が、

「二十一世紀最初の戦争だ」

といい、アメリカ政府は国際テロ組織との戦争状態に入ったという認識を発表している。

「私はこの戦争に勝つことを固く決意した」

とも宣言した。ついに二十一世紀の戦争の幕は切って落とされたのか。

日本はあらゆる面でアメリカに協力すると小泉首相が申し出たようだが、アメリカか

らはまだ何の要請もないらしい。首相は、その後、「憲法の範囲内での協力」と発言しているが、憲法の範囲内と言えば、十年前の湾岸戦争の時と同様、どの国よりも多額の金をさし出すことになるのだろうか。

湾岸戦争の時は百三十億ドルも出しながら、一向に有難がりも尊敬されもしなかった苦い経験を、国民は忘れてはいない。

あの時より、もっと経済的ピンチに立っている日本で、十年前の三倍くらいの金額を要求されたらどうなるのだろう。

湾岸戦争の時は、私はまだ元気で、戦争直後のイラクへ出かけて、つぶさに多国籍軍の戦禍の跡をこの目で見てきた。

報道のあり方というものについて、考えさせられた。多国籍軍の報道も、イラクの報道も、昔の大本営発表のような気がした。

負けた筈《はず》なのに、イラクの国民はフセインに洗脳されきっていて、自分たちが善で多国籍軍が悪だと信じこみ、いきいきして朗らかだった。アラーは善を守るといい、自分たちの敗北を認めていなかった。

いつ、いかなる国どうしの戦争でも、当事者は自分を善と信じ、相手を悪と決めつけ、互いに聖戦と呼びあっている。犠牲を強いられるのは常に無辜の庶民である。

どんな理由や形にしろ、戦争だけはしてほしくない。仇《あだ》を仇で返せば、戦いは永遠に尽きることはない。

そんなことを言っている間にも逃げた命知らずのテロ戦士たちが、また何を仕でかすかしれない。

あらゆる国々で、今度の犠牲者たちのために、人々が涙を流して祈りを捧げている。ところが日本の仏教徒の祈りはどこにも映っていない。その映像を見ながら、この祈りの熱さでテロと戦争が防げないものかと思い、又しても無力感に投げこまれてしまうのだった。


（「摩天楼と平和の崩壊」01・9）


常宿にしているパレスホテルの地下一階に花屋がある。ここで私はよく花束を作ってもらう。

あれやこれやと花を選んでいる時だった。

一人の女性が私の背後でちらちらするのを感じていたが、よくあるファンの一人かと思い、そのまま花を選びつづけていた。ようやく花が決まった時、その女性が一歩、進んで来て、私に声をかけた。私はとっくにその人は立ち去っていたと思っていたので、びっくりした。振り向くとつれの男性もいた。一目で夫妻と見える二人は、見るからに悄然《しょうぜん》として、暗い顔だった。今にも泣き出しそうに、うつむいている。びっくりした私は、声をかけた。

「何か、お話でも？」

「はい、思いがけずお姿をお見かけしましたので、ついお声をかけてしまって、失礼申しあげました」

二人を壁際に押しつけるようにして、「どうなさいましたか」と訊く姿勢になった。見ると夫らしい人が抑えかねたように泣き出している。夫人が低い涙声で、

「実は、私どもの息子が、あのテロ事件のビルに居《お》りまして」

という。

私は思わず夫人の肩に両手を置いて抱き寄せていた。

「それで、御消息は？」

「わかりません。百二階のオフィスで、会議に出ていました」

飛行機の体当りより上の階なのだろう。黒煙に包まれ燃えさかるテレビの映像が私の目によみがえってきた。

あれから十日目に当たる。東京都に近いM市に住んでいるというO夫妻の長男は三十六歳で、大手商社のニューヨークでの仕事の会議に出かけていた。O夫妻には自慢の優秀な子息だったのだろう。お孫さんはまだだという。

御主人が七十歳、夫人が六十二歳、もう一人次男さんがいて、これからはおだやかで平和な老後を愉《たの》しもうという最中《さなか》であった。

青天の霹靂《へきれき》のように降って湧《わ》いた今度のアメリカの同時多発テロに、自分の運命が巻きこまれようなど、その瞬間まで、夢にも予想しなかったことだろう。

「主人はショックで発作を起こして倒れてしまいました」

「そうでしょうとも」

「それでこちらに宿泊してから病院で検査してもらいまして、明日、その結果待ちというところでございます」

「それはまた、御心配ですねえ」

そういう間もO氏の方はこらえきれぬように肩を震わせて男泣きに泣いていた。

「主人がそんなになりましたので、ニューヨークへ発てませんので、嫁の父と兄が今、あちらに行ってくれました」

何を聞いても、慰めようがない悲惨なことばかりであった。

あの瓦礫《がれき》の山の下は十日経ってもまだ燃えくすぶりつづけていて、救助作業は困難を極めているという。その下に埋もれ行方不明と伝えられる人々の数も日々増えて、今は六千人を超えてしまったとか。

「事件の後、涙なんか出なかったのです。泣いたことなかったのです。それなのに、今、はじめて、どうしてか泣けて……泣けて……」

御主人が、低い声でつぶやいた。

「人に少しでも、お心のうちを話されたからでしょう。少しでも話をすれば、心に石綿みたいにつまった苦しみに、ほんの少しでも風穴が開きますからね。辛い時は話し相手がいるんです。お二人の場合は、悲しみが相乗するので、話す相手は他人がいいんですよ。私は何も今、お力になれなくてもどかしいけれど、ただこうしてお会い出来て、お話を聞かせていただけただけでも御縁があったのだと思っています。少しでもお気持ちの分担ができただけでも……」

「自分でもどうしてお声をかけたかわかりません。あんまり部屋に閉じこもってばかりもと思って、ふっと、地下に降りてみましょうと誘ったら、思いがけなく、お姿をお見かけして、何だかほっとして、無作法なことをしました」

「いいえ、息子さんが引き合わせて下さったんですよ。そういうふうに思いましょう」

ついに夫人も泣きだした。

もし、検査の結果で、この御主人に病気でも発見されたらと思うと、たまらない気持ちだった。

こんなところで、こういう方に引き合わせてくれたのは、私の側から言えば仏のはからいであろう。この問題を、犠牲者の遺族の立場に立ってよく考え、うかつな意見など軽く言うなということであろう。すでに私は報復戦争に反対する意見を、あちこちで喋っているし、活字にもしている。私は恐る恐る訊いてみた。

「テロ犯は死んでしまってるんですものね。仇《かたき》を討つにも……」

O氏がすぐ、きっぱりと言った。

「もう結構です。これ以上、罪もない人々を殺す戦争など、しないでほしいです」

夫人も横で強くうなずいていた。

住所と名前を交換して、その場はそれで別れた。

翌日夕方、私はまだホテルにいるというO氏の部屋に電話をいれた。

「御主人さまの検査の結果はいかがでしたか」

O氏が電話に出て、昨日とはちがった活気のある声で、どこも悪くなかったと告げられた。

「嫁がどうしてもあきらめきれなくて捜索をつづけてほしいと現場に通いつめているようです」

夫人の声に代った。

「おかげさまで……お会いしてから何だか、いろいろ少しずつ、よいことが出てきています」

その声も、よほど明るく元気になっていた。

（「テロ犠牲者の老父母」01・10）

いつまでたってもアメリカのアフガン空爆が止《や》まない。連日、テレビのニュースを観るのと、新聞五紙を読み比べるのに時間をとられ、仕事が出来ない。日本の京都でひとりやきもきしても、遠い中東の戦乱に指一本触れることも出来ないが、この大混乱を見て見ぬふりをすることは出来ない。

報道によれば、タリバンはあっけないほど空爆に打ちのめされているようだが、それでも空爆がつづいているのは、まだ、手強《てごわ》く抵抗しているということなのか。

テレビの画面や週刊誌のグラビアに見る被爆した子供たちの悲惨な状態は、まともに見られないものがあった。難民たちの絶望的な表情に胸を突き刺されるようであった。

そんな間「ペシャワール会報No.69」というものを送ってもらった。それは中村哲《なかむらてつ》氏を支援する目的でつくられた「ペシャワール会」というものが発行している二十頁の会報である。

中村哲氏という方は福岡生まれのお医者さんで、専門は神経内科らしいが、一九八四年（昭和五十九）にパキスタン北西辺境州のペシャワール・ミッション病院に赴任。らい（ハンセン病）のコントロール計画を柱にした貧民層の診療に携っている。つまり現代版赤ひげセンセイである。

この赤ひげセンセイは、一九八六年には、アフガン難民のためにJAMS（日本アフガン医療サービス）を設立してアフガン人の無料診療にもあたっている。辺境山岳部には定期的に移動診療もしている。ますます赤ひげセンセイらしく、ついに井戸まで掘ってアフガンの大旱魃《かんばつ》対策まで行った。もう神さま仏さまのような凄いセンセイなのだ。

この赤ひげセンセイが、九月十一日の同時多発テロと十月八日から開始された軍事報復後のカブールの意外に落ち着いた市民生活を会報の中に伝えているのには驚いた。

十年前、湾岸戦争の時、私は作家のカンで、どうも伝えられるニュースに信用が持てず、自分でバグダッドまで出かけて、自分の目でイラクの戦争直後の実情を見てきた。

中村氏の報告を読んで、やっぱり、そうかと思った。カブールの民衆は、タリバン政権のもたらした秩序と市民生活の安定を、たとえその生活が極貧であろうと、失いたくはなかったのだという。アフガニスタンの実像は、正しく伝えられていないとか。

十六年も彼《か》の地に暮らし、人々から、

「あなたたちだけはわれわれを裏切らない」

と信用された人のいうことばだ。私は頭から信用してしまった。私がバグダッドで見たすべてをなまなましく思い出した。

中村氏は、「新たな難民をつくらない」緊急支援として、「アフガンいのちの基金」という運動を起こしている。

「事態は緊急である。私たちは、巨大な難民キャンプと化した百万都市カブールが、一人も餓死者を出すことなく今冬を乗り切り、難民化を避けて平和な市民生活を送るため、ここに大規模な行動を起こす。すなわち、餓死の予想される人々の生命を保証して惨めな難民化を防止すべく、直ちに餓死に直面すると推定される十万名（約一万家族）の食料配布を自らの手で直ちに開始する」

という中村氏の檄文《げきぶん》を読むと、何だか全身が熱くなってきた。日本円二千円で、アフガンでは十人の家族の一カ月分の小麦粉と食用油がまかなえるというのである。

感動した私は、それから中村氏の著書をあさって、毎日読破した。その熱気が突然、私を目覚めさせた。

何と私は愚かだったことか。何と精神的に怠惰で、頽廃《たいはい》していたことか。丁度十年前、一九九一年（平成三）二月、私は湾岸戦争即時停止を願って断食祈願をしている。六十九歳（数え七十歳）の冬であった。十年前の私の勇気はどこに消えてしまったのか。

「あの時は七十でしたからね、今は八十だもの、もうあの頃のパワーも情熱もありませんよ」

などと臆面《おくめん》もなく喋って、法話などして、いい加減な恥ずべき人間である。本来単細胞なので、そう思うと、直ちに自分が悔い改める方法を考えつく。そうだ、断食だ！

そこで私は急遽《きゆうきよ》「断食祈願」を決行することにした。

本日十月二十六日から、三日間やるつもりである。すでに昨夜七時以後、一切食物は断っている。
　十年前は「殺スナカレ殺サセルナカレ」と下手《へた》な字で書いた大きな垂れ幕（紙製）を
　サンガの入口にかけたが、今度はもっとつつましくやろう。私は原稿用紙に原案を書いた。
断食祈願
報復戦争停止の為《ため》に
テロと爆撃の犠牲者の冥福の為に

仏教徒として、あらゆる武力戦争に反対します。

テロは許すことの出来ない犯罪です。しかし武力報復戦争も同罪です。犠牲にされた無辜の人々の無念と悲惨な死の前に、せめて仏教徒として三日間の断食祈願をします。

同じ想いの方々の写経参加をお願いいたします。

但し参加者の断食は危険ですのでお断りします。

場所　寂庵サガノ・サンガ
日時　十月二十六日（金）二十七日（土）二十八日（日）

天台寺住職
寂庵庵主　瀬戸内寂聴

これを寂庵のインターネットにも流すことにした。

寂庵のスタッフたちは断食宣言をしたらギョッとしたが動じない。私の突然の予定変更には充分鍛えられているからだ。

サンガに写経の机を並べ、一人で坐った。午後から聞きつけて毎月写経に来てくれる人たちが数人かけつけてくれた。門を開いたので、通りすがりの観光客が入ってきて、カンパの箱に勢いよくお金をいれてくれ、中には上って、写経してくれる人も次々あらわれる。

一緒にお経をあげると、早くも声がかすれているのにびっくりする。やっぱり八十の冷水かと、がくんときたが、そしらぬ顔をして坐り直す。

十年前は断食八日めに倒れ、病院へかつぎこまれたが、入院して三日後、停戦のニュースを病室で見た。今の大統領のパパ、ブッシュ氏が、あの渋い顔でそれをつげた。親子二代で中東を爆撃するとは何という因縁であることか。

断食は私は怖くない。ただし、あんまり誰もが年だ年だと脅すので、用心はしようと思う。丁度断食して三十時間になるが、何ともない。血が濃くなるので、万能茶ばかり呑《の》んでいる。だんだん頭は爽やかになってきた。

寂庵写経は無料だが、この期間の志納金を頂き、全額に私の分も足して「アフガンいのちの基金」に送る。

（「やっぱり断食だ」01・11）

アフガンへの報復戦争停止と、テロと爆撃の被害者の冥福を祈願するため、八十六時間の断食を行った。

……断食後は、元食《もとしよく》に返る時が難しい。この時、人間は文字通り、餓鬼になってしまう。断食にかけた時間だけをかけて元食に戻るのが、断食成功のコツである。

ようやく元食に戻った日の夕暮であった。まだ酒一滴呑めないし、こってりした料理もだめだ。湯豆腐の鍋《なべ》を独りでつつき、お粥《かゆ》よりやや堅めの御飯をぼそぼそ食べていた時、電話が鳴った。

「群像」の編集長の籠島さんの落ち着いた声が聞えた。

「実は……」

ああ正月号のエッセイを忘れるなという電話だと思い、

「ハイ、わかっています」

と言うのと同時に、

「野間賞のことですが……」

と言う。あ、今夜選考会だったのか、誰が貰ったのだろう。私の親しい若い作家が受賞して、お祝いのことばでも言わされるのかな、コンチクショウ！　と思ったとたん、

「瀬戸内さんの『場所』が決まったのですが……お受け下さいますか」

と言う。私は思わず奇声を発したと思う。電話口で飛び上ってしまった。もちろん断る理由などあるわけない。

まさか、こんな凄いプレゼントを年の瀬に向ってもらうなんてと、一瞬頭が空白になった。

「場所」は、はじめ全集の解説のつもりで書きはじめたが、何か手応えがあったので、連作小説にすることにして、一年間「新潮」に連載させてもらった。

昔、そこに生きた場所へ、自分で訪ねて行くという小説で、三十年、四十年前の場所は全く失《な》くなっていたり、新しい町になり変っていたり、また幽霊か幻のように、昔のままにそこにあったりした。

フランスのアニー・エルノーの小説が面白いから読めと山田詠美さんに教えてもらった。読んだらとても面白くて、訳されている本は片っ端から読んだ。その中に両親のことを書いた小説に「場所」という題がついていた。私は小説の題はたいていい書いた後でつけるのだが、今度ばかりは、『場所』という題がくっきりと目の中に浮かんできた。アニー・エルノーの『場所』とは全くちがう私の『場所』が書ける幸福な予感があった。

しかし、まさかその小説で野間文芸賞が転り込むとは思っていなかった。私はやや、落ち着いてから、籠島さんに選者はどなたですかと訊いた。驚いたらしい声で、籠島さんが選者の名を教えてくれた。私はその場で選者の方々に五体投地礼をしたいくらいだった。

まだ授賞式は先のことだが、多くの人々が私以上に喜んで下さっている。遅すぎたといってくれる人もいるが、私は今、もらったのでいっそう有難いのだと思っている。これまでの五十五人の受賞者の誰よりも私が最高齢者である。丹羽文雄《にわふみお》さんと、井上靖《いのうえやすし》さんの二度目の受賞が、七十九歳、八十二歳だが、お二人の最初の受賞は、四十代、五十代であった。一昨年の清岡卓行《きよおかたかゆき》さんが七十七歳で、私はそれを上廻っている。自慢になる話ではないが、客観的に見れば、ちょっといい話ではないだろうか。長生きはするものである。

（「ペン一本の半世紀」02・1）

一九九六年に『白道』（講談社）という小説で芸術選奨文部大臣賞をもらった時、ふと思いついて「白道」と名づけた吟醸酒を造った。つまり、知り合いの山形県の男山の醸造主に十本の原酒を届けてもらって、私がブレンドしたものである。十本の酒びんは無レッテルで、私は一本ずつ呑み、

「これとこれをブレンドして下さい」

と言った。とたんに男山の主人が深くうなだれたので、どうしたのかと思ったら、

「一番お高いのを二本お選びになりました。よろしゅうございますか」

と恐る恐る言うではないか。まさかそこで引っこんでは尼がすたるではないか。私はにっこりして、

「大丈夫、それで造って下さい」

と言った。瓶も箱も私がデザインした。文字は、本の『白道』の装幀に書いていただいた榊莫山《さかきばくざん》氏の名筆を頂戴《ちょうだい》した。

その酒は、私のところにしかない。男山も私の許可なくては売ってはいない。うんと高いとおどかすのでみんな自分では買わない。私はこの酒を「ほめてくれたらあげます」とちらし入りで人に送ったところ、みんなから絶讃の葉書が来た。まるで上等の白ワインのようだとか、口あたりがいいとか、女殺しだとか、さまざまなおほめの言葉がつづく。私がよく買うので製造元は採算はとれているらしい。まだ文句も言って来ない。

今年の野間賞の授賞の電話をもらった時、私はアメリカのテロ報復戦争反対と、テロ犠牲者冥福の断食祈願の後で、ようやく、元食にかえたその日であった。はじめて柔かい御飯に湯どうふで、一人ぼそぼそと味気ない夕食をしていた時の電話であった。

全く予期していなかったのでトンチンカンな電話の受け方をしたが、野間賞が私の『場所』にいただけると理解出来た時は、思わず電話口で飛び上ってしまった。

「選者はどなたですか」と私が訊いたら、電話をくれた「群像」の編集長の籠島さんが、それも知らないのかと愕《おどろ》いた口調で教えてくれた。

早速、一杯呑みたいところだが、断食に入って私は十日も、一滴も呑んでいない。また、まだ酒を呑む体調ではない。という次第で、十二月十七日の授賞式まで用心して私は禁酒のままであった。

当日、晴れがましい授賞式には千人ものお客が参会して下さり、その盛大さにびっくりした。

受賞者の挨拶は二分と、係の編集者に十ぺんも申し渡されていた。

ところが、私の前に新人賞や、児童文芸賞の若い受賞者の挨拶があったが、何と若い彼女たちは、みんな七分も八分も、堂々と弁じ立てるのであった。八十の老尼の私は、その厚かましさに驚き、二分ジャストの挨拶をしてのけた。

これが礼儀というものだよと、若い人に教えたつもりであるが、そういうところは、まさにイジワルババアの心境で、我ながらおかしかった。

野間文芸賞歴代受賞者の中で、井上靖氏の『孔子』受賞は八十二歳、丹羽文雄さんの『蓮如《れんにょ》』受賞は私と同歳だったが、お二人とも二度めで、最初の賞は、四十代、五十代である。初受賞では数え八十歳の私が最高齢者であった。自慢になることではないが、何でも一番というのは気分のいいものである。

その夜ははじめてお酒の解禁をして、シャンペン、ワイン、老酒《ラオチュウ》、と呑み、常宿のパレスホテルへ帰って、「白道」を呑み、快く酔いつぶれて熟睡したのであった。

（「禁酒を解いた祝酒」02・2）


私が日本尊厳死協会に入会したのは一九九一年六月で、私の登録番号は０２０２１８であった。今では、会員は九万五千二百九十九人（二〇〇七年八月二十日現在、十二万千十五人）になっているという。今年は協会の設立二十五年目に当たるそうだ。会員は意識のしっかりした状態で書いた遺書（尊厳死の宣言書）に署名捺印《なついん》して協会に一通と自分で一通持っている。
一、延命措置は一切ことわる。
二、ただし病気の苦痛を和らげる処置は最大限にしてほしい。その副作用で死んでもかまわない。
三、数カ月以上植物状態に陥った時は、一切の生命維持措置をとりやめてほしい。
という要点である。日本ではまだ法制化されていないが、二〇〇〇年には九六パーセントの医師が「リビング・ウィル」を受容したと報告されているし、日本医師会も、日本学術会議も、尊厳死を積極的に認めると公表している。

年間一人二千円、夫婦なら三千円の会費で入会出来る（八十歳未満の場合）。

自分の身の始末に、それくらいの処置をしておいた方が、家族にも迷惑がかからないのではないだろうか。ただし、肉親で愛情深い人々の中には、こういうことに抵抗を示す人もまだ少なくないと聞く。それはその人たちが、やがて来る自分の老いの果ての死を真剣に考えてみた時、自《おの》ずから答えが出てくるのではないだろうか。

今朝《けさ》、私の親しい知人から手紙をもらった。その人の夫人は、実父のアルツハイマーの長年の介護で疲れ切り、六十過ぎの若さで亡くなった。病人は九十七歳で、病気になって十数年になる。誰よりも溺愛《できあい》していた娘の死に顔も認識出来なくなっていた。今も胃に穴をあけて栄養分を流し込む処置を受けつづけている。

まだ娘の生存中のある日、たまたま病室で二人きりになった婿に向かって、突然病人が、

「人間死ぬのは難しいですね。どうしたら死ねるのか教えて下さい」

と言ったそうだ。娘の顔もわからなくなっていた病人は、婿を医者だとでも思ったのか。こんなになっても、心の底では生死の問題をこれほど思いつめているのかと、訊かれた人は強いショックを受けたという。舅《しゅうと》がある時から食事をとらなくなったのは、断食死を望んでいたのかもしれないと考えたとか。

現代医学は魂のことは一切抜きにして、肉体だけの延命を考えているのではないだろうか。

私は、その病人の壮年、初老の時代の威厳に満ちた颯爽《さつそう》とした風貌《ふうぼう》や、華やかな仕事ぶりを思い浮かべ、思わず手紙の上に涙をこぼしていた。

（「尊厳死について」01・11）

戦争の二十世紀の後に、二十一世紀こそ平和の世紀をと期待した世界中の人々の願いは、見事に裏切られて、二十一世紀はテロと報復戦争で開幕した。

九月十一日の米国同時多発テロから早くも三カ月余が過ぎさり、ニューヨークも東京も、クリスマスの電飾でまばゆく輝いている。

アフガンでは、まだビンラディンを追い需め、連日、爆撃が続行されている。目前に迫ったクリスマスまでに、その消息は摑《つか》めそうにもない。

体のなかが堕落退廃しきっているのに、かけ声勇ましく報復戦争に追随している日本という国はどうなっているのか。それでも、日とともに、このままではならないという戦争批判の声も上がりはじめている。

年の瀬に新宿・紀伊國屋《きのくにや》ホールで開いた日本ペンクラブの戦争に反対する講演会にも会場一杯の人々が集まっていた。井上ひさしさんの「連鎖街のひとびと」を上演中の舞台が、その夜だけないというので、急遽そこを会場に借りたのだった。したがって井上さんの芝居の舞台装置がそのままある舞台であった。

井上さんの芝居は、大東亜戦争が敗戦となった八月末の旧満洲（現・中国東北部）大連のホテルの地下室に集った人々が話をするというもので、反戦思想が盛りこまれている。まさにペンの会としては打ってつけの場所であった。井上さん、加賀乙彦《かがおとひこ》さん、私、梅原猛さん（当時・日本ペンクラブ会長）の四人が四十五分くらいずつ話した。時間が短すぎ、私は何故《なぜ》かあまり話したこともない北京で迎えた終戦体験などから話し出し、珍しく収拾がつかなくなってしまった。他の人たちの話は、感動的であった。

梅原さんは山折哲雄さんと、現在の報復戦争に対しての反対意志を盛りこんだ対談集を早々と出しておられた。

私も、今度のテロ事件以後の様々なエッセイや、テレビ・ラジオで話したことを集めた小さな本を『残されている希望』という題をつけて、NHK出版で出したばかりであった。仏教徒の立場からも文学者の立場からも、考えていることは発言しなければならないと思ったからである。

ヒロシマ・ナガサキのことを、何と早々と忘れてしまえるのか。

二十三年前、有事立法をめぐって、国民の中に不安と混乱が起こった。その時、新聞の投稿の歌に、

二百万の死をもて得たるその轍《てつ》を何ぞ急なる忘るることの

とあったのを思い出す。和歌山の西景三《にしけいぞう》さんの歌であった。

全く人間とは、実に忘るることの何ぞ急なる動物であろうか。

どういう集まりの時でも、七十五歳以上の人に手をあげてもらうと、すでに、寂寥《せきりょう》たるものである。生き残ったわずかな戦争経験者の我々が、積極的にあの悲惨な戦争を語りつづけなかった責任も逃れられないと思う。

ところが私の子供のような若い世代が戦争の虚《むな》しさをしっかりと捉えはじめている。坂本龍一さんは、あのテロで崩壊するビルをニューヨークにいて目撃している。坂本さんは事件の直後からブッシュ大統領の報復に疑問の声を発していた。

メールにあらわれる同じ意見の人々の声を集めて、編集し、本にした。『非戦』（幻冬舎）という題である。

彼等はみな、テロの背景にあるものに目を据えている。地球の上の貧富の差と、富める者が分かちあう精神に欠けていることにテロの起こる原因を認めている。

人は人を殺すなかれという仏教の精神が、彼等の間にはすんなりとおさまっているのだ。「非戦」、戦わないと宣言するには勇気がいる。世間の流れに逆らう少数派になることは、命懸けを要求されるだろう。それでも彼等はひるまない。次の世代にツケを残さないという決意には、彼等に愛する子供たちがいるからでもあろう。

いつの時代でも好戦的な人間と、戦争嫌いな平和主義者たちはいた。想像力を持つのが本当のインテリである。戦争の経験が無くとも、彼等は非戦の道を選び取る。出たばかりの本を持った坂本さんの写真を新聞で見た日、榊莫山氏から、新年の色紙を贈っていただいた。馬の首らしい抽象画の左右に、

馬ヲ華山ノ陽《ミナミ》ニ帰シ、牛ヲ桃林ノ野ニ放ツ

と書かれていた。お手紙がついていて曰《いわ》く。

「武王が殷《いん》の紂王《ちゅうおう》をやっつけて周王朝をたてたとき『もう戦争はこりごりだ』とつぶやいてこの詩を書いたという。当時、馬と牛は最大の戦力であった。 ―莫―」

(「『報復戦争』へ何を語るか」01・12)

2002 平成14年 80歳

一月、中旬、昨年末に転倒した後遺症が出る。新作歌《か》舞《ぶ》伎《き》「源氏物語　須磨・明石・京の巻」で第三十回大谷竹次郎賞受賞。二月十日〜十五日、打撲の後遺症がひどくなり京都第二日赤病院に入院。退院後、風《か》邪《ぜ》が悪化して一カ月間、声が出なくなる。京都での法話以外の外出は禁止。聞き手の山田詠美と『いま聞きたいいま話したい』（中央公論新社）を、『寂聴さんと巡る四国花遍路』（文化出版局）を刊行。銀座・博品館劇場にて「源氏物語朗読」公演。三月、『かきおき草子』（新潮社）、対談集『いま、いい男』（ぴあ）、『寂聴あおぞら説法Ⅱ』（光文社）を刊行。新神戸オリエンタル劇場にて「源氏物語朗読」公演。五月、『釈迦と女とこの世の苦』（ＮＨＫ出版）を刊行。六月、池袋サンシャイン劇場にて白石加代子による瀬戸内寂聴現代語訳「源氏物語」の一人芝居公演（演出は鴨下《かもした》信一）。『寂聴生きいき帖《ちょう》』（祥伝社）を刊行。八月、Ｎ

その日、桂子さんは和やかな会話の中で、ごく自然に両親の介護暮らしのことを打ちあけてくれた。丹羽氏が大分以前から老人性痴呆《ちほう》になり、家族はそれを世間に隠しているという噂《うわさ》は耳に入っていたが、真相は知らなかった。

桂子さんの話は、明るい表情と声とはおよそ不釣り合いな陰惨なものだった。アルツハイマーが高じて、もう原稿用紙にも自分の名前だけしか書けないと言う。長年連れそった夫人の判別もつかない。その上夫人までパーキンソン病と脳血栓で倒れ、車椅子《くるまいす》生活になった。自制心がなくなったので、夫人だけを病院に入れたところ、夫人はまだら呆《ぼ》けになり、財産を桂子さんが全部没収したという妄想を抱《いだ》いた。突然、弁護士をたてて桂子さんを訴えると通告してきた。そういう母を愛し、介護する気持ちがとても苦しいという。

当時丹羽家にはお手伝いや介護人が昼夜交替制でいたが、桂子さんが始終出入りして、介護の全責任を負っていた。ついに介護疲れと心労で、アルコール依存症になり、入院してようやく治したという。

「主人がその時、病院へ一緒に入院してくれました」

という桂子さんの横で、本田氏はおだやかな表情で、

「あんまり可哀《かわい》そうなので、今日は娘もアメリカから帰ったし、京都へでも行こうと引っ張り出してきたんです」

とおっしゃる。私はその場で、もう隠すのは止《や》めて、むしろ、すべてを書いた方がいい、このままでは桂子さんの神経がおかしくなるとすすめた。

一年迷った末、桂子さんは正直な介護話を書いた。『父・丹羽文雄　介護の日々』（中央公論新社）、『父・丹羽文雄　老いの食卓』（主婦の友社）が出版された。ＮＨＫのテレビにも出て、現状を発表した。

反響は桂子さんの予想以上に大きく、全国の同じ苦しみを持っている人々から共感や励ましや癒《いや》されたとの手紙が殺到した。また老人介護の講演で引っ張り凧《だこ》にもなった。桂子さんはいきいきと明るく、それらの身辺の変化をみんな受け入れ、積極的になった。個人的な介護の悩みは、普遍的な世間の介護者の悩みへと視野が大きく広がっていった。また丹羽氏の才能の遺伝が、桂子さんの気付かなかった隠れていた表現の才能を開花させる結果ともなった。桂子さんにとっては苦しめられることの多かった丹羽夫人が、施設で一九九八年の秋に死亡した。その頃は婚家の姑《しゅうとめ》も老人性痴呆が始まっていて、桂子さんは三人の親の介護をするはめになっていた。桂子さんは苛酷《かこく》とも見える運命と前向きに闘っていた。嫁いでいながら里の両親の介護をここまですることが出来たのは、世にも珍しいほど理解のある本田氏を夫としていたからである。

それでもついに桂子さんの一番怖れていた日が来た。父の在宅介護の限界が来て、ついに施設に入れなければならなくなったのだ。厭《いや》がる丹羽氏を施設の係員が羽交い締めどうせ育たない子だからと、母が甘やかし、食べたいものだけしかあたえなかったので、私は煮豆と魚しか食べず、野菜欠乏で、偏食のため年中おできに悩まされていた。当時の小学校の通信簿には成績の他に操行と栄養という欄があり、私は成績、操行は六年間全甲だったが、栄養は、乙と丙ばかりであった。

それでも長生きしているのは、二十《はたち》の時、断食寮へ飛びこんで、二十日間の完全断食をしたおかげで、体質が全面的に改善されこの経験の結果、八十歳の現在まで健康を保ち、私の体にはまだメスが一度も入っていない。

あと、どれほど生きたいとは考えたこともない。『源氏物語』の訳業も終ったし、個人全集もあと四巻で終る。書き下ろしの途中だが、これは出来るだろう。その原稿さえ渡せば、私はその晩死んでも悔いはない。

天台寺も私のあとの住職が決まったし、徳島の文学館もこの秋には必ず開館する。

誕生日には何も会はしなかったが、贈り物の花であふれて、華やかな有難い八十歳になった。

（「傘寿誕生日」02・5）

山田風太郎さんの小説や随筆の大ファンだった私は、一度はお逢《あ》いしてゆっくりお話がしたいと思っていた。それというのも、私と風太郎さんは同じ大正十一年（一九二二）生まれだったから、生きてきた長い歳月の経験に同感することや、なつかしい思い出が重なるだろうという予感があったからである。ある出版社がそんなチャンスを企ててくれていたのに、その日を待たず、思いがけずさっさとあの世に先立ってしまわれたのが、何とも残念でならなかった。

そこへ、突然、こんな思いがけない日記（『戦中派焼け跡日記』小学館）を見せられ、これこそあの世からの贈り物にちがいないと感激して読みはじめたら、面白くて、夢中になり、止められず、一気に一年分の日記を読み通してしまった。それでも足りず再読して、今度は赤ペンで真っ赤になるくらい傍線を引いたり、ノートに書き抜いたりして熟読した。

敗戦の翌年、昭和二十一年一月一日から、その年の十二月三十日まで、日を追って、実に詳細に丹念に書きつけられている。

「一日（火）

詔書発布。悲壮の御声《おこえ》。

日本史上空前絶後の暗黒の年明けたり」

で始まったこの日記には、戦後の日本の混迷を極めた世相や人心が、克明になまなましく描き出されている上、当時の物価までまめに書きつけられている。その点、戦後史料としても優れたものである。日本の女をつれた進駐兵の姿や、ビルの方々にひるがえる畳二畳敷もありそうな星条旗に、思わず眼に涙を浮べてしまう著者の、敗戦に傷つけられた心の痛みに共感せずにいられない。

「吾々《われわれ》は轢死者《れきししや》の面上に印された鉄輪《かなわ》の跡のごとく、この不幸な恐ろしい記憶を刻みつけたまま、これから一生を送り、死んでゆく他はないであろう」

という絶望的な声をあげる二十四歳の医学生は痛々しいほど真剣に、負けた祖国の惨めさを凝視して、これからどう生きるべきかに思い悩んでいる。

そんな中でもこの青年は、読んだ本の作者と題を、几帳面《きちようめん》に書きつけている。医学書よりもはるかにおびただしい文学書の旺盛《おうせい》な読書力に圧倒される。日本人では、永井荷風、谷崎潤一郎、川端康成、横光利一《よこみつりいち》、正宗白鳥《まさむねはくちよう》、石川達三、泉鏡花、尾崎一雄、堀辰雄《ほりたつお》などを乱読し、外国人では、ドストエフスキー、トルストイ、モーパッサン、バルザック、ゲーテ、ポー、カロッサ、ヴァレリイ、リラダンなどの名が出てくる。それにやはり若者らしく映画もしきりに観《み》ているし、サーカスなどにも出かけて、それも活写している。

この年の後半から、読書の傾向が探偵小説に傾くのが顕著になり、江戸川乱歩の作品を手きびしく批判したりしながらも多くに感心し、そのうち、自分で探偵小説の腹案成るなどとある。

七月二十七、八日には、初の探偵小説『達磨《だるま》峠《とうげ》の事件』を書きあげている。それを岩谷書店に八月頃投稿して、十一月十四日、九百二十円の原稿料を得ている。四十六枚、一枚二十円である。自分でこの小説をクダラヌ作品なりと書いているのは、照れであろう。

また、十月四日には、

「理窟《りくつ》はさておき僕はどうしても探偵小説などに全生涯を捧《ささ》げる気がしない。如何《いか》に平凡なる医者でも医者の方がよっぽど立派な人生だと思う。しかし乱歩が『探偵小説を愛好するのは論理を愛する心である』というのは真実である。なるほど僕は『論理』を愛する！　遊戯的に」

と書きつけている。しかし十二月十五日から三日間で『離弦荘事件』を書きあげ、二十六日には岩谷書店に発送している。

新聞から記者としての記事を依頼されたのに気をよくして、「余は医学と小説と新聞記者の三面六臂《さんめんろっぴ》の大奮闘はじまるわけなり」

と心を弾ませている。

「探偵小説はもとより余技なり。余は、生涯探偵小説を書かんとはつゆ思わず。歴史小説、科学小説、諷刺《ふうし》小説、現代小説、腹案は山ほどあり」

と豪語してもいる。しかし今は紙饑饉《ききん》で新人登場が難しいし、探偵小説の作家は十人ほどしかいないので、医学的知識を利用して十一人目に加わりたいといい、『離弦荘事件』は、「寶石《ほうせき》」に「当選するは確実なり」と自信の程を宣言している。

絵の才能も中学で天才といわれたほどだし、音楽も独唱に選ばれるほど得意だったし、剣道も選手だったが、みんな途中でいやになっている。ただ小説だけは中学時代から投稿したりして当選していた。あんまり愛着もない「お医者さん」になるらしいと、書きながら、小説家山田風太郎の文学的才能だけは、消すことが出来ず、終生衰えなかったのである。その秘密がこの日記にすべて打ち開けられている。

これこそあの世からの熱い通信と受け取っていいだろう。

（「あの世からの熱い通信」02・7）

八月の十日から二十四日まで、中国を旅してきた。開放後の中国へは、一九七三年（昭和四十八）二月に招待されて以来、毎年のように出かけ、十三回ほども行っていたが、『源氏物語』の現代語訳に取りかかってからは、すっかり御無沙汰《ごぶさた》で、今年は十五年ぶりかであった。NHKのテレビの仕事で、すぐ引き受けた。丁度七月に、全集にいれる書き下ろし小説『釈迦』が仕上がり、二十巻の全集も全巻遅れなく、九月に出版出来る見込みがついたので、私は久しぶりの解放感で、すっかり上機嫌で出発した。

その上、北京、紹興、天台山、上海という旅程の途中、平野啓一郎さんが紹興から同行してくれたので、旅はいっそう愉《たの》しいものになった。平野さんは二十三歳の時、『日蝕《にっしょく》』という小説で芥川賞をとり、衝撃的なデビューをした作家である。当時はまだ京都大学の学生であり、芥川賞最年少の受賞者として騒がれたものだ。その後もずっと京都に住み、『一月《いちげつ》物語』という第二作を発表している。その後三年間の沈黙を破って、二千五百枚の長篇《ちょうへん》『葬送』を書き上げたばかりであった。

京都のマンションで三年間じっと世間に背を向け、書き下ろしに専念した努力と集中力は大したものである。

ＮＨＫが声をかけたら、「瀬戸内さんと一緒なら」と二つ返事で道づれを承諾してくれたそうだ。

十五年ぶりの北京は、話には聞いていたが、その変貌ぶりは、想像以上、予備知識以上で、竜宮城から帰った浦島太郎もかくやとばかり、あっけに取られて茫然《ぼうぜん》自失《じしつ》の態であった。何しろ、記憶にある北京の町並や胡同《フートン》など何もなく、目の前にあるのは、東京顔負けの超近代ビルが建ち並ぶ、ヨーロッパかアメリカの大都会の姿がそこにあるのだった。道行く人々もファッショナブルで、東京の銀座を歩いている人たちと何の変りもない。むしろ女の人は脚が美しく、姿勢がいいので、日本人よりスマートで美しい。

天安門広場は、朝から夜まで、まるでお祭りのような人出でごった返している。

歴史は動きつづけるものだとつくづく思う。

私が八十年生きていた間に、日本の歴史がどう変ったか、中国がどう変ったか、南北朝鮮がどう変ったかを考えるだけでも、愕然《がくぜん》とする想いにとりつかれる。

紹興で合流してくれた平野さんと弥次喜多道中《やじきたどうちゅう》になった。私より五十三歳も若い平野さんは一歳の時、父上に病死され、私とほぼ同年のお祖母《ばあ》ちゃんに育てられたので、年寄りに対して実に優しい。

自分の才能に自信を持っているけれどおごったところが全くない。紹興、天台山、上海は、平野さんのおかげで、私は二倍楽しめた。旅はひとりが最高と思っていたが、気の合う道づれと一緒の旅もまたいいものだなと新しい経験をした。

（「旅は道づれ」02・8）

四十年も前に書いた小説『女徳』が、イタリア語で訳され、それがよく読まれているというきっかけから、先日、国際交流基金の招待を受け、十日ほどローマ、ミラノに行って来た。

ローマとミラノで講演し、あとの時間は「ローバの休日」よろしく久しぶりで仕事を離れた時間を愉しむことができた。

「出家する女たち」という題の講演を、『女徳』の訳者のリディア・オリリアさんが同時通訳してくれて九割がイタリア人の聴衆から、熱心に聴いてもらえた。

講演後の質疑応答でも積極的な有意義な発言が多く、私の方が、多くの刺激と啓発を受けた。

小説の件や、出家について、または『源氏物語』についての質問の他に、びっくりしたのは、私が戦争反対の断食を二度行ったことに対する質問が多かったことである。日本では作家と出家者が一人の人間の中に同居することに矛盾を感じないかということが、今でもしばしば質問の大きなものの一つになっているのに、イタリアでは、むしろ、作家であり、出家者でありながら、社会的な事態に無関心ではなく、積極的に意見を発表し、自分の信念を行動で表現するという生き方に共感し、質問する人が圧倒的に多いのであった。

聴衆は、年齢も各世代にわたり、男性も日本での場合より多かった。日本でよくある、いわゆる身の上相談的なことはほとんどなかったが、米国主導のテロとの戦争に対する危機感は強く、暴力の連鎖をいかにして断ち切るかということには強い関心を見せていた。

公的な講演の義務が終った後で、十人ほどの女性たちと、ローマでもミラノでも会食の機会に恵まれたが、その時の同席者たちは、すべて日本文学の研究者であったり、現在、イタリアの第一線のキャリアウーマンで、ジャーナリストや文筆家として活躍している人々ばかりであった。

彼女たちの打ちとけた会話は、知的で、愉しく、私の方が質問をさせてもらうことも多かった。

彼女たちの現在の悩みは、家庭と仕事を両立させることの難しさであった。

仕事を熱心にすれば、どうしても家事は手抜きになり、夫と子供に心ならずも犠牲を強いることが多くなるのが辛い。仕事は好きだし、もっともっとやりつづけたい。しかし、結婚生活も全うしたいし、子供にも充分愛をそそぎたい。

どこに比重を一番大きく置くかといえば、異口同音に、仕事というのが迷いのない答えなのだが、そこにそれぞれが心と暮らしの上にひずみを感じていることであった。

世界は狭くなった。いずこも同じ女の悩みということであろうか。他者とのかかわりは、理解と愛の上に成り立てば、国境も人種の差もなくなるのだということを実感した旅であった。

(「いずこも同じ女の悩み」02・10)

2003
平成15年
81歳

三月、朝日新聞に「反対　イラク武力攻撃　瀬戸内寂聴」の意見広告を出す。四月、徳島県立文学書道館で「青少年のための寂聴文学教室」を開校（〇四年三月まで）。美輪明宏との対談集『ぴんぽんぱん　ふたり話』（集英社）、『寂聴中国再訪』（ＮＨＫ出版）、英語対訳絵本『未来はあなたの中に』（朝日出版社）を刊行。五月、新作歌舞伎《かぶき》「源氏物語　須磨・明石・京の巻」を京都・南座で初演。九月、白内障の手術をする。十一月、天台宗ハワイ別院祝賀会講演でハワイへ。玄《げん》侑宗久《ゆうそうきゅう》との対談集『あの世　この世』（新潮社）を刊行。十二月、「藤壺」を「群像」一月号に発表。新作能「蛇《くちなわ》」を国立能楽堂で初演。『瀬戸内寂聴の新作能』（集英社）を刊行。

前々から羨《うらや》ましく思っていたことだが、外国の女性の芸術家は、年をとっても自分の息子のような若い男をかしずかせ、その瑞々《みずみず》しいパワーを滋養にして、創作しつづける例が少なくない。その例としてまず思い浮かぶのが百歳近くまで精力的に描きつづけた画家のオキーフであり、八十一歳で死亡したマルグリット・デュラスである。オキーフも息子のような若い男に晩年のすべての日を奉仕させ生命力のあふれる絵を描きつづけたが、デュラスも三十八歳も年下のヤン・アンドレアと、生涯の終りの十六年間を共に暮らし、濃密で稀有《けう》な愛の歳月を共有している、というより二人で創造している。

ヤン・アンドレアとは、デュラスを訪れた最初の日に、デュラスがつけた名前で、本名はジャン＝バティスト・レメ。ヤンはカーン大学の学生の時、大学に自作の映画を持って来たデュラスとはじめて出逢《であ》うが、デュラスには全くその記憶がない。最初に読んだ『タルキニアの小馬』に感動して以来、作家志望のヤンは、デュラスのすべての作品を読みあさっていた。五年間、毎日デュラスに一日に五通のファンレターを書きつづける。一切返事の来ない五年が過ぎ、ヤンが手紙を書くのを止《や》めた時、はじめてデュラスからトゥルヴィルに来るようにとの手紙が届いた。

映画「デュラス　愛の最終章」は、ヤンが、デュラスの誘いを受け、トゥルヴィルのデュラスの家に、今からバスで行くと電話を掛ける場面から始まっている。

デュラスの死後、ヤンが書いた『デュラス、あなたは僕を（本当に）愛していたのですか』を原作として創《つく》られたものである。デュラスの友人でもあったジャンヌ・モローが、この本をジョゼ・ダヤン監督に送り、半年後に撮影が始まったという。デュラス役は、容貌《ようぼう》も声もよく似ているといわれたジャンヌ・モローがなり、ヤンにはモローより四十六歳若いエーメリック・ドゥマリニーが起用された。

エーメリックの若さと甘いマスクとしなやかな軀《からだ》つきに、一目で私は魅了されてしまった。とっさに感じたのは、ああ羨ましいという嫉妬《しっと》に近い感情である。

ヤンがドアを叩《たた》き、内からドアが開かれてジャンヌ・モローのデュラスが顔を見せた時、思わず息を呑《の》んでしまった。写真でしか知らないデュラスのすっかり老婆《ろうば》になった顔がそこにまざまざと映し出されていた。顔じゅうにちらばった老人斑《ろうじんはん》、刻みこまれた無数の皺《しわ》、それは八十歳の私でさえ目をそむけたくなる老醜であった。ヤンを招じ入れ、後ろ手にドアが閉められる。その瞬間から、ヤンはデュラスの捕虜となり、彼女の死ぬまで愛の鎖につながれ、自由を奪われ、美しい奴隷とされてしまう。

扮装《ふんそう》なんか何もいらなかった。ただデュラスのめがねをかけただけというモローのデュラスは、実物に逢ったことのない私の目には、想像上のデュラスと寸分違《たが》わなかった。

デュラスは、こういう声でこういうふうに喋《しゃべ》り、こういう手つきでワインをひっきりなしに呑み、こういうふうにヤンを抱いて踊り、酔ってシャンソンを歌ったであろう。

それを一秒も疑わせないジャンヌ・モローの、いや、デュラスの存在感に圧倒されてしまった。

最初、驚愕《きょうがく》させられたデュラスの老醜が、場面が変る度に皮をはぐように若さをよみがえらせ、年齢を超越した女の魅力に輝いてくるのは、まるで魔法を見るようであった。

十年近くも、創作のペンを折っていたデュラスが、ヤンの出現によって、創作意欲を復活させ、また書きはじめる。時代遅れの旧式のタイプライターで、二本指でヤンがデュラスの口述する文章を打ちつづける。その作業の度、デュラスの若さが遡《さかのぼ》り、活力があふれてくる。エゴイストで横暴で、アル中のデュラスの、ヤンに対する深い愛を、ジャンヌ・モローは完ぺきに演じおおした。

実在のヤンはホモ・セクシャルだった。画面の二人の愛し方も、ほとんど着衣であった。それでいて裸体の抱擁以上の切ないほどのエロティシズムがあふれていた。

デュラスは悪態の限りをつき、ヤンはそれに耐えながらも、一人では外にも出したがらないデュラスの拘束に息をつまらせ、時たま自由な呼吸をしようと、デュラスの部屋から逃亡する。しかしデュラスは、必ずヤンがこの部屋に帰ってくることを確信している。

二人の生活の中から久しぶりのデュラスの小説が生まれた。『愛人（ラマン）』である。デュラスはまた作家として返り咲く。デュラス七十歳の時であった。

ゴンクール賞をとったこの作品は世界じゅうでベストセラーになり、映画になり、予想をはるかに上廻《うわまわ》る金を稼いだ。それらはすべて書きながらデュラスが予言したことであった。

ヤンはデュラスの最愛のペットであり、かけがえのない有能な秘書であり、看護師であり、愛人であり、つれあいであり、何より共同創作者であった。

要するになくてはならないデュラスの分身であった。デュラスのある所、消えることの出来ない影であった。

デュラスを老いがむしばみ、病が冒し、死が刻々と近づいてきた。

デュラスはベッドに縛りつけられ、幻覚に悩まされる。しかしいつでも呼べばヤンが側《そば》にいた。

ついに最後の時が来た。

「デュラスはおしまい」

「もう書けない　おしまい」

「行って　自室に戻って　独りで死なせて　みんなのように」

デュラスは自分たちの愛を自分の死後に書けと、ヤンに日頃から言っていた。

観終《みおわ》って、しばらく立てなかった。「ヤン」と呼ぶ、さまざまな時の、それぞれ違うデュラスの、いやジャンヌ・モローの迫真の演技の声が、私を包みこんでいて、呪縛《じゅばく》し、身動きをさせないのだった。

この映画の私に与えた感動は、二人の稀有な愛のものがたりではなく、女であり、人間である前に、デュラスは作家であり、作家として生き、作家として愛し、作家として死んだという、重い真実であった。

（「羨ましいデュラス」03・1）


昨年の年の瀬も押しせまったある日、寂庵のスタッフの一人の実家が、石油ストーブから火事を出し、たちまちのうちに全焼してしまった。その家はスタッフの両親の住居で、別の場所に飲食店を営んで六十代の夫婦はずっと働いてきた。

二人が若い時から故郷を出て、大阪で働きつづけた全財産をすべて焼失してしまったのだ。

火災をつげてきたスタッフの電話の声が、思いの外落ち着いている。日頃情熱家で激《げっ》し易《やす》い性質の人なので、どうしてそう落ち着いているのかと訊《き》いたら、

「だって、毎月の法話で、いやというほどこの世の無常を聞かされていますもの。形あるものは必ずほろびる。色《しき》（物質）は泡沫《うたかた》、幻の如《ごと》しと頭に叩きこまれていますもの……こんな時、法話も案外役に立つものですね」

という。思わず電話口で笑ってしまった。

彼女は結婚して、別に所帯を持ちマンション暮らしだが、子供の時からの大切なもの

は、すべて実家に置いていて、焼失したという。

「まあ、けが人が出なかったことが不幸中の幸いと思いましょう」

といいながら、私の方が涙声になっていた。
二、三日して被災者の母親本人が電話をかけてきた。信じられないくらい明るい声で、
「もともと風呂敷《ふろしき》一つで出発した私たちですから、また風呂敷一つから始める決心したら、さばさばしました。今、電話おかけしたのは、焼け跡を毎日家族で掘りくりかえしていても何も出て来なかったのに、今日になって婿のシャベルにずっと前、先生からいただいた大きな財布がひっかかって出てきたんです。黒焦げでしたけれど銀行の通帳や何やかや大切なものが入っとりまして、大助かりでした。その御報告とお礼です。どんな目におうても生きていかんならんという気持ちなくしたらあきまへんね」

と、一気に話した。私はどんな財布だったか、あげたことも全く覚えていない。この元気さなら大丈夫とほっとした。

暮れからしきりに南海地震の被害予想がニュースで発表されている。一寸先は闇《やみ》の無常の世の中だ。形あるものはすべて滅びる。生きのびるためには、目に見えないものにもっと心の目を凝らしていくしかないと思う。

日本がこれほど駄目になったのは、戦後五十数年、ただ目に見えるものだけを追っかけてきたからなのである。

目に見えないものとは何か。神であり、仏であり、宇宙の生命である。そして人の心である。

（「形あるもののはかなさ」03・1）

三月四日、私は、朝日新聞に意見広告を出した。株式欄の下段三段に、それは載り、余白が多く、大きな活字で、目立つ広告になった。

意見広告とは、広辞苑によれば、

「団体あるいは個人が主義・主張を社会に訴える広告」

とある。私はもの書きになって以来、自分の本の広告を、出版社が出してくれるので、新聞の広告欄は、新聞を開くと、まず最初に目を通すくせがついている。

自分では一銭も金を出さないので、

「あの出版社は大きな広告を出してくれるから、よく本が売れる」

「あの社は、ちっとも広告を出してくれないので、売れない」

などと、勝手な文句を言っている。揚句の果てに、今朝《けさ》の広告の顔写真はみっともない顔などと、フンガイしたりする。どう見たって、それは自分以外の人の顔ではないので、ひとり笑ってしまうのだけれど。

朝日の新聞広告に、はじめて自分でお金を出してみて、その高額さを、はじめて実感として体得した。自分で支払える上限ぎりぎりがあの大きさであった。

なぜそんなことをしたか。断食に体調の自信がなくなったので、その代りとして自分の反戦の意志を発表するためである。

なぜ、今、自分の意志を発表しなければならないか。仏教徒として、作家として、それはなさねばならぬ義務であると信じるから。

なぜ、ひとりで出したか。あんなに高い広告料とは知らなかったから。高価と知っては、とても人を誘えなかった。

なぜ、反武力の意志を伝えなければならないのか。アメリカのイラク武力攻撃は、明らかに間違っているから。

私は十二年前、湾岸戦争の直後のイラクへ、薬やミルクを持って、乗り込んでいる。世界じゅうから集まっていたジャーナリストはみんなバグダッドの一つのホテルに集結させられて、自由行動を禁じられていた。

そんな時、私はバグダッドの病院の病室を提供され、比較的自由に、行動出来た。病院へも民家へも、爆撃被災地も、遺跡までも行くことが出来た。

被災者の目も当てられない惨状の地獄図を病院で見たし、陽気でのんびりした、親切なイラクの庶民たちと親しく話しあえたし、インテリの女医や教師やキャリアウーマンにもたくさん会った。

子供たちはみんな無邪気で人なつこく、可愛らしかった。

なのは当然である。

漢文なんかは、とっくの昔から教えていない。漢詩など読んだことはない。鷗外の時代は五歳から『論語』の素読をするのが当り前だったというのに。

去年の八月、私は十五年ぶりで中国を訪れた。その時、度肝を抜かれたのは北京の町の近代化の有様よりも、上海で見た、デパートのような巨大な本屋に、青少年たちが一杯いる風景の壮観さであった。

ちなみに彼等《かれら》が床に坐《すわ》りこんで脇目《わきめ》もふらず読みふけっている本をのぞきこんだ時のショックこそ忘れられない。彼等の読んでいる本は、外国の哲学書、自国や外国の歴史、古典、現代文学の類《たぐ》いであった。『源氏物語』も『平家物語』も『徒然草《つれづれぐさ》』も立派な翻訳書があり、熱心に読まれていた。

日本現代文学は古典に比べて淋《さび》しく、村上春樹さんのものだけがあった。ただし、その量の多さは、台の上に山積みになっているという豪勢さである。

この子たちがやがて中国を背負《しょ》って立つ時、漫画でも文字は飛ばして読まないという、今の日本の若者は、どうやってつきあうのだろうかと、背筋が冷えてきた。

ゆとりの教育などという名目で、学童の授業時間が減らされているが、私はかねがね絶対反対である。鉄は熱いうちに鍛えねばならぬ。子供の時にしっかり、自分の国のことばを頭に刻みこんでおかないでどうするのだ。

全国民白痴化教育をして、日本が将来、独立国としてやってゆけるつもりなのだろうか。

武器を捨てさせられた日本が、諸外国と堂々とつきあえるのは、文化しかない。文化の原点は、国語である。歌を忘れたカナリヤは、後の山に棄《す》てられても、国語を忘れた国民はどうすればいいのやら。

日本は国民の識字率がほぼ一〇〇パーセントだと威張っていた。現に、識字率二〇～三〇パーセントの国だって、世界には多い。

義務教育が施行されてから、わずか百年余りに、これだけ、全国民に文字の読み書きが普及したことを思えば、日本の過去の国語教育は優秀だったとほめられるべきだろう。

小学校が義務教育になっても、貧しくて学校に通えない子も多かった。その時、向学心のある子供は、ふりがな付の当時の新聞で、ことばを吸収していった。

最近私はつとめて自分の本にふりがなを多くつけるようにしている。体裁としてはない方がいいが、少しでも、読んで字を覚え、書いた内容を理解してもらいたいからである。

印刷術の急速な進化で、昔の鉛の活版が、電子製版になって以来、新聞のふりがなは、漢字の下につくようになり読みにくい。やっぱりふりがなは横付がいい。文明の進歩というのはプラスマイナスのかね合いがなかなか難しいものである。

（「国語を忘れた国民は」03・4）

鈴木真砂女《すずきまさじょ》さんとはじめてお逢いした日のことをありありと覚えている。

昭和三十六年（一九六二）のことで夏だった。三鷹の丹羽文雄先生のお宅の奥座敷の廊下に面した障子がすっかり開けられていて、庭から涼しい風が吹きこんでいて、部屋がとても明るかったので夏だったと記憶に残っている。いつもは丹羽家では玄関を入ってすぐ右の洋室の応接間に通される。奥の座敷に入れるのは、よほど丹羽先生と旧《ふる》いおつきあいのある作家とか直弟子《じきでし》ばかりであった。私は応接間にしか伺ったことがないので、その日なぜ座敷に通されたか不思議である。たぶん、私は座敷の丹羽先生から呼ばれて、応接間からそこへ行ったのだろう。座敷の真ん中に、白上布《しろじょうふ》の着物に水色の夏帯を巻きつけ、いかにもすっきりとした小柄な女人《にょにん》が先生の前に坐っていた。たっぷりした黒髪を額を出してかきあげ、後の首筋の上で髷《まげ》にまとめていた。白い瓜実顔《うりざねがお》のこぢんまりした顔がいかにも涼しげな印象であった。丹羽先生が、

「この人はな、鈴木真砂女さんで、銀座の呑み屋《のや》の女将《おかみ》だが、俳人でな、二つめの句集が今度出たんだよ。この人は瀬戸内くん。『文学者』に書いた小説で田村俊子賞というのをとったばかりだ」

そんな紹介のされ方で、二人の女がお辞儀を交した。丹羽先生は真砂女さんに、

「瀬戸内くんにも句集をあげなさい」

と言われ、真砂女さんが膝《ひざ》の脇に置いてあった風呂敷包みから一冊取りだし、

「わたしの句集なんかさしあげていいんでしょうかねえ、でも先生のお言葉ですから」

と、はにかんだ笑みを口もとに浮かべてそれを手渡してくれた。笑顔になったとたん、全身から何とも言えない色気がふいにこぼれて、私ははっとし、真砂女さんの顔を見直した。

その句集が『卯浪《うなみ》』であった。風呂敷の中にはあと数冊あったから、真砂女さんは、先生と、「文学者」の知人たちに贈呈するつもりで来られていたのだろう。

その頃私は俳句には全く無知無縁だった。帰って何気なく開いた頁《ページ》からいきなり目に飛びこんできたのが、

羅《うすもの》や細腰にして不逞《ふてい》なり

という句であった。一瞬息を呑んだ。あの小柄なつつましい女人が、こんな烈《はげ》しい句を吐くのかという衝撃であった。

蛍火や女の道をふみはづし

　口きいてくれず冬濤見てばかり

　どれも恋の句である。たまたま私はもつれた情事のさ中にあって、二人の男の間で右往左往していた時でもあったので、これらの句がずしんと骨にこたえたのであった。こんな短いことばで、一人の女の生涯を追いつめる俳句というものは怖いと思った。この時真砂女さんは五十五歳、私は三十九歳であった。

　それから、いつとなく誰からともなく真砂女さんの数奇な運命を聞き及んだが、小説に書きたいなどちらとも思いつかなかった。たまたま私はその頃から多忙さが急激になり、仕事に追われ通して、せっかくの真砂女さんとの縁を深める機会もなかった。

　それでも人に誘われて、二、三度は有名な「卯波」に寄ってお酒をいただいたことはある。トレードマークの白い割烹着《かつぽうぎ》をつけ、まめまめしく働いている真砂女さんは、気の利いた如才のない女将さんで、有名な俳人真砂女とは別人のように見えた。

　私からお願いして真砂女さんに時間を作っていただきお逢いしたことがある。真砂女さん九十歳の時であった。東京のホテルへ出向いて下さった真砂女さんは、私の訊きたい稲垣きくのさんの話を、さらりとした表情と口調で、実に的確に話してくれた。その答え方には客扱いで培われたのか、天性のものなのか、絶妙のカンの鋭さがあって、下手《へた》な質問をずっと豊かにして返してくれる。

稲垣きくのさんと真砂女さんは同い年で、二人とも「春燈」の同人となり、大場白水郎《おおばはくすいろう》、久保田万太郎を師としている。「春燈」の輝く女流二人として、美貌に於《お》ても、句の巧さに於ても、その恋多き数奇な運命に於ても共通し、あらゆる点でライバルとしてみなされていた。

私はロシア文学者の湯浅芳子《ゆあさよしこ》さんを書く用意として、ある時期湯浅さんのレズビアンの相手として同棲《どうせい》していたきくのさんを取材したかったのだった。

「たしか八十一歳で亡くなりましたよ。その少し前お見舞いに行ったら、あのきれいな人が、すっかり構わなくなって別人のようでした。少しぼけかけていて、白粉《おしろい》もつけず、アッパッパを着てましてね。昔は素顔なんか見せたことなかった。姪《めい》ごさんが階下で酒屋をしていて。それでもきれいずきは昔のままで、本棚の本をみんな新聞紙で包んであったのが、何だか憐《あわ》れで」

その観察の鋭さは、真砂女さんの俳句にも随筆にも生かされている。葬式には昔の「春燈」の仲間もほとんど来ず、特に男は一人も来なかったという時、真砂女さんの目に憐れみの涙がうっすらと光っていた。

　あへて啖《くら》わん禁断の木の実なら
　眉《まゆ》かいて待つ夜ほとほと実梅落つ

蛍火やつきせぬひとを子に帰す

そんな句を遺《のこ》したきくのさんも恋の人に見えるが、私が一度逢ったきくのさんは美しいけれど全く笑わない人で心の冷たさと孤独が着物の外まで滲《にじ》み出しているような人であった。

きくのさんより十五年も長生きした真砂女さんだが、きくのさんを見送ってからの八十代は、まさに老年の花ざかりという感じで、俳句ばかりでなくあらゆる方面に活躍していて華やいでいた。長生きの秘訣《ひけつ》はテレビに出ることなどと言い切って憚《はばか》らない。ステーキが好きで買物が好きで映画が好き。きくのさんが財閥でもと男爵の囲われ者として俳句をはじめたのと対照的に、真砂女さんは、五十一歳で不倫の恋を貫くためあらゆる財産の権利を惜しげもなく捨て、身一つになって生家を飛び出し、後は女の腕一本で、たくましく生き通した。私はこの時真砂女さんに二時間逢って話を聞く間に、猛然とこの人を書きたいという思いに捕われてきた。別れぎわに、私はそれを早くも口に出していた。

「ええ、構いませんよ。もうこの年になったら、何も恥しいことも恐れることもありませんからね。丹羽先生も書いて下さったけれど、人それぞれ見方はちがいますからね」

条件としては、生家にあまり迷惑をかけたくないからそれだけ気をつけてくれればという話であった。

それから一年もたたないうちに、その約束が果たされようとは二人とも思っていなかった。

日経新聞の連載を頼まれた時、私は即座に真砂女さんを書くといって承諾した。

改めて真砂女さんの既刊の句集、随筆、真砂女さんの特集記事すべてを読みあさった。

やっぱり真砂女のバックボーンは「恋」だと納得した。


（「バックボーンは恋の女《ひと》」03・5）


白内障の手術を京都の病院で、もうそろそろとすすめられた。別に仕事をするのにさほど不自由を感じていなかったが、辞書を見る時、たしかに読み辛《づら》いと感じはじめたので、手術することに決めた。

その時、突然、浄土にいる吉行淳之介さんの声が聞えてきた。

「あのね、白内障の手術する時は、ぼくの手術してくれたドクターを紹介するからね。昨日手術したばかりなんだけど、ちっとも痛くないし、もう今日は本を読んでもいいんだよ」

という。それは今から二十二、三年前になるだろうか、その日の吉行さんの電話の声は珍しく弾んでいて明るかった。何でもアメリカ帰りのその若いドクターの手術の方法は最新式で画期的技術だというのである。当時、私は全く視力に不安を感じていなかったので、聞き流してしまった。しかし、自分の手術の翌日、わざわざ電話をくれた吉行さんの親切だけは心にしみ、有難く思った。吉行さんが亡くなってからもずいぶん経つ。念ずれば通ずの言葉通り、それからばたばたと吉行さん御推薦の清水公也《しみずきみや》ドクターの情報が集まってきた。月一回山王病院で清水ドクターの手術があるという。早速申し込み、やがてその日が来た。通院も可能だが、一週間ほど術後の処置があるというので、入院することにした。どうせ入院するならこの機会に全身検査をして貰《もら》うことにした。

さて、手術日当日、清水ドクターに初めて逢った。五十すぎのハンサムな先生で、対応が優しく、私が吉行さんの遺言だから、先生に手術していただきたいというと、

「あれから二十年以上も経っているから、手術はずっと方法が進歩していて、楽ですよ」

と安心させてくれる。私は日頃法話などで、手術に臨む人たちには、執刀医を観音さまと思えと言ってきているので、清水先生を観音さまと思い、全面的に信頼し帰依《きえ》することにした。同時に両眼ともしてもらった。片目十分間の手術で、前後の処置を全部いれて、三十分ですべて終ってしまった。痛くもかゆくもなく、あっという間である。途中、

「これから音が聞えますよ。でも大丈夫ですから」

と声をかけてくれる。私は近頃とみに耳が遠くなっていて、何も聞えない、せっかくだから聞きたいと神経を集中させると、鈴虫の鳴くような音が聞えてきて、すぐ止んだ。両眼終り、眼帯のかわりに保護用コンタクトを入れてくれ、車椅子《くるまいす》で病室へ送り出される。

「明日からお仕事してもいいですよ」

「えっ、本読めるんですか」

「大丈夫です」

目の手術はそれで一巻の終り、あとで解ったが鈴虫の音と私が聞いたのはレーザーメスの機械の音で、相当いやな音だという。感想を言わなくてよかった。これも後でわかったが、吉行さんの御推薦で、埴谷雄高さんはじめ、たくさんの作家や編集者が、清水先生の手術を受けているという。男性は用心深く臆病《おくびよう》で、片目ずつ手術するが、女性はたいてい両眼同時に手術を受けるという。大胆というか、神経が太いというか。何れ《いず》にしても、男性の方が何によらず女性よりも繊細で可憐《かれん》な動物であるらしい。

その翌日からほんとうに本が読めた。新聞をめがねなしで読めるが、仕事のためのめがねだけは作ってもらった。私の白内障は、色が相当濁って見えていたらしく、あらゆるものの色彩が鮮明に輝き、硝子器《ガラス》がびっくりするほど透明で光り輝いて見えた。全くこの世は美しい。その上、人の顔が明るく健康そうに見えて、どの人も二割方美人になった。唯一、自分の顔の汚さに失望したが、文句は言うまい。年相応の顔なのだそうだ。ついでにした全身検査の結果も糖尿の他は一切文句なし。百二十五まで生きたらどうしようと、不安が増えた。

（「生きかえった両眼」03・9）

「寂庵だより」の第一号を発行したのは、一九八七年（昭和六十二）の二月一日であった。数えで十七年前のことになる。

あと三月で六十五歳になる年であった。出家して十四年めに当たり、寂庵にサガノ・サンガを開いてから二年が過ぎようとしていた。

そしてこの年の五月五日に、私は岩手県浄法寺町《じょうぼうじまち》の天台寺に第七十三世住職として晋山《しんざん》しているのである。

天台寺の話が持ちこまれたのは、前年の得度《とくど》記念日十一月十四日だったので、まだ私は天台寺を見てもいなかった。雪解けの春を待ちながら晋山したものかどうか思案中で迷っていた頃である。

そんな時に、何を考え新聞発行など思いついたものかさっぱりわからない。しかし私は何か大切なことは突然、光のようにある瞬間ヒラメキとして思いつくという妙な癖があって、しかも思いついたことをすぐ実行に移してしまうという強引な実行力がある。人生の運命を左右するような大事でも、このヒラメキによって一瞬に決めてしまうのである。啓示といえばカッコいいが、そんな高尚なものでなく、単なる思いつきにすぎない。

　得度もなぜ出家したかと訊かれる度、返事に困るのは、ある日、ある時、突然思いつき、そのまま決行してしまったというのが本当だからかもしれない。そうしたヒラメキによって、私はサガノ・サンガも建ててしまったのである。これは姉が死ぬ前、十年余りも出家して無事に過ごさせていただいたのだから、何か御恩返しをしなければと、私につぶやいたことによるが、それにはサンガを建てようと思いついたのは、やっぱりある夜のヒラメキであった。

　思いつけば決行の速いのも、私の特技である。

　その日のうちに寂庵のスタッフを集め、新聞発行を宣言し、編集会議を開いた。はじめはこれ以上忙しくしてどうするつもりだと反対していたスタッフも次第に私の情熱に巻きこまれて、

「何だか面白そう、スタッフ通信の欄もつくって下さい」

　など乗り気になってきた。その頃書いた随筆に次のような文章がある。

「編集会議と称しては、お菓子を食べお茶を飲み、ミーティングを繰り返すこと連夜、ついに構想がまとまった。仲のいい編集者たちが、プロの立場からさっさと枠組みをつくってくれる。中には泊まりこみで、編集技術のイロハを特訓してくれる人もいる。信

じられないことだが、第一号を二月一日付として、発売日二月七日で入稿してしまった。ほとんど一人で書いたようなものだが、あきれたことに四ページのはずがなんと六ページになってしまった」

表紙は私の持っている絵で当分つづけることにした。そのうち、小島寅雄氏にお願いし、やがて榊莫山氏にお願いして今に至っている。カラーにしたのはまだ日が浅い。定期購読者は一度注文してくれると、亡くなるまで取りつづけてくれる有難い新聞である。

二〇〇号は特別増ページ、一万部刷った。

私も死ぬまでつづける予定でいる。

（「『寂庵だより』二〇〇号を迎えて」03・9）

皇后美智子《みちこ》さまにお目にかかったことは、わずか三回で、直接言葉を交したのは、そのうち二回に過ぎない。一度めは平成九年（一九九七）十一月四日、その年の文化功労者に選ばれた顕彰式の後で、皇居で功労者がお茶の御招待にあずかるということがあった時であった。

招待状にはお茶とあったが、それはフランス料理のコースをいただくことであった。その時、三、四人が着いた各テーブルへ天皇陛下と皇后さまが十分ほどずつ御着席になり、功労者の一人一人に、お言葉をかけられる。

同席の政治学者と硝子工芸家のお二人には、天皇さまから話しかけられ、それぞれの応答が交される。雰囲気は至極和やかなものであった。

その後で皇后さまから私に向ってお言葉があった。間近で拝する皇后さまはまことにお美しく、慈悲のオーラが銀色に輝いて光背《こうはい》になっているようにお見受けされた。

「『手毬《てまり》』を読みました。貞心尼《ていしんに》が良寛《りょうかん》に贈った手毬の中に、鈴を入れる工夫をしましたね。あれは瀬戸内さんが思いつかれたことでしょう」

といきなり訊かれて、私は愕《おどろ》きのあまり、まじまじと皇后さまのお顔を見つめてしまった。まさか良寛を書いた私の小説の、そんな細部まで読んで下さっているとは予想もしなかったからである。良寛の時代の手毬は、中にぜんまいの乾《ほ》したものを綿にしてつめた。私はその手毬の中に鈴を入れて、つけば、鳴るようにしたら面白いだろうと思いつき、鈴を繭《まゆ》の中に入れ、それをぜんまいの中に入れる工夫をしてみたのである。小説を読んだ人の中で、そのことに誰一人気をとめてくれた人はいなかった。

「ぜんまいの綿で、よく弾みますか？」

その質問の時、皇后さまは手毬をつくように右の掌《てのひら》をテーブルの上でひらひらとなさった。その瞬間、皇后さまのお顔が、写真で拝見した幼女の俤《おもかげ》になられた。良寛には松本幸四郎さんがなって映画を撮ってくれたとお話しすると、

「まあ、幸四郎さんが？」

と、幼女のお顔がたちまち女学生の表情になる。いきいき輝いた若々しい表情は、皇

后さまが幸四郎さんのファンなのだと拝察される。慎ましやかで高雅なお容姿《すがた》だけれど、皇后さまのお心は、実に純真で、率直で、瑞々しい情感をたたえていらっしゃると感じられた。こういうお方とお暮らしなら天皇さまは退屈なさらず、ずいぶんお愉《たの》しいだろうと想像する。私たちのおしゃべりを天皇さまは黙ってにこにこして聞いていらっしゃった。

後に長野パラリンピックの会場で、ウェーブが始まると、皇后さまが手袋を天皇さまにお預けになって、ウェーブに加わられたのを、たまたまテレビで拝見して、思わず私も皇后さまの真似《まね》をして、手をひらひらウェーブさせていた。皇后さまのお顔はあのお茶会の折の少女のような表情になられていかにもお愉しそうだった。私の美智子さま熱がさらに一気に上昇し、白熱状態になったのは、皇后さまの御歌集『瀬音《せおと》』（大東出版社）と「IBBY（国際児童図書評議会）ニューデリー大会」の基調講演を収録された『橋をかける』（すえもりブックス）を拝読してからである。

『瀬音』は昭和三十四年（一九五九）から平成八年までの御歌が収録されている。かねがね、皇室の中でも皇后さまの御歌の才能は抜群だと拝していたが、一冊を通して拝見すると、いっそうその並々ならぬ文才に感嘆する。御歌はすべて瑞々しい情感にあふれながら甘えがなく、詞《ことば》は緊張感に引きしめられ、歌品が高くのびやかである。

御歌集の題は、昭和五十六年新年歌会始《うたかいはじめ》の詠進歌、

わが君のみ車にそふ秋川の瀬音を
　清《きよ》みともなはれゆく

からとられたものという。新婚早々の、

てのひらに君のせまし桑の実の
　その一粒に重みのありて

という初々しい清純さが印象的である。
好きな歌をあげればとても紙数が足りない。

　子に告げぬ哀《かな》しみもあらむを柞葉《ははそは》の
　　母清《すが》やかに老い給《たま》ひけり

はすべての歌の中での絶唱であろう。
皇后さまは宮中の紅葉山で蚕《かいこ》を飼っていらっしゃる。蚕を詠まれた御歌に私は心惹《こころひ》かれる。

真夜《まよ》こめて秋蚕《あきご》は繭をつくるらし
ただかすかなる音のきこゆる

音《おと》ややにかすかになりて繭の中の
しじまは深く闇にまさらむ

『橋をかける』に収められた皇后さまのご講演は、「子供時代の読書の思い出」とサブタイトルがついている。幼い頃、疎開地へ時々父君が東京から訪れる度、持って来られた本をむさぼり読んだ思い出が語られている。

読書によって、人生の安定の根っこのようなものと、どこにでも飛んでいける空想の翼を与えられるという見解は強い説得力を持つ。また倭 建 御子《やまとたけるのみこ》と弟 橘 比売命《おとたちばなひめのみこと》の神話を読んでは、

さねさし相武《さがむ》の小野《をの》に燃ゆる火の
火中《ほなか》に立ちて問ひし君はも

の歌に子供心にもあまりにも美しいと感じ、愛と犠牲という二つの共存に強い衝撃を受けたと告白されている。愛というものが、時として過酷な犠牲を強いることに子供心に畏怖《いふ》を感じたという感想は、文学的感受性の豊かさの証《あか》しである。この講演は、中学の教科書に入れてもふさわしい名文である。御自身が英語で語られたビデオで、世界の多くの人々を、皇后さまの魅力に目覚めさせたというものである。

この方が、皇后という御身分でなかったなら、もっと親しくお近づきして、美味《おい》しい店に御案内したり、一緒にお酒を愉しめるのにと、それだけが何とも残念である。

(「純真と高雅の魅力」03・11)

処女作の新作能「夢浮橋」につづいて、また新作能第二作目の「蚰《くちなわ》」を書いてしまった。

この世界には全く素人の私のところへ、梅若六郎氏が突然見えて、新作能を書けとすすめて下さったのは、『源氏物語』の現代語訳をしている最中《さなか》の一九九七年（平成九）六月で、題材は『源氏物語』でという話であった。

翌年四月、完成した現代語訳『源氏物語』は予想以上に評判がよく、日本橋髙島屋を皮切りに、徳島、札幌、静岡、広島、大阪と記念展覧会が切れ目もなしに開催され、一種の源氏ブームが起こった。

お能は東京女子大の時、喜多流《きたりゆう》の謡《うたい》の稽古《けいこ》を少し受けただけの経験しかない。寮の隣室の上級生が、お能に凝っていて、時々、舞台で舞うことがあったので、彼女につれられて、よく観に行った。おかげで能は好きになっていたが、歌舞伎の方がもっと愉しめた。そんな私が新作能の詞章を書くなど、とんでもない。せっかく七十六歳まで大過なくたどりついたのだから、迂闊《うかつ》にそんなことを引き受けて晩節を汚しては恥をさらすだけだと、おっちょこちょいの私も辞退しつづけていた。ところが六郎さんは、悠然と坐られたまま、にこにこした表情で、私の辞退の弁など、どこ吹く風と聞き流している。そこで私の方から、なぜ今、新作能なのかと質問を発した。相変らずにこやかな和らいだ表情のまま、耳に快い声で恐ろしいことを話し出した。

現在上演されている能の現行曲は、二百数十番ある。六百年の歳月に淘汰《とうた》され消えていった能の曲の資料は二千とも三千ともいわれている。

残っている能は、磨き抜かれたダイヤモンドで、これ以上磨きようもないくらいである。このダイヤモンドをじっと抱いているだけでは能楽師も情熱が湧《わ》き立たない。過剰なエンターテインメントに取り囲まれている若い層を動員し、興奮させるには、能楽師たちが刺戟《しげき》を需《もと》め、自ら興奮し、精神を昂揚《こうよう》させなければ、魅力のある舞台は創れないのではないか。そのためには、人の手の加わっていない宝石の原石を掘り出す作業から始めなければならないと気づいたといわれる。

「新しいものを生み出すエネルギーこそ大切なのです。新作と格闘しているうちに、古典を見つめ直すチャンスも生れるのです」

聞いているうちに私は性来の好奇心がかきたてられ、どんな恥をかいても、磨いてもらう原石をさし出したいと思っていた。

六郎さんの声には人を酔わす麻薬のようなものがあるのかもしれない。

さて『源氏物語』の中から名場面を探すと、それらはことごとく、すでに古典能に組み込まれていて、磨き抜かれたダイヤモンドの光彩を放っているではないか。

そこで私は、『源氏物語』の中にはない話を創り出して、それを原石として拾いあげた。私の小説「髪」を素材として、浮舟の剃髪《ていはつ》の時、髪を剪《き》る役をした阿闍梨《あじやり》を主人公に据えた。女の黒髪に魅せられた不犯《ふぼん》の清僧が、堕落する話で、私の創作であった。

苦心して書いた私の詞章は、削りに削られ、週刊誌ほどの厚さが、最後は往復ハガキくらいになってしまった。

梅若六郎師の阿闍梨、金剛永謹師の匂宮、梅若晋矢さんの浮舟という豪華顔ぶれで演じられた舞台は、とても自分が書いたものとは思えなかった。まさに原石は磨かれて、清冽《せいれつ》な光彩を放っていたのである。この能は、二年間に十八回も演じられるというレコードを創った。

その成功は到底自分の詞章のせいとは思われなかった。私はこの経験で、能が生まれる現場に立ち合い、いかに多くの人々の力が結集されて、一つの能が生まれるかという厳粛な作業をつぶさに見せてもらった。それは小説を独りで書く作業とは全く別のものであった。

第二作の話が持ちこまれた時、また私は逡巡《しゆんじゆん》した。今度は創られる過程の大変さを識《し》ったただけに恐ろしくなっていた。前作が成功したのは、ひとえに僥倖《ぎようこう》であって、二度も僥倖は続かない。断った方が無難だと、理性ではわかっているのに、またもや私の好奇心の方が勝ってしまって、引き受けてしまった。

今度は題材は自由にということだったので、「虵」をすぐ思い浮かべた。この話は、『発心集《ほつしんしゆう》』と『沙石集《しやせきしゆう》』に伝えられている古い話である。

『発心集』は鴨長明《かものちようめい》の作とされている。

仏教説話集の一つと見なされているが、成立事情などは今もはっきりしていない。説経唱導の専門家が、後になって、これらの話を変質させたことも想像されるから、まるごと長明の作と断じ難いという説もある。

仏教説話集として、僧俗に対する啓蒙教化《けいもうきようげ》の資料として書かれたようであるが、長明が取捨選択するうち、自分の好みの話ばかりを選んだと考えられよう。

序文の中で、長明は、

「自分の心のあさはかさを反省して、殊更に仏法を追究せず、とりとめもない見聞きした話を集めて、ひそかに座右の書としてきた。

話の中で賢い人があれば、自分も及ばずながら、仏道をめざす縁として、愚かな話があれば、自分もそんなものだと反省のよすがにしようと思ったのだ」

と書いている。

私はこの中の話が面白かったので、いくつかを自分流に短い小説にして書き直している。

『発心集』第五の三に収められた「母、女《むすめ》を妬《ねた》み、手の指蛇《くちなは》に成る事」という話もその一つである。本文では、

「いづれの国とか、たしかに聞き侍《はべ》りしかど、忘れにけり。或《あ》る所に、身は盛りにておとなしき（年配の）妻に相ひ具《ぐ》したる男有りけり」

と始まっていて、どこと場所も書いていないし、男の職業も描かれていない。

ただ、先夫との娘をつれ子して年下の夫と再婚した妻が、ある時、

「今はもう高齢になって、夫婦の閨《ねや》のつとめが気重くなった」

といい、自分は奥の一間で念仏などして暮らすから、替りに娘を妻にしてくれと、とんでもないことを言う。

夫と娘はあんまり女がしつこくいうので、仕方なく女のいうようにしたが、そのうち

女は鬱々《うつうつ》として様子が怪しいので、娘がわけを訊くと、母は、自分が言いだした結果なのに、嫉妬が抑えられず、夫婦の閨を覗《のぞ》いているうち、指が蚍になったと娘に見せる。娘は物もいわずすぐ剃髪してしまった。男も帰ってきて事情を聞くとただちに剃髪した。女もその後を追い、三人とも出家してしまったというだけの話である。

執着心の恐ろしさと嫉妬のいましめを目的とする説話である。

私は小説の中で、男を炭やきの傍ら、仏を彫っているとし、母と娘は、雪道で死にかけていたのを男に助けられたとした。

他はあまり話をいじっていない。

女が夫の彫る仏のモデルになる時、倭坐《やまとずわ》りをするのは、大原三千院の阿弥陀堂の、観音、勢至《せいし》の倭坐りのなまめかしさに衝撃を受けたからである。

ディテールをいろいろ作るのが愉しかった。

悪人は一人もいないのに、三人が不幸になる理不尽な話だが、出家して救われるということが、仏教説話になっているのだろうか。

題は小説では「蚍」としたので、能の時もそれを用いた。

今度も、第一稿を渡してから、何度も出演者の意見を容《い》れ、書き直した。本稿では割愛したが、中入の後にアイ狂言（間狂言）を、監修の山本東次郎さんの意見で書き加えた。

今度は六郎さんが女を演じて下さるそうで愉しみである。

おそらく、私の想像も及ばなかった、哀切で妖艶《ようえん》な舞台が出現することだろうと愉しみにしている。指の蚰は、マジックを使う予定だったが、六郎さんの工夫で扇でそれとわからせるそうだ、もちろんその方が能として品位が出るだろう。

願わくは第二作も好評でありますようにと祈るばかりである。

（「今なぜ新作能か」03・11）

ハワイに行ってきた。今年は天台宗ハワイ開教三十周年の記念行事の一つとして、私の記念講演を、天台宗から命ぜられたのであった。

ハワイには、日本の仏教各宗派が早いところは明治時代から進出して、寺を造立《ぞうりゆう》し、布教伝道をつとめてきている。ところが天台宗は最も旧《ふる》い宗派でありながら、立ち遅れ、布教活動が最も遅かった。

ホノルル市に、伝道の根拠として、天台宗ハワイ別院がようやく発足したのは、一九七三年（昭和四十八）十一月二十五日であった。

天台宗にもようやく海外伝道事業団が設けられ、会長に東 伏見宮慈洽猊下《ひがしふしみのみやじこうげいか》を仰ぎ、故今東光大僧 正《だいそうじよう》が理事長に当たられた。

その最初の事業がハワイ別院の創設で、初代開教総長に任命されたのが荒了寛《あらりようかん》師であった。その後、ずっとハワイ別院は荒師が住職をつとめていられる。開教総長と名だけは立派だが、要するに、一人の檀信徒《だんしんと》もない、貧乏寺の住職ということである。

私がはじめて荒さんにお会いしたのは、開教三周年の記念法要団ツアーに参加した時であった。

当時の天台座主《てんだいざす》山田恵諦《やまだえたい》猊下親修大法要というので参加者も多かった。天台宗の高僧の御歴々《おれきれき》も参加されているので、どんなすばらしいお寺なのかと期待して行ったら、ハワイ別院とは、普通の民家のような構えで、道々通ってきた他宗の見るからに荘厳な堂々たる寺院とは比べものにもならない貧相さであった。

出迎えてくれた荒住職は小柄で飄々《ひょうひょう》としていて作務衣《さむえ》姿でくるくる動き、率先して私たちの歓待に尽くしてくれるので、まさか住職とは気づかなかった。

集まってくるハワイの信徒の数も知れていたが、その人たちすべてが、当日の行事に全身で打ちこんでいて、少しでも私たちをもてなしてくれようとする。荒住職はじめ信徒たちの厚意と熱意が伝わってきて、一行は三十分もすると、すっかりこの寺と住職になじみ旅疲れも癒《いや》された気分になった。美しい聡明そうな荒夫人のてきぱきした応対ぶりも爽《さわ》やかであった。

荒さんはすでにハワイのテレビで毎夜短い法話をつづけていられて、その番組に私も一説おつきあいした。その行き帰りだけが、二人きりで話せた時間になった。

私の得度にわずか十一日遅れて誕生したハワイ別院に、私は不思議な縁を感じ、私の法師《ほっし》の今東光師の任命で荒さんがハワイ布教《ふきょうぎょう》行の道に入られたことにも縁の輪を感じた。私は不躾《ぶしつけ》に、別院の経済はどうなっているのかと訊いた。一九七三年十一月十四日の私の得度の頃、世界に第一次石油ショックの嵐《あらし》が吹き荒れ、経済界は思いもかけない不況に陥っていた。荒さんは平然とした顔付きで、はじめから覚悟はしていたが、これほど苦しい目にあうとは思わなかったと告白した。夫妻とも高校教師をしていた東京の暮らしがずっと楽だったと苦笑した。荒さんに障害のある長男がいることもその時はじめて伺った。その病人を預けられる理想に近い病院がハワイにあることを知った頃、ハワイ別院住職の話が訪れたので、一気にハワイに移る決心がついたのだという。

「その息子が私を海外布教に導いてくれた菩薩《ぼさつ》だと思っています。その息子が生まれなかったら、私たち家族は、こんな生活を選ばなかったでしょう。いつでもそう思って息子に手を合わせています。家内も近く得度する決心がついたようです。布教などということは、自分も家族も、私生活など犠牲にして、忘己利他《もうこりた》を命がけでやらなければ出来ないことなんですね。恐ろしいことをしてしまいました」

荒さんの言葉はおだやかだったが、目には涙が光っていた。

「経済的な打開は、『何か』奇跡が訪れないといずれ行き詰まるでしょう」

独りごとのような荒さんのつぶやきが私の心に焼きついていた。その「何か」が奇跡となって訪れたのである。荒さんの描く独特の方法の仏画が、いつの間にかアメリカ本土や日本で認められ、ファンを増やし、展覧会が度々開かれるようになった。絵の収入はすべて、ハワイ別院に注ぎこまれて、開教三十年の寺は、見ちがえるように立派に改修され整備されている。

すでに得度を果たされた夫人の何よりの内助を得て、荒さんは相変らずトレードマークの作務衣姿で東奔西走しながら、ハワイ日系兵の戦争体験をまとめた『ハワイ日系米兵　私たちは何と戦ったのか？』（平凡社）という本を出版したり、仏典の翻訳事業をすすめたり、ハワイ移民百年の歴史を、一世の話でビデオ百本にまとめたり、他宗とは異なった文化事業にも努力している。

つつましい布教師の三十年の辛苦をすべて照覧しておられた仏天の御加護の賜《たまもの》が、荒さんの絵筆に宿り、奇跡となったのであろう。

（「ハワイ別院　支えた奇跡」03・11）

2004
平成16年
82歳

二月、ドナルド・キーン、鶴見俊輔《つるみしゅんすけ》との鼎談《ていだん》集『同時代を生きて』（岩波書店）を刊行。三月、『痛快！寂聴　源氏塾』（集英社インターナショナル）を刊行。サンフランシスコで黒船来航百五十年祭の講演。四月、徳島県立文学書道館館長に就任。九月、新作歌舞伎《かぶき》「源氏物語　藤壺・葵・六条御息所《ろくじょうのみやすどころ》の巻　朧月夜《おぼろづきよ》の巻」を名古屋・御園座《みそのざ》で初演。『愛する能力』（講談社）を刊行。十月、仏教友好交流会議で北京訪問、講演。『真夜中の独りごと』（新潮社）を刊行。十一月、『藤壺』（講談社）、イタリア語訳『La virtù femminile』軽装版、『Il monte Hiei』（いずれもNERI POZZA）を刊行。十二月、新潟県中越地震救援募金のための青空法話を三十三間堂《さんじゅうさんげんどう》で二回開催。集まった募金を自身で避難所に届ける。

日本人の平均寿命は年々歳々伸びつづけ、百歳以上の老人も年毎《としごと》に増えつづけている。その一方で、長命にはなったものの、寝たきり老人や、痴呆《ちほう》になった老人の数も急増している。その上、老人の医療費は上げられるし、年金は貰《もら》えなくなりそうだし、長生きしていると、これまでなかった数々の不安が伴うようにもなってくる。

やがて来るさけがたい老いをどう迎え、老いとどう上手につきあっていくかということは、生きているすべての人にとって気がかりな問題である。人間には生まれた時から定命《じようみよう》が定められているから、じたばたしたところで、定命の尽きるまで生きねばならない。誰だって死ぬ日まで、他者に面倒をかけず、ころりと死にたいと思うけれど、そうは問屋がおろさない。

今度、三人の同年の老人が集まっていいたい放題のお喋《しやべ》りをしてそれが本になった。『同時代を生きて』（岩波書店）という題がつけられた。

話し手は鶴見俊輔さん、ドナルド・キーンさん、私の三老人で、共に一九二二年（大正十一）の生まれである。満で八十一歳のれっきとした老人である。六白金星《りくはくきんせい》・壬戌《みずのえいぬ》のこの生まれは、中年は酒色のため良運を逃すが、晩年運が強く老後は安泰だと、どの占いの本にも書いてある。

自分にあてはめてなるほどとうなずく点はあるが、まさかお二人に中年の女難の有無など訊《き》くわけにはいかない。

話題は、私たちの共に生きてきた八十年の歴史、事件、主として戦争、文学、哲学、あらゆる面に及び、生きて接した共通の知人の想い出や分析になり、彼らの仕事の評価になった。

共通の体験は何といっても戦争体験であった。鶴見さんはアメリカに留学中戦争が始まった時、日本は負けると信じていたという。

「負けるときに、負ける側にいたい」という気持ちだけであえて交換船で一九四二年（昭和十七）八月、帰ってきて、東京都のその年最後の徴兵検査に合格した。ジャカルタで、短波（ラジオ）の外国の放送を聞いて「大本営発表」ではない新聞を作る仕事を命じられている。そのうちカリエスになって日本に還《かえ》される。日本は負ける、滅びると信じ、日本の滅亡を願っていたという鶴見さんの口調はあくまで明るい。言葉と全く反対の強い愛国心が哀《かな》しいほどあふれていた。

キーンさんは日本人の捕虜の世話をしていた。日本人は捕虜以外の者はみんな戦争で殺される可能性があると信じ、そうなれば、日本の捕虜は非常に貴重な存在になるから守るべきだと思ったという。

それよりキーンさんは日本人が戦場に残した日記の翻訳をさせられ、それはどんな文学より感動的だったという。必ずやがて死ぬと決まっている人たちの書いた日記によって、キーンさんは日本人に対して敵愾心《てきがいしん》など持てなくなったと言う。もしその日記を読まなかったら、キーンさんの戦後の日本文学への傾倒と、すばらしい業績が果たして生まれただろうかと考えさせられた。
私は北京で体験した終戦と、その後の話をした。考えてみれば、それも異常な体験であった。私のものの考え方は敗戦によって百八十度の転換をした。それまでの自分の無知を思い知らされ、恥じた。無知は悪だと悟った。
私たち三人は同じ戦争を全くちがった場所でちがった形で体験して、生きのびて今がある。八十一歳まで生きたことは、有難いばかりとはいえない。あの無惨な長い戦争が始まる前の空気と同じ状態になってきた日本に再びめぐりあわしていることが、幸福であろうか。それでも三人の元気じるしの老人は、まだ次の仕事への夢を語ったりしているのである。三人に共通なのは、三人とも本音は自分を老人と自覚していないということであった。

（「三老人、語り合う」04・2）

故郷の徳島で、今から二十三年前、私は月一回の寂聴塾という文学塾を開いて、一年間通った。日本で一番本を読まない県庁所在地というレッテルをはられていた徳島の人々に、本を読む愉《たの》しさを覚えてもらいたいという素朴な願望から発した発想であった。県人だけの塾のつもりだったが、他県人の応募者も多く、断りきれなくて五十名の予定が六十人になった。

年齢制限も性別も問わなかったので高校二年の少女から六十三歳の男性までいた。男女別でいうと女性が七割を占めていた。境遇も様々だったが、私は世代を意識しないで、文学一般文化一般、それに時事問題を取りあげ、私の考えや観方《みかた》を正直に直接ぶっつけてみた。一年間、京都から徳島へ一回の休みもなく通い通せたのは、まだ六十前の私の若さと、塾への夢と情熱のたまものであった。

一年のうちに六人の赤ちゃんが塾生のお腹《なか》に宿っていた。

一年の終りに卒業式を迎えた時、私たちは肉親より強い熱い絆《きずな》で、しっかりと結び合わされていた。私にとっては塾生の一人一人が私の夢の金の卵であった。私は心をこめて塾生の卒業証書を書き、六人のお腹の赤ちゃんにも卒業証書をあげた。

若い人たちは自分の人生の目的を一年間でしっかりと見届けたようだった。中年の主婦たちは、平穏な日常性の中から、まだ自分の才能の可能性を引き出すきっかけを掴《つか》んだ。

老いを迎えようとする人は、老いは衰退ではなく、豊饒《ほうじょう》な稔《みの》りだという誇りを抱《いだ》いたようであった。

卒業後、それぞれの選んだ道で、予想も出来なかった大きな夢の華を咲かせて見せてくれた。

何よりも得をしたのは、その一年間で与えるものよりも、彼等《かれら》から与えられたものの豊かさに包まれた私自身であった。

それから二十三年の歳月は流れて、五十八歳だった私は八十一歳になった。

精力的に仕事をしつづけた私は念願の『源氏物語』の現代語訳も果たしたし、二十巻の個人全集も出すことが出来た。

仏縁により天台寺という東北の荒寺の住職を引き受け、十八年かけて、それを日本じゅうに名の通る寺に復興した。もう充分生きたという充実感の中で、おとなしく晩年の静謐《せいひつ》を愉しめばいい状態になった。

しかし、世の中は、二十年前に比べて、一向によくはならず、絶え間なく戦争はつづき、戦場にされた国の子供たちは、連日被爆の恐怖にさらされ、家は破壊され、家族は殺され、学校に通うことさえ出来なかった。国内でもあらゆる面で頽廃《たいはい》と混乱が渦巻いていた。

親が子供を、子供が親を殺すなどという異常な事件が繰り返し報じられ、自衛隊はついにイラクに派遣されて行った。彼等の出動する様子をテレビで観ると、まるで六十年前の、昭和十七、八年がそのままそこによみがえったようで、戦中派の私などは、悪夢を見ているように背筋が寒くなる。

八十一歳になって私は危うくこの世に絶望しかけていた。

すべてはアメリカに起こった九月十一日の同時多発テロ事件に始まったように見える

が、それだけではないだろう。あのテロが起こるべくかもされていた問題の種子を追求して、解決しない限り平和は訪れない。暴力で平和は取り返せない。報復の連鎖を断ち切らない限り平和は甦《よみがえ》らない。

そんな話を、私は若い人たちに話したかった。

未来は若者たちの手の中にある。若者たちがその肩に、未来の苦悩の荷を進んで背負っていかなければ明日の虹はかからない。若者よアンビシャスを持てというのは、昔も今も変わらない理想である。けれども、今のこの混迷と汚濁と矛盾の満ちあふれた時代に、われわれ老人は若者に希望や野望を持てと、言えるだろうか。この混迷の世の中を誰が招いたのかという彼等の反論に頭があげられるだろうか。私は若者たちと膝《ひざ》つきあわせて語りたかった。若い人の苦悩や迷いをせめて分け持ってやりたいと思った。

かくして塾の再開が行われた。昔と同様、すべて出前の塾で、無償のボランティアである。結果がたしかでないときは自腹を切ってやるのが私の主義になっている。

今度は年齢制限をして二十五歳を上限とした。

場所は県立文学書道館を使わせてもらうことにした。私の塾は、一つには文学書道館の存在を少しでも世間にアピールする役に立てたいという気持ちもあった。

ところが、文学書道館で使用できるギャラリーは、思いの外に使用度が多くて、貸してもらえる日がほとんどなかった。毎回、いろいろな場所へ教室を移動しながら一年間通い通した。

徳島新聞も四国放送も、ＮＨＫも応援してくれ、毎回塾の様子を撮ってくれ、報道された。

一番嬉《うれ》しかったのは、この塾に二十二年前、私に卒業証書をもらった赤ちゃんが大きくなって三人参加してくれたことである。一人は東京の大学の勉強が忙しく、通い続けられなかったが、他の二人は、通い続けてくれ見事卒業してくれた。

これでまた、私は当分、徳島へ通いつづけなければならない。


（「ふたたびの塾への情熱」04・3）


原稿用紙のストックが心細くなってきたので、注文することになった。もう二十年ほど満寿屋《ますや》の赤い罫《けい》のを使っている。その前は、同じ型のグレーの罫を使っていた。年をとるにつれ、赤が好きになった。グレーは品がいいけれど気が滅入《めい》る。赤い罫を使うと、気持ちが明るく意欲的になる。「よしっ、書こう」と気合いが入る。

さて、原稿用紙を何枚注文するかということになって、ハタと思案が止ってしまった。いつものように二千枚注文したら、私はそれを半分も使いきらないで死ぬかもしれないし、生きていても書けなくなるということもある。そんなためらいは、かつて一度もなかった。

六年前、『源氏物語』の現代語訳が仕上がった時、あるテレビ局で私のそれまでの仕事量を調べてくれ、原稿用紙は十万枚強使っていると教えてくれた。使った原稿用紙の枚数や、受け取った原稿料の多寡《たか》など数えたことはない。そんな閑《ひま》があれば、次の作品を一枚でも書いた方がいい。文学は量より質であることくらい私だって知っている。たくさん書いたということはそれだけ恥を書き残したということである。

新しく届いた二千枚の原稿用紙で、今、これを書いている。（「赤い原稿用紙」04・5）

イラクのバグダッド近郊で、フリージャーナリストの橋田信介さん（六十一）と、甥《おい》の小川功太郎さん（三十三）が、テロによる理不尽な死をとげた。テレビで見た残酷な二人の死は目を掩《おお》いたいように凄惨《せいさん》なものであった。

先だっても、ボランティア活動のためイラクに入った若い男女が拉致《らち》された。彼等はイラクに好感を持ち、イラクの人々に愛を抱き、イラクの人々に、少しでも役に立ちたいという想いに駆られて行ったのである。中の一人はフリーカメラマンで、悲惨な戦場の状態を、現地から、世界に知らせたいという願いからであった。

その三人につづいて更にフリージャーナリストら二人が捕らえられた。

五人の行為や思想はすべて善意から出たもので、若者の無鉄砲さはあったとしても、あくまでイラクには友好的な態度でのぞんでいた。しかし彼等はイラク人に捕らえられ、人質にされたのであった。幸い彼等は五人とも無事で帰国したが、たちまち沸き起こったブーイングに、立ち往生してしまった。行っては危険だといわれている土地に、忠告を無視して出かけた彼等に、自己責任があるという非難であった。

それでもまたひきつづきイラクに出かけて行った橋田、小川組は、当然、自分たちの行動に自己責任を感じながら出かけたのであろう。若者五人の受けた意外な非難のこともすべて承知していた筈《はず》である。それでも彼等は行かずにいられない気持ちの方が強かった。

橋田さんなどは六十を越し、家でゆったり暮らしてもよかったのに、あえて危険な戦地へ出かけている。

人間は何のために生まれてきたかと、若い人たちによく訊かれる。私はその度、幸福になるために生まれた。しかし自分一人幸福になっても仕方がない。自分の存在そのものので、少しでも他者の幸福に手を貸せるよう、一人でも幸福になる手助けをするのが、生まれてきた意義だと答えている。

誰の命だって、人を傷つけ殺せよと、この世に送り出されてきたのではない。

自分ひとりが幸福になっても、共に今を生きている地球の上のあらゆる国の人間が、飢えに苦しみ、戦火に遭って、苦悩しているのに人間として無関心でいられるだろうか。

人の苦しみを共有しようとし、少しでも相手の苦しみを軽減しようと願うのは、人間の本能の一つである。

アメリカやイギリス軍の侵攻によって連日、爆弾を浴び、目の前で愛する家族の殺されるのを見、やがては自分もまた理不尽な死に、一方的に見舞われるイラクの庶民の恐怖と絶望に、私たちは無関心でいられるだろうか。

いい人が必ずしも守られるわけではないのだ。この不条理故に、人はこの世で宗教を生んだ。ところが少しでも幸福になるよすがとして信じるものを得ようとした宗教によって、今度は宗教戦争という無惨なことをくり返す。

殺された橋田さんの荷物の中には、イラクのファルージャで知りあったモハマド・ハイサム・サレハ少年の日本へ渡る航空券があった。橋田さんのイラク行きは、この少年を日本へつれていくのも目的の一つだったのだ。十歳のモハマド少年はアメリカ軍とイラク軍の戦闘で左目を負傷した。目は見えず、手術しても痛みがとれなかった。橋田さんはこの少年の目を日本で治療を受けさせようとしていたのだ。

橋田さんの死後、モハマド少年は、橋田さんから贈られた航空券で日本へやってきた。六月十一日には静岡の病院で手術を受けたそうだ。橋田さんは自分の命とひきかえに、イラクの少年の目を救ったことになる。

そんな報道が連日されている最中《さなか》に、長崎の十一歳の小学生が、同級の十二歳の少女をカッターナイフで切り殺すという前代未聞の事件が生じてしまった。

はやりのパソコンのメールやチャットで、他の友人より親密だった二人の間に突如起こった殺人事件である。加害者は、目下少年鑑別所に送られて観護措置を受けている。殺された怜美《さとみ》ちゃんのおかあさんは病没していない。おとうさんの心境が新聞に出ていたが、痛ましくて涙なしでは読めない。

怜美ちゃんの死もまた理不尽そのものである。この不条理と理不尽に満ち満ちた現世で、子供たちに向かって親は命の尊さ、重さを幼い時から教えこむ自信が果たしてあるのだろうか。人間が次第に人間でない「何か」に変化していくようで恐ろしい。

（「イラクと佐世保」04・6）

とうとうこの異常に暑かった夏の終りに、嶋中雅子《しまなかまさこ》さんが彼岸に旅立っていかれた。五月に大腸の手術をされたあとでは、まだまだ気力が強く、

「さっき嶋中がそこへ迎えに来たけど、まだ往きたくないわって言ったら、さっさと背中見せて行っちゃったわよ」

と笑っておられた。御本人が思っていられたより重症だったけれど、四人のお子さまや、その御家族の方々の手厚い看護を受けられて、病院の雅子さんは、とてもおだやかだった。

「どうしても書いてもらいたいものがあるのよ。それは『美しいお経』という本なの」

と、ベッドの脇《わき》に私を呼ばれ、どういう体裁の本にするかなど、こまごまと案を示された。間近に限られた時間とも思わず、雅子さんの頭の中や夢の中まで、出版の仕事のプランで一杯のようであった。

安請けあいではなく、私も病人の情熱に引きこまれて、その場で思いついた意見をつぎつぎ述べていた。

まるでそこが病室であることも忘れたような熱気が漂ってきた。

あの様子では、まだまだ大丈夫と、私はほっとして病室を辞した。

同じ病院で嶋中鵬二《ほうじ》会長をお見舞いし、お別れした日のことをありありと思い出していた。

あの時は、雅子さんが電話で報《しら》せて下さって、病院に駆《か》けつけたのであった。病室は明るく、鵬二会長はにこやかで、冗談をいって私をからかったりして、もうすぐあの世に旅立たれる方とは信じがたかった。

エレベーターまで見送って下さった雅子さんは少しも取り乱さず、

「会っていただいてよかったわ。もう間もなくでしょう」

と冷静につぶやかれた。

雅子さんのこういう冷静さや物に動じない沈着さは、一九六一年（昭和三十六）に起きた「風流夢譚《むたん》事件」で、右翼の暴漢に襲われ、胸や腕に荒々しい傷を受けた時以来のものであろう。

あれから四十三年経った今も、その後遺症は体じゅうを痛めつけていた。

事件は凶刃に倒れた犠牲者のお手伝いさんや重傷を負った雅子さんだけでなく、「中央公論」という日本の歴史的な名出版社にも痛ましい傷痕《きずあと》を遺《のこ》した。

言論の自由を守りつづけてきた名門だけに、その後の方向については慎重にも大胆にも舵《かじ》の取り様が大変だったと思う。

心ない中傷や批判に嶋中社長が耐えつづけ、社を守ろうとした蔭《かげ》には雅子夫人の惜しみない献身と深い理解と励ましがあった。

鵬二氏は、雅子さんに毎日、社での出来事のすべてを話していられた。そのため雅子さんは、会社でどんな本の企画がされ、どの本の売行きがいいかすべて諳《そら》んじていた。社員の一人ひとりの名も顔も覚えていて、その人たちの性格や能力についても心得ていた。

それでも表に出しゃばるようなことは一切なかった。

東京女子大の同時期の同窓生だったわたしたちは、学生時代は学んだ科がちがって交わる機会はなかった。それでも高等学部に、あの有名な政治学者蠟山政道《ろうやままさみち》氏の令嬢が通学され、大変な秀才だということだけは聞いていていた。

思いがけなく、小説家となり、はじめて婦人雑誌に記事を書かせてもらったのが「婦人公論」であった。三枝佐枝子編集長、澤地久枝副編集長の時代である。それ以来、中央公論社との縁は深くなり、女流文学賞や、谷崎潤一郎賞もいただいたが、雅子夫人と個人的に出逢《であ》うチャンスはなかった。

個人的に急速に親しくなったのは、鵬二会長の逝去前後からである。会長入院中の時から、中央公論社の経営危機が噂《うわさ》されていた。

鵬二氏に代って、社の先頭に立ち采配《さいはい》を振う会長の立場に立たれ、社員の意気を鼓舞しつづけていた。その頃から、毎晩のようにわたしたちは深夜の電話を交しあった。社の運命をどこにゆだねるかというような重大な話に、わたしの意見などうかつに言えるものではなく、ただ、わたしは雅子さんの苦悩のため息と迷いの悩みを聞いているだけであった。

迷い迷った末、読売傘下に降《くだ》り、新社を立ちあげ、歴史と名誉ある「中央公論社」の名を遺そうと決心されるまで、どんなに悩まれたことか。まさに苦渋の決断を勇気を持って下してからは、雅子さんの顔付は爽《さわ》やかになった。

「社員を一人も路頭に迷わせたくない。一人ひとりの社員に何人かの家族がいます。その人たちも誰も路頭に迷わせない。そのためには、うちの家族や、一族の面子《メンツ》も財産も失っても仕方がないのです」

雅子さんは言葉の通り実行した。家屋敷も、財産もすべて手放し、ほんとうに身一つになってしまわれた。そのため受けた遺族の方々の犠牲は少なからぬものがあった。

（「美しい脚で極楽へ」04・9）

水上勉さんのことを、私は長いこと「みなかみつとむ」さんと呼んでいた。物書き仲間の間では、フルネームでそう呼ぶことはめったになく、たいてい「ベンさん」で通っていた。

それがいつの間にか「みずかみつとむ」さんと変っていた。濁音のない「みなかみ」さんの方がずっと耳ざわりがいいように思う。いつだったか、御本人にどうして変えたのですかと訊いてみた。

「もともとみずかみやから」

といっただけであった。

水上さんは生前二回も個人全集を中央公論社から出している。その名前は「みなかみつとむ」ではなかったか。

水上さんは二度個人全集を出してくれた中央公論社と社長の嶋中鵬二氏にいたく恩義を感じていて、鵬二氏が亡くなった時、目に涙を浮かべて、

「恩返しも出来とらんのに亡くなってしまわれた」

と絶句した。そんなことを口にする時、勉さんの口調は浄瑠璃《じょうるり》のようで、芝居がかっ

て聞えるのだが、それが不思議に誠実そのものに聞えて、こちらもつい涙が誘われるような塩梅《あんばい》になる。

多才な水上さんは、推理小説や高僧伝記小説や私小説や純文学長篇《ちようへん》や短篇や中間娯楽小説や、実に作家としての才能の幅が広い。

私は谷崎潤一郎さんが絶讃した『越前竹人形《えちぜんたけにんぎよう》』の抒情性《じよじようせい》と浄瑠璃のような文章と物語性が、水上文学の真骨頂だと思う。

九歳で口べらしのため故郷を追われるように京都の寺に入れられた水上さんにとっては、故郷は普通の人以上になつかしく愛惜があったようだ。その証拠に、故郷に「若州一滴文庫《じやくしゆういつてき》」というすばらしい記念館を建てられ、自分の著書や集めた絵画や、研究資料の大方をそこに投じて、故郷の子供たちの勉強の資《もと》にとさしだした。その横に竹人形の芝居小屋まで建て、竹紙を漉《す》く工場も造った。私は三度ほどそこを訪れたが、車椅子《くるまいす》で階上へ行けるように設備されていた。

「これを建てるために、十年間、私は世間のあらゆる義理を欠いて金を貯めた」

と話していた。つまり冠婚葬祭などのお祝いや香典を一切出さなかったということである。それほどの思い入れの一滴文庫が、赤字つづきで、立ちゆかなくなったというニュースを聞いた頃、私は最後に勉さんに逢った。その時、一滴文庫のことを、あのままつぶしてしまうのは惜しいと言ったら、

「すべてはわたくしの不徳と、努力の不足のせいでありましょう」

と、例の浄瑠璃の口調で答えが返ってきた。

その時もまわりに編集者や速記者がいたが、二人きりで逢うと、全くちがう口調で、女の話ばかりした。

勉さんはもともと男前に生まれついていて、芝居がかったくどき節がうまいし、そこはかとなくセクシーであったので、いつでも女にもてた。

まだ私が出家する前、文藝春秋の文士劇に勉さんの桂小五郎《かつらこごろう》、私の幾松《いくまつ》で東宝劇場の舞台を踏んだことがあった。司馬遼太郎さんの『竜馬《りょうま》がゆく』の舞台だった。

その時、勉さんはひどく張り切って、真剣そのものであった。わざわざ私に電話をしてきて、

「瀬戸内さん、やはり割り稽古《げいこ》せんとあかんやろ、恥かきとうないからね、明日《あした》の夜、六時から、新橋の○○というお茶屋へ来てくれ、中村嘉葎雄《なかむらかつお》に指導して貰うよう頼んどいたからな」

という。その口調が荘重で真剣なので、断れなく、私は指定された通り、そのお茶屋へ行った。たしかに嘉葎雄さんが来ていて、何だか照れていた。照れていないのは勉さんだけで、大真面目《おおまじめ》な顔で、

「刀の扱いはこうか、これがええか」

と、刀をふり廻《まわ》して指導を仰ぐ。師匠はいい加減で、

「ま、そんなとこでしょう」

とか何とか、おかしさをこらえて相槌《あいづち》を打っていた。り入っていた。私がほとんどせりふが入っていないと知ると、勉さんは顔色を変えた。

　さて当日、幕があくと、かぶりつきに、ずらっと総見していたのは、祇園《ぎおん》、先斗町《ぽんとちょう》、上七軒《かみしちけん》の今を時めく綺麗《きれい》どころの芸者、舞子たちであった。お茶屋の女将《おかみ》さんも一人残らず顔を並べていた。その真ん前の張出しのエプロンステージで、私たちはラブシーンをするのである。

　彼女たちは私もまたみんな顔なじみである。しかし彼女たちが応援に来たのはひとえに勉さんのためであった。三つの色町の一番売れっ妓《こ》の看板芸者が、三人とも勉さんのお相手だと、京都の花街ではみんな承知していた。もちろん彼女たち三人は一際盛装して並んでいる。

「勉ちゃんしっかり！」「水上がんばれ！」

　彼女たちがいっせいに黄色い声をはり上げて声援する。小五郎は柄にもなく気が弱く、すっかり上がってしまって、あれほど早々覚えていたせりふが度忘れして出て来ない。そこへ、楽屋でブランディ一本空けた戸川昌子さんが、酔っぱらって、その芝居の出演者でもないのにフラフラ舞台に出て来て、私たちの間に入り、

「何イチャイチャしてるのよう、あんたたち！」

と邪魔をしたから、芝居はメチャメチャになってしまった。あの世で私も追いつい

た

ら、もう一度割り稽古からやり直しましょうね、勉さん。

（「あの世でまた文士劇を」04・11）

新潟の大地震の報を北京で聞いた。

たまたま十月二十二日から三日間、北京では日・中・韓三国の仏教友好交流会議とい

うのが開催中で、私は日本側の講師として短い挨拶《あいさつ》講演の役を命じられてその会に出席

していた。

三国仏教友好交流会議というものは、十一年前、中国仏教会の会長であった趙《ちょう》樸初《ぼくしょ》

師が来日された時の講演で、

「中・韓・日三国の仏教は千四百年来の黄金の絆で結ばれている」

と提唱されたことから生まれたものである。仏教という黄金の絆の力をより強く輝か

せて、力を協《あわ》せ、世界平和、人類の幸福のために祈り精進《しょうじん》しようという主旨で結ばれ

ている。会が結成され十年の節目を迎え、会議も七回になった。会場は三国持ち回りで、

今年は中国に当たっていた。セレモニーはすべて、三国語の通訳がつくので、煩瑣《はんさ》で時

間のかかることおびただしい。

趙樸初先生には、一九七三年（昭和四十八）二月、日中文化交流協会の行事として、中国へ日本の文化人が招待された時、私も団員に加えられ、北京ではじめてお会いしている。まだ私は有髪《うはつ》で小説家としての肩書きであった。団長は八十七歳の土岐善麿《ときぜんまろ》氏だったので、敬老精神のあつい中国側は、格別の接待をしてくれた。

その時の趙樸初氏の印象は、私が会った中国人の中で最も強烈なものであった。仏教徒というより、あらゆる文学芸術文化に通じた教養人という印象で、高雅な人となりが、容貌《ようぼう》、態度すべてに滲《にじ》み出ていた。

ある時、二人だけで向かいあった短い時間があり、私は自分は戦争中、北京で暮らし、敗戦を北京で迎えている。今度招待を受け、熱烈歓迎を受けるにふさわしくない人間ではないかと恥じていると、率直に告白した。

その時、趙氏は、言いようのない優しい慈眼《じげん》を私にそそぎ、

「あなたは何も恥じることはないのです。あなたも国と国との戦いの運命に翻弄《ほんろう》された庶民の一人なのです。こうして作家になって、ふたたび中国に来て下さってこんな嬉しいことはありません。ゆっくり中国を愉しんでいって下さい」

と言ってくれた。

敗戦の直後、私の家の前の胡同《フートン》の壁一杯にはられていた「怨《うら》みに報いるに徳を以《もっ》てす」と書いた赤い短冊の字を思い出す。

今度の仏教会議の議題も、決して平和ではない今の時勢を論じ、いかにして平和を守るかということを各国がそれぞれ真剣に論じていた。

「怨みに報いるに怨みを以てすれば怨みの尽くることとなし」と法句経《ほっくきょう》にある。テロに報いるため、武力で応じては、昔の日本の仇討《あだうち》のように永遠に怨みと報復の連鎖は断つことが出来ない。

少なくとも北京に集まった三国の仏教徒たちは、それぞれ、自分たちの非力を認め嘆きながらも、混迷を極めたこの乱世の世相にどうやって立ち向かい、共存共生、世界平和をもたらすべきかを謙虚に思案していた。

帰国する朝、新潟の大地震のことを聞いた。

台風二十三号の爪跡《つめあと》がまだなまなましいところに、なんという惨禍が襲うのかと慄然《りつぜん》とした。「諸行無常《しょぎょうむじょう》」という仏教のことばが反射的に浮かんでくる。同時に「末法《まっぽう》」という語も浮かぶ。

末法とは釈迦入滅から時代を下るにつれ、仏法が実践されなくなるという歴史観に基づいて、仏教の危機的、終末的な第三段階の時代をさしている。

仏教に正法《しょうぼう》、像法《ぞうぼう》、末法の三時を立て、末法の次には仏法が滅びる滅法を予想する考えである。

正法の時代は、現実に悟りを開く人間のいた時代。像法は、修行しても悟りを開けない時代。末法はもはや修行も行われず、ただ教法だけが残っている時代ということで、末法期に入ると、天変地異、破戒虚言、闘争、戦乱が相つぐとされている。

日本では末法到来を一〇五二年（永承七）からとしている。平安時代に当たる。それから千年近く、延々と日本は末法の世にあるわけだ。

末法を恐れた平安時代の貴族たちの間から無常観や、厭世観《えんせいかん》が生まれ、鎌倉《かまくら》時代の浄土教信仰へと導いていく。この現在ほど、末法といわれる条件をすべてかね具《そな》えている時代はない。

日々のニュースはすべて末法の世相をこれでもか、これでもかとつきつけてくる。キリスト教には最後の審判の教えがある。人間のおごりすぎた心根と、この世の乱世の様相が無関係とも考えられない。

帰国したら地震の被災者たちの惨状は、想像を絶するもので、テレビに釘《くぎ》づけになる。

（「仏の道　黄金の絆」04・10）

まことに慌ただしかった一年が、暮れようとしている。一口に言って、こんなひどい、厄年凶年があっただろうか。

今年ほど、台風に矢継ぎ早に見舞われた年は記憶にない。記憶にないといえば、元首相が一億円を貰ったことを記憶にないとおっしゃって物議をかもしている。庶民には宝

ら、それもそうかとこの国の人は物解《ものわか》りよくうなずいてしまうのだ。

　何々の日というのは、いつから誰が決めたのか。国の定めた何々の日ほど、ナンセンスなものはない。人間の記憶の容量は余程貧弱なものらしく、原爆の日も、終戦の日も、六十年も経てば、習慣のセレモニーの一つにされてしまう。

　十二月冠頭《かんどう》の記念日が、世界エイズデーであった。

　私は一九九三年（平成五）、十一月より、一年ほど、エイズが題材の小説を「愛死」という題で新聞連載した。その頃、日本のエイズは、後で裁判にもなった輸入血液製剤の被害患者のことが問題になっていた。輸入血液製剤でエイズになった血友病患者は同情され、セックスでエイズになった患者は差別されるという風潮があった。そしてエイズはキスしても一つのコップの水を呑《の》みあっても感染すると思いこむ無知さであった。私は小説を書くため、その両方の患者たちの多くとつき合い、医者に教えを請い、可能な限り、輸入血液製剤の被害者たちの救援運動にも参加した。

　私の小説『愛死』（講談社）はその頃ベストセラーになったがロングセラーにはならなかった。エイズはマスコミから忘れられたようになっている間に、今では過去最高に増えている。さすがに新聞でも十二月一日だけは、取りあげていたが、それっきりである。

　この凶々《まがまが》しい年よ早く去れ。しかし来る年がどのような幸いを運んでくれるか期待出来ない。今年の災害、災厄の爪跡はまだなまなましい。台風、地震の被災者たちは、冬を迎えてより苛酷《かこく》な避難生活にあえいでいる。今からでも遅くはない。遅ればせながら不調体調を克服して、私は今から広い三十三間堂の庭を借り、救援寄付金をつのる辻説《つじせつ》法《ぽう》を十一、十九の二日間することにした。

（「凶事続きの一年を思う」04・12）

2005 平成17年 83歳

二月、『五十からでも遅くない』（海竜社）を刊行。三月三日、三十三間堂で青空法話。コロンビア大学で『源氏物語』の講演。義家弘介《よしいえひろゆき》との対談集『私の夢俺《おれ》の希望』（PHP研究所）を刊行。四月、フランスでフランソワーズ・サガンの取材。NHKBS2「世界　時の旅人　フランソワーズ・サガン　その愛と死」を放映。鶴見俊輔との対談集『千年の京から「憲法九条」』（かもがわ出版）を刊行。五月、『命のことば』（講談社）を刊行。六月、『生きる智慧《ちえ》　死ぬ智慧』（新潮社）を刊行。天台寺住職を退任。新作歌舞《かぶ》伎《き》「源氏物語　藤壺・葵・六条御息所の巻」を博多座で初演。七月、『寂聴　人は愛なしでは生きられない』（大和書房）を刊行。九月、宮崎奕保《みやざきえきほ》との対談集『また逢いましょう』（朝日新聞社）を刊行。十月、新作狂言「居眠り大黒」を比叡山で初演。『美しいお経』（嶋中書店）、『寂聴　あおぞら説法Ⅲ』（光文社）、『私の好きな古典の女たち』を改編した『おとなの教養古典の女たち』(海竜社)を刊行。十二月、NHK教育テレビ「知るを楽しむ　なんでも好奇心」で、「瀬戸内寂聴　世阿弥の佐渡を歩く」を放映。

戦後六十年が過ぎた。終戦の年に生まれた赤ん坊は還暦を迎えている。

今では日本人は世界で最長寿を誇っているが、還暦といえば、戦前なら、隠居をする年頃であった。れっきとした老人は、当時は尊敬され、畏《おそ》れられもした。長く生きてきた経験の重みで、どの老人も威厳があった。

学歴などで人の値打ちは決められず、手に技を持つ職人が自分の腕に自信を持って堂々としていた。

六十歳になった戦後の日本はどうだろう。とても還暦を祝うような状態ではない。

還暦を迎えて、生活も安定し、子孫も育ち、家の内は和が保たれ、これからは、ゆったりと余生を愉《たの》しむ計画でも立てようなど、心のゆとりが持てれば幸いだが、今日の日本の現状は、外からは天変地異に次々に襲われ、内では道徳が乱れはて、親殺し、子殺しさえ珍しくなく、青少年の犯罪は激増するばかり。学童の学力は低下して、末恐ろしい有り様である。

人命は軽んじられ、他殺も自殺も、日常茶飯事のように行われている。

どうしてこんないびつな年の取り方をしてしまったのか。

強くなったのは女ばかりで、経済力を持つようになった若い女たちは、結婚の相手を選ぶ時、相手の経済力をまず計算し、自分よりそれが低いと、もう相手にしない。結婚を愛で計らず、経済力で計るから、結婚の対象はなくなり、ひとりで働いて、海外旅行を愉しみ、ブランド商品で身を飾ることが恰好《かっこう》いいと思っているから、子供を産む年齢を逃してしまうようになる。今更「負け犬」だなどと騒いでみても、やっぱり心の底では、結婚して今の自由さと、経済的ゆとりを落とすのは厭《いや》だと思っているのではないだろうか。まして夫の家族と暮らし、姑《しゅうとめ》や小姑《こじゅうと》にいびられるなどもっての外だと思っている。

日本中がバブルに酔いしれて浮かれていたのはついこの間のように思うのに、すでに十年一昔のことになっている。

六十歳の日本は、あの頃、五十になったばかりの、まさに壮年まっ盛りのエネルギーに満ち満ちた時であった。

夢よもう一度と、あの酔い心地を振り返ってみても、一場の夢と消えた栄華の跡は、儚《はかな》いだけだ。

まさかあの得意の絶頂期に、あの平安と豊かさが一朝のもとに消え、恐ろしい天災が矢継ぎ早に襲ってくるとは誰が想像しただろう。

（「還暦の日本」05・1）


井上光晴さんが亡くなってから十三年が過ぎた。一九二六年（大正十五）生まれで誕生日が私と同じだったが、私より四歳若かった。

晩年、全身に廻《まわ》った癌《がん》と壮絶な闘いをくり返しながら、ついに病に倒れこの世を去った時は、六十六歳の誕生日を迎えて半月しか経っていなかった。臨終に近い日、見舞った私に、はっきりした口調で、

「せめて七十七歳ならあきらめもつくが、六十六じゃね」

と口惜《くや》しそうに言った。余程無念だったのだろう。それでも、医者があと三カ月と宣言してから、気力だけで闘病し、二年近くも生きのびていた。発病しても作品を書くことを、最後までやめなかった。その気力は鬼気迫るものがあった。純文学一筋の創作態度を貫いたので、経済的には最後まで報われることがなかった。

井上さんが長崎の離島崎戸《さきと》の炭坑で十二歳から十八歳まで暮らし、崎戸を魂の故郷としていたのはよく知られているし、代表作で二十世紀の傑作とも評された『地の群れ』や『明日』は、この時の経験なくしては生まれなかっただろう。小説家の前に天性の詩

のろしは　あがらず
のろしは　いまだ　あがらず
ああ　五月野《はるのの》に　草渇《か》るるまで
のろしは　あがらず
のろしは　いまだ　あがらず

一九四六年七月

終戦の翌年、井上さん二十歳《はたち》の詩である。
長い戦争の後もまだのろしはあがらないもどかしさ。戦後六十年たった今も、井上さんの思い描いていたのろしはあがったとはいえない。
除幕式の日以上に集まってくれたという聴衆に、私は井上さんの文学と人間への深い愛と、差別への憎しみについて話した。

（「井上光晴さんの碑」05・3）

フランソワーズ・サガンが他界して早くも七カ月が流れ去った。今月（四月）末から始まるＮＨＫの新番組の最初に、サガンを取りあげ、取材の役が私に当てられたので、急遽《きゅうきょ》フランスへ出かけてきた。

生きて、書いて、愛したサガンゆかりの地を訪れ、精力的に人に会い、話を聞いた。私は一九七八年（昭和五十三）に来日したサガンと、一度だけ逢っている。サガン四十三歳、私五十六歳の年であった。誠実でやさしく、なつかしい人柄の印象を受けた。サガンは十八歳で『悲しみよこんにちは』という初作品を書き、一躍世界に名を馳《は》せた。本は、国内でたちまち二百万部も売れ、世界の二十五カ国で翻訳された。おびただしい印税がサガンになだれこんできた。

輝かしい栄光と共に、あることないこと無責任な噂《うわさ》が濁流のように彼女に押し寄せる。実像とは無関係な虚像のサガン伝説が流れる。いつの間にか、サガンブームという社会現象の台風の目になっていた。

その後も『ある微笑』『一年ののち』と、ひき続き毎年確実に本を出し、それらの評判もよかったが、二十二歳の時、スポーツカーを暴走させ、大事故を起こした。幸い九死に一生を得て生きのびた。

もしあの時死んでいたら、あるいはラディゲと並んでサガンは天才の列に入れられたかもしれなかった。しかしサガンはその後も生きつづけて昨年死亡した時は、六十九歳にもなっていた。

晩年の四年ほどは、ノルマンディーのオンフルールのお気に入りの別荘で、ほとんど何も出来ず病床につきっきりだった。

この別荘は、引っ越し魔で、大方三年ごとに引っ越していたサガンの終の栖《ついすみか》となった。可能な限りサガンの棲《す》んだ家を探して次々訪れてみた。公園を見下ろすマンション、高級住宅地の中庭のある四階建ての家、生まれ故郷カジャールのどっしりした百年は経た生家……。どこに行ってもサガンの生きた証《あか》しが残り、そこの大地の記憶が私の足の裏からさまざまなことを語り伝えてくれるのだった。

サガンと同じく引っ越し魔の私には説明されなくてもサガンの引っ越したがる心情がわかっていた。

一所に定住出来ず、次々居を移すのは、放浪の星に生まれた私たちの体内に流れている血が騒ぐのだ。一所で長く留《とど》まり、ものを書けば、その土地の精気をすべて吸い尽くしてしまったようで落ちつかなくなる。でもどこへ行こうと、書きたいという執念と情熱は付いて廻る。

至るところで、サガンのゆかりの人々にも逢った。

二度めの結婚をしたアメリカ人ボブ・ウエストフとの間に生まれた一人息子のドニにもあった。目もとがサガンそっくりで口もとは父親似のドニはかなりのハンサムだったが、四十歳になっても暮らしは不如意《ふにょい》らしかった。それでもサガンと同じ優しい人柄が伝わってくる。有名な母の息子にはしたくないと、サガンはどこかに書いていた。「ただひとり、わたしを批判する権利を持つ人間」と称し、ドニを愛していた。ドニもサガンを、「普通の母親らしくはなかったが、とても自分を愛してくれていた」と語った。

サガンが一番長く同棲《どうせい》し、優れた本当の作家だと讃《ほ》めたベルナール・フランクとも逢えた。おっとりとした上品な老紳士で、ステッキをとても小粋に扱っていたが、左半身がちょっと不自由らしく見えた。

テレビの撮影は断ったが、私とは食事も共にしてくれた。オンフルールのサガンの豪勢な別荘の二階に、今も棲んでいる。

今日は週刊誌の連載エッセイの締め切り日だといいながら、座を立とうとしなかった。

「サガンのどこがよかったですか」

「心がとても繊細で、こよなく優しいところ」

と即座に答えが返ってきた。屋敷町の中庭のある家の四階に自分がいて、三階にドニ、二階にサガンのいた頃、泥棒が入った。大きな犬が一階に居たが、クンとも吠《ほ》えなかった。サガンがひとり泥棒とわたりあってけがもなく追っ払った。そのあとで事件を語って聞かせるサガンに、フランクが、

「どうして僕を呼ばなかったんだ」と責めると、

「だってあなたが来たら、何を言い出すか、何をするかわからない。かえってヘンなこ

とになると思って呼ばなかった」

と言ったという話を楽しそうにした。

「うちは犬も男も何の役にも立たない」

とサガンが嬉《うれ》しそうにはしゃいでいたと語ってくれた。もの静かな貴族的な風貌《ふうぼう》のフランクもまた、見るからに繊細な神経と優しい心の持ち主のように見えた。

最晩年、脱税で不祥事件を起こしたサガンは、死後の印税まですべて国税庁に差し押さえられ、一銭もドニやフランクには取りもどせない。

入った金のすべてを仇《かたき》のように浪費し尽くしてしまったサガンは、この別荘も差し押さえられ追い出されるところを、ファンの資産家夫人が買い戻してくれ、住むことが出来たという。

自分の文学の主題は「孤独と恋愛」と言いきるサガンは破滅型でもデカダンでもない。最も正統でクラシックなフランス文学の継承者だと自分を評価していた。

(「サガンを尋ねる旅」05・4)


曹洞宗《そうとうしゅう》の管長で、永平寺の貫主《かんず》の宮崎奕保禅師猊下《ぜんじげいか》は、今年百五歳(数え年)の御長寿でいらっしゃる。

永平寺の貫主さまは、代々、永平寺の不老閣と呼ばれる建物の中にお住まいでいらっしゃるので、不老閣主と御自称され、人々は不老閣猊下と尊称申しあげている。出家した功徳《くどく》のおかげで、私は普通ならばとても生涯お側《そば》に寄れないような現不老閣猊下のお側に近づき、一対一のお話をする好運に二度恵まれた。

出家して以来、私のひそかに憧《あこが》れていたことは、自分の生きている間に、生涯不犯《ふぼん》の聖僧にお目にかかりたいということであった。

釈尊は二十九歳で王宮を出奔するまで、王子としての立場で、あらゆる男としての快楽は味わい尽くされ、結婚もされ、子供も一人得ていらっしゃる。しかし三十五歳で大《たい》悟《ご》され八十歳で示寂《じじゃく》されるまでは、きっぱりと性を断たれ、弟子たちにも淫戒《いんかい》をきびしく命じられた。

私は五十一歳で出家して以来、仏教の戒律を守り通せたことは、ただ一つ淫戒だけであった。出家するまでの私の小説がエロティックだと読まれたことと、自分の情事を取りたてて隠そうとしなかったため、出家後の私の禁欲生活まで疑われていたが、その時、私は誰が信じなくとも仏がすべてを見そなわして下さると安心していた。

永平寺の不老閣猊下にはじめてお目にかかれたのはミレニアムの年で、猊下は百歳でいらっしゃった。テレビの企画でこの好運が舞いこんできた。

永平寺の大広間でお待ちしているところへ、車椅子《くるまいす》に乗られた猊下がお出ましになった。侍者の介添えで車椅子から、大きな安楽椅子に移られ、対談が始まった。近々とはじめてお逢いした百歳の猊下の若々しさ美しさに、驚嘆して、私は一瞬、声を呑《の》んでしまった。お顔の皮膚が艶々《つやつや》して皺《しわ》一つなく、しみ一つない。色がお白くて濁りがない。整った美貌は天性のもので、お若い時はどんな美しい僧侶《そうりょ》だっただろうと想像される。文字通り見惚《みと》れていた私は、はっと自分の立場に目覚め口を開いた。ところがやはり上がっていたらしく、

「私は死ぬまでに、一生不犯の聖僧にお目にかかりたいと憧れておりました。それが今日果たされて有難うございます」

と言ってしまった。私の背後には十人あまりの高僧の方々が、監視の態勢で居並んでいる。そのあたりにさっと緊張した空気が走るのが私の背に伝わってくる。

「お若い時はさぞハンサムで魅力的なお坊さまだったでしょう。女の子に好かれてお困りにはなりませんでしたか」

そんな不躾《ぶしつけ》な問いにも、ほのぼのした表情で、淡々と答えて下さる。お若い時、寺から休みが出て家に帰られたら、見合いの席が用意されていた。途中でそれと気づき、裏口から逃げだして寺に帰ったといわれる。

「どうしてですか、お相手の娘さんがお気に召さなかったのですか?」

「いいや、遠縁の子で、とても可愛らしい美しい娘だったから危ないと思ってな」

「まあ惜しい、どうして逃げられたのですか」

「お釈迦さまが、そういうことはしてはならんとおっしゃっているから。酒と煙草《たばこ》は修行仲間に教えられて悪いと知りつつ味を覚えてしまった。酒は自らの意志と努力で断てたが、煙草はどうしても止《や》められない。それである時、仏さまの前で、今後私が煙草を吸ったら私の命を断って下さいと懸命に祈った。そうしたら止められた」

恐れ入って平伏するしかなかった。

昨年の秋、また対談の話が持ちこまれた。猊下は、あれ以来も御壮健で、道元《どうげん》禅師七百五十回大遠忌《だいおんき》の世紀的な大法要を盛大裡《せいだいり》に厳修されていらっしゃる。さぞお疲れだろうとお案じしていると、

「寂聴さんに逢うなら、前は秋だったから、今度は永平寺の桜を見せてやりたい。春にしよう」

とおっしゃったとか。春が来るまでに禅師さまはお風邪《かぜ》から肺炎になり、はらはらしているうちに快復になった。残念ながら、桜は終っていたが、深緑の瑞々《みずみず》しい永平寺で再会の好運に恵まれた。午後から、大きな法要が入ったというので、時間は短く制限されたが五年ぶりでお目にかかった猊下は前よりふくよかになられ、色はあくまでお白く、お顔の皺もしみも一つも増えていられなかった。

「耳が遠くなりましたのでごめん遊ばせ」

と私が椅子をぐっとお側まで近づけてしまうと、にっこりされて、

「わたしも耳が遠い。年を取ると声帯に皺が出来て、声が聞き苦しくなった」とおっしゃる。以前の調子でいいたいことを申し上げると、喜んで下さり、お手の琥《こ》珀《はく》の大粒の数珠《じゅず》を手渡して下さった。

「同じものでさらもあるが、わたしの持っていた方がいいだろう」

私は禅師さまのお掌《て》ごと押し戴《いただ》いた。

「足して百八十八歳のデートでございます」

禅師さまは面白そうに微笑されていらっしゃった。

（「百八十八歳のデート」05・5）

また惜しい人が他界してしまった。まだ五十五歳だった。集英社の「すばる」の編集者としてつきあいはじめた片柳治さんとは、三十年近い歳月の思い出が一杯ある。数年前から「すばる」の編集長になって目ざましい仕事ぶりを見せていた。新人の原稿を丁寧に読むし、全く無名の人の原稿もよく読み励ましていた。

片柳さんは、一見、柔和でひかえめなように見えるが、芯《しん》は強く、自分の信念はどこまでも通すという、気骨と頑固さを持っていた。

集英社の片岡孝夫（現・仁左衛門）というニックネームがあるほどハンサムだった。それを私に話してくれたのは本人だったのだからユーモアも解していた。

小説が好きで、それ以上に演劇が好きで、よく忙しい閑《ひま》を縫ってまめに劇場に足を運んでいた。私も誘われて一緒に度々劇場へ同道したものだ。

片柳さんのお母さんと同年配の私に、片柳さんはなついていて、寂庵へ原稿の催促に来て、出来るまでねばり泊まりこんでいくようなこともあった。

そんなある時、突然、片柳さんが改まった口調で言った。

「ぼくが先生を尊敬して好きなのは、先生に全く差別感がないからです」

改まった口ぶりに愕《おどろ》いて、

「差別って人種差別のこと？」

と訊《き》き返した。

「ええ、もちろんそれもありますけど、たとえば、ホモやレズの人に全く自由に接して差別なさらないでしょう。ぼくは進歩的みたいなことを書いたり言ったりする作家が、平然とあいつはホモだよ、おれはホモのやつなんて大きらいだなんていうのを聞くと、ぶんなぐってやりたくなるんです」

と言う。その時の嫌悪感を露《あら》わにした表情は、はじめて見るものだった。

片柳さんが、一向に結婚しないのは、そんなわけがあったのかとはじめて納得した。

それからしばらくして、辻仁成《つじひとなり》さんが離婚と再婚の間のある年の暮れ、電話をかけてきて、正月、行くところがないから天台寺へ行ってもいいかといってきた。辻さんは、偶然、飛行機の中で隣席に乗り合わせて識《し》りあい、親しくしていた。私がはじめて逢った時は、二十九歳で、小説よりミュージシャンとしての名声が高かった。しかし、文学に熱烈な憧れを抱《いだ》いていた。辻さんが片柳さんと親しくなり、新人びいきの片柳さんの応援で、辻さんは見る見る文学的才能の開花を見るようになっていた。

「ひとりで来る？　淋《さび》しくない？」

「ああ、片柳さんを誘って行きますよ。片柳さんだって独身で、お正月なんか手持無沙《てもちぶさ》汰《た》に決まってるもの」

そして二人はほんとに大晦日《おおみそか》に雪の天台寺へやってきた。天台寺で正月を迎え、元旦《がんたん》に私たちは京都へ帰った。その時も二人は京都までついてきた。ところが二日の朝、突然、片柳さんが断固とした口調で、

「ぼくはひとりで神戸に行って、帰ります」

と宣言し、辻さんを残し、さっさと引きあげてしまった。後になってわかったのだが、この時、片柳さんはすでに荻野《おぎの》アンナさんと一緒に暮らしていたのだった。

病気になった片柳さんをアンナさんは傍目《はため》にも涙ぐましいほど献身的に介護した。現役の大学教授で芥川賞受賞作家で、人気者のアンナさんは老齢のご両親の介護もあり、その上での片柳さんの病気だから、それは大変だった。病院の病室へ寝袋を持ちこみ、床に本をつみあげ、講義のノートを作っている姿を見た時、片柳さんは、こんなすばらしい人を射とめただけでも、この世に生きてよかったではないかと思った。それにして

も、返す返すも惜しい人であった。

（「また逆縁の別れ」05・6）

丹羽文雄先生の訃報《ふほう》が伝わった時、

「ああ、とうとうその日が訪れたか」

と深い感慨に捉《とら》われたものの、愕《おどろ》きはなかった。

もう、丹羽文雄という作家の実像を目にしなくなってから三十年ばかりの歳月が流れ去っていた。誰からともなく丹羽さんが老人性痴呆《ちほう》とかアルツハイマーにかかられ、昔日の丹羽文雄という大作家と同じ人格ではなくなったという噂が伝わってきた。御家族がその現実を隠されていたので、まわりでは遠慮して、知らないふりを装っていた。御壮健の時の丹羽さんは文壇きってのハンサムで、長谷川一夫《はせがわかずお》か市川團十郎かといわれていた。ゴルフで鍛えた体は堂々として美丈夫の名にふさわしかった。下戸《げこ》なのに銀座の名の通ったバーの常連で、もてたし艶福《えんぷく》にもこと欠かなかった。どこに行っても丹羽さんがそこにいるだけで、あたりに華やかな光が集まっていた。

流行作家、大作家、文壇の大御所、そんなことばがこれほどふさわしい小説家も少なかった。ある時期から日本文藝家協会の理事長に任ぜられ、これもまたこの人をおいて他の誰も思い及ばないほど適任だということを実績で示していた。すべてに「大」がつく人物で、人の長《おさ》になる運命に生まれついていられたのだろう。大らかで大まかで、直感的で、無邪気でもあった。

常に大勢の人々に取り囲まれていたが、賑《にぎ》やかなそんな場で、私は時折、心ここにないといった風情《ふぜい》の丹羽さんを人の肩の後ろから覗《のぞ》いてどきんとしたことがある。人を拒まず、人を追わないそんな大人物の周りに集まる人々を丹羽さんが心から信頼し、愛しているとも私には思われなかった。本当は孤独な方ではないかと私はひそかに思っていた。

寺を継ぐべき立場に生まれながら僧侶を嫌い、還俗《げんぞく》して寺を捨て、作家になった丹羽さんが、晩年になるにつれ、仏教への関心を取り戻し、『蓮如』や『親鸞《しんらん》』の大作を遺《のこ》されたことは、やはり仏縁が切れていなかったということだろう。

丹羽先生の御逝去と同じ日、岡本敏子さんの訃報を新聞で見た。私はあまりの愕きで自分の目を疑った。しかし、どの新聞にも訃報はあった。その後、事務所からは今もって何の通知もない。きっと遺された人々も途方に暮れ、事務的処置が止っているのだろう。

死のつい十日ほど前、私は敏子さんと電話で長々と話をしている。用件は、太郎氏が私を喫茶店で気まぐれにスケッチした画を、今度、太郎さんの素描画展をするから貸せということであった。私はこれまで敏子さんから依頼されたことで断ったことは一度もなかった。それはすべて岡本太郎を顕彰するための敏子さんの企画に関することであったからだ。

敏子さんの死場所となった青山の岡本太郎記念館は、ありし日の一平、かの子の棲んだ家の跡であり、太郎さんと敏子さんが共に暮らした家の跡でもあった。『かの子撩乱《りょうらん》』（講談社）を書くため、私は岡本太郎さんにはじめて逢い、その後は数えきれないくらいその家を訪れている。

グルメ志向の敏子さんは外食を好んだので、私はよく二人のお相伴をして御馳走《ごちそう》になった。その日の店を選ぶのも、料理を選ぶのも、酒の種類を決めるのも敏子さんだった。ワインを選ぶ時だけ太郎さんが受け持った。いつでも敏子さんはよく食べよく呑んだ。酔うと陽気でお喋《しゃべ》りになり、声が疳高《かんだか》くなった。太郎さんはそんな敏子さんのするままに許していた。

太郎さんは「平野くん」と呼び敏子さんは「センセイ」と呼んでいた。世間的には敏子さんは岡本太郎の比類なき有能な秘書という肩書きで通っていた。

敏子さんは東京女子大の私の後輩に当たっていた。在学中から大変な秀才で名が通っていたらしい。私より二年下だが、在学中はお互いの存在を知らなかった。

私は岡本家に出入りするうち、太郎さんと敏子さんが単なる雇い主と秘書の関係でないことにすぐ気づいた。世間の芸術家の卵たちの間では、二人の関係がサルトルとボーヴォワールになぞらえられ理想化され聖化されていることも識《し》った。敏子さんの前に美人秘書がいたのを、敏子さんを知った太郎さんがすぐ敏子さんに取って代らせたという話も聞いた。岡本家には敏子さんの他によし枝さんという人がいて、太郎さんの身の廻り一切の世話をし、家事のすべてを取りしきっていた。よし枝さんは人前には出たがらないので存在も知られていないことが多かった。

私が出入りするようになってから、ごくまれによし枝さんも座に加わることがあった。そんな時、よし枝さんはソファーにねそべった太郎さんをひたすらマッサージしていた。

そんなある夜のこと、なぜか太郎さんがよほど疲れていたのか、よし枝さんにマッサージしてもらいながら、

「おれは呆《ぼ》けるのだけはイヤだな。かの子も一平も呆けなかったから大丈夫だろうけど……」

と弱音を吐いた。その時、床に横坐《よこずわ》りになってブランディーを傾けていた敏子さんがはしゃいだ声で、

「大丈夫よ。何も心配しないでいいの。そんな時はあたしがセンセイの首を絞めてあげます。センセイの厭がることなんかさせないから」

といった。太郎さんはしんと、黙っていた。よし枝さんがふり向いてきっと敏子さんを睨《にら》んだ。私は聞いちゃった！　という心境でやはり黙っていた。しかし後年、敏子さんはその言葉を守らなかった。

それから十年ばかりたった頃、かの子と一平に縁のある木曾《きそ》の禅東院へ、太郎さんと私で植樹することがあり出かけた。一平の句碑の建った記念だったように思う。その頃敏子さんが珍しく疲れていた。三人で早く着き、台所で禅東院の奥さんがおはぎを作っている傍らで太郎さんは立ったり坐ったり遊んでいた。私は敏子さんに別室に誘いこまれた。

「瀬戸内さん、あたしもうだめ、疲れたわ。太郎センセイより早くあたしの方が死ぬかもしれない。その時はお願い！　センセイを寂庵へ引き取ってね」

「ひえっ！　とんでもない。悪いけどお断りよ。太郎さんなんて重いお荷物、とても私持つ力ない。ダメよ、一日でも太郎さんより長く生きなくちゃあ、敏子さん以外にあの人を御せる女なんていませんよ」

「といってもねえ……」

愕いたことに敏子さんは、その時ほろほろと涙をこぼした。後にも先にも敏子さんの涙をみたのはその時だけであった。台所へ行くと、太郎さんは子供のような表情でおはぎにかぶりついていた。

それからも二人は仲よく歳月を共にしていた。

太郎さんが私に仕事をやめ、自分のところへ来て敏子さんと同じ仕事をしろといったことがある。

「お前さんはキモノ着るから和室がいいかい？　四畳半でいい？　六畳がいいか」

私は仰天して、とんでもないこれでも一国一城の主《あるじ》だ、私の仕事が大切だと断った。

「バッカだなあ、つまらない小説書いてるより天才の岡本太郎の内助をつとめる方が、ずっと女の生甲斐《いきがい》になるのに！」

本気でそう思っていたらしい。しかし敏子さんがもし居なければ私は太郎さんの甘言に乗っていたかもしれないと、首筋がひやりとする。女のカンで私は敏子さんが恬淡《てんたん》と見せているが、内心とても嫉妬深《しっとぶか》いのを知っていた。断った理由はそっちが八分である。

敏子さんは太郎さんの通夜の晩もはしゃいだ声で、

「あの部屋ホントに作っていたのよ。今もあるのよ。来ればよかったのに！」

といっていた。私はその幻の部屋をついに見ずに終った。

最後の電話で私は絵を貸すのは断った。初めての拒否であった。なぜだかそれを貸すと、それきり返って来ない気が強くしたのだ。私が館長をつとめる徳島県立文学書道館でも展示会があり、使用するからといった（それも嘘《うそ》ではなかったが）。

そのあとメキシコで太郎さんの壁画を発見し、それを日本へ持ち帰ることに夢中だと話した。それが最後の声とはまさか思わなかった。

出離後三十二年すぎ、私はあの世の存在を信じている。

丹羽先生の死も敏子さんの死も、本当いってあまり悲しくない。丹羽先生はお楽になっただろう。

敏子さんは愛する太郎さんの懐にとびこんでいって、きっと、これでいいわと笑っているだろう。あの世で酔っぱらってはしゃいでいる敏子さんを想うのは愉しくさえある。

（「艶やかに激しく生きて」05・6）


佐渡へ行ってきた。

地震で流れてしまった講演の約束を果たすことと、世阿弥の再度の取材をかねていた。

佐渡を訪れる時は、いつも元佐渡博物館長の本間寅雄《ほんまとらお》氏のお世話になる。筆名磯部欣《いそべきん》三《ぞう》氏といった方が佐渡以外の地でも著名である。地方には必ずその土地の郷土史家というような古老の研究家や博識家がいられるものだが、磯部欣三氏の佐渡での存在は、そういった人々とは別格である。

磯部欣三名著作の『良寛の母おのぶ』『世阿弥配流《はいる》』『幕末明治の佐渡日記』（いずれも恒文社）等々は緻密《ちみつ》正確な行き届いた調査を、高雅な文章で綴《つづ》り、美しい文芸作品を読むような酩酊《めいてい》感に誘いこまれる。

佐渡で生まれ、佐渡の女性と結婚し、佐渡に老年を穏やかに過ごしている磯部氏は、生粋《きっすい》の佐渡人であろう。やはり佐渡人である妹尾河童《せのおかっぱ》夫人から紹介されて以来、何かにつけてお世話になったり、佐渡と世阿弥についてご指導をいただいているうちに、磯部氏の人柄の温かさ、親切さ、誠実さが佐渡人の特質なのだとわかってきた。本間という姓が佐渡には多いせいか、磯部氏のまわりの人々は一様に「寅雄先生」と呼んでいる。その呼び名にこめられた親愛と畏敬《いけい》の念がひしひしと伝わってくる。

今度の佐渡は、そうした寅雄先生のまわりの人々も一緒になって、私は予想もしていなかったもてなしを受けることになった。

それは現在佐渡に残っている三十二座もある能舞台の中で最も建築が旧《ふる》いといわれる真野の大膳神社《だいぜんじんじゃ》境内にあるカヤ葺《ぶ》きの能舞台で氏子の人々が、私のために薪能《たきぎのう》を観《み》せて下さるというのである。またとはない豪勢な饗応《きようおう》に、私はわくわくして黄昏《たそが》れるその時間を待った。

まだ夕映えの明るい頃、能舞台の前庭に着くと、青々とした芝生の上にビニールの敷物がひろげられ、すでに見物衆が三々五々もの静かに集まっている。私は正面の一列め中央に案内され、そこで見物した。隣の美しい婦人が、

「ほら夕陽が沈みます」

と身をずらして、私を引き寄せ、隣家の屋根を指差して見せる。真っ赤な透明な夕陽がまさに沈もうとするところであった。この能舞台の鏡板《かがみいた》には古拙な松竹梅の描かれた左肩に、子供が一筆で描きなぐったような日輪が浮かんでいる。その大きさが、今沈

もうとする夕陽に似ていた。隣に坐った寅雄先生が、

「日輪の描かれた舞台は他には見られません」

とおっしゃる。見物席の芝生にも、舞台のカヤ屋根にも見物衆の入る前にたっぷり放水されていた。薪台は見物席の左右に据えられ、二人の男女が白衣に身を包んで、薪を組み火をつける。まだ残照の残っている空も、火の粉のはぜる音と共に昏《く》れ急ぐ。隣の婦人が、

「鶯《うぐいす》が鳴いていますよ」

と私に囁《ささや》いてくれる。とみに耳の遠くなっている私には聞きとれなかったが、その分、幻と聴く老鶯《ろうおう》の声はせつなくなつかしく思い描かれるのだった。あたりは自然の林に囲まれ、野外劇場には木々の間を抜けてくる風が訪れ、暑さをなだめてくれる。

演目は狂言「蟹山伏《かにやまぶし》」、能「羽衣《はごろも》」であった。「蟹山伏」は、明日試験をひかえているという高校生たちが大らかに演じてくれる。素朴で鄙《ひな》びた彼等《かれら》の舞台に、私は思わず声をあげて笑っていた。

「羽衣」は笛も小鼓も、シテの天女《てんにょ》も女性であった。「羽衣」の舞台からすっかり夜の気配があたりを包み、闇《やみ》の中に浮かんだ舞台のほの明るい空間がこの世ならぬ浄土の相に見えてくる。そこに運ばれた作り物の松も面《おもて》をつけない漁師の白竜《はくりよう》も鄙びた素朴な風情がのどやかで、いつの間にか浮世の外へ魂がつれ出されている。

天女の舞は優雅で、清艶で、惹《ひ》きこまれて観ている自分もまた、すでにこの世ならぬ世界をたどっているのであろうかと、夢幻の非現実の世界につれだされている。思いだしたように時折はぜる薪の音と、飛び散る火の粉のきらめきに、現実に還《かえ》るが、すぐまた夢幻の世界に戻っていく。

天女の舞に酔わされているうちに、天女は富士の高嶺《たかね》の空遠く舞いあがり、霞《かすみ》にまぎれて消えてしまった。舞台の人々がみな去っていっても、私の瞼《まぶた》の裏には天女の気韻がほのぼのとただよっていた。

この現世で破天荒の出世をとげ、幸運の天才とたたえられた世阿弥が、七十二の老齢になって突如、悲運に見舞われ佐渡に流された時、どう自分の運命とやがて迎える死を眺めたか、すでに八十三になった私には、ぜひともさぐりあてたい謎《なぞ》であった。

薪能の夢のさめやらぬ頭の中に、ふと、全く予期しなかった涼しい一筋の光がさしこんできた。他国人をすんなり受け入れる寛《ひろ》い心の佐渡人に迎えられ、世阿弥は自分でも思い描けなかった老いの静謐《せいひつ》の安らぎを恵まれたのではあるまいか。すべてを奪われた理不尽で不条理な運命さえも、捨ててこそと、肯定することができたのであるまいか。

翌日の講演会には曾我《そが》ひとみさんが見えていた。理不尽で不条理な運命に耐えぬいて、この人もようやくふるさとの温かい人情に抱かれている。ジェンキンスさんの母を訪ねたアメリカから帰ったばかりの曾我さんは、何もかも洗い流したようなすがすがしい美しい表情をしていた。

（「佐渡の薪能」05・7）

宇治の「源氏物語ミュージアム」で、七月はじめから向こう一年間の予定で「寂聴源氏物語展」を開催している。私の『源氏物語』に関する資料すべて、生原稿すべて、買い集めた旧い写本や、貝合せなどの品々など、四トントラック一杯運びこんだ。

徳島県立文学書道館に本や原稿や身の回りの物など、大方運びこんでしまったのでせいせいしていたが、その時、源氏関係のものだけは残しておいた。

源氏だけで独立した記念館ができるのではないかと思ったからだ。

しかしそれもなかなか難しいことが次第にわかってきた。目下、この資料の処分をどうしようかとまだ迷っている。そんな時に、展覧会の話が起きたので引き受けた。

ミュージアムの展示場はあまり広くないので、デパートでやったように、何もかも一度にならべるわけにもいかない。結局一年間の会期に三度くらい展示替えをすることにして、出来るだけ見ていただこうということになった。

この資料を分散してしまうには惜しいし、何とか一所に置いて、今後、源氏に興味を持ってもらうよすがにしたいし、源氏を勉強したいという人たちのために、これらの資料を役立ててもらいたいと思っている。

デパートの展示会は派手なので客を動員することが出来、どこでも大入満員で、大盛況だった。

宇治の展示は、地味なので果たして人が来てくれるかと、内心案じていたが、連日、結構、来館者がつづいているという報告を受け、ほっとしている。

みんなが一番喜ぶのは生原稿だという。私としては、修正の赤ペンがまっ赤に入った生原稿を見るのは、体の芯がきりきりするような一種の圧迫感と辛《つら》さが生まれるのだが、見てくれる側は、作者の苦悩の七転八倒の傷痕《きずあと》がリアルに見えて面白いらしい。

もう一つ、八月から徳島県立文学書道館で、「寂聴なつかしき人展」というのが始まる。これは私が五十年の作家生活の中で、いただいた文人たちの書簡やハガキを展示して、その人たちの思い出の品を並べるというものである。

そのため、私は連日、絵や書や、こまごました物を探し出すのに大童《おおわらわ》になって、夜中までかかっている。

たとえば、川端康成さんのお宅へ上がった時、とてもすっきりした米沢の酒徳利が出たので、

「いいですね、この徳利」

といったら、川端さんが、

「あ、そう。気に入ったならあげます」

と、その場で二つの徳利を包ませて、

「はい」

と私に手渡してくれたもの。などである。

この展覧会は、作家の生の字を見るだけでも珍しく、喜ばれると思う。

（「二つの展示会」05・7）


十月二十七日に、円地文子さんと平林たい子さんの百年祭ということが催された。女流文学者会が主催したもので、私はこの会は出家した後に退会していたが、円地さんが会長の時、ずっと入会していたし、お二人を心から尊敬し、お人柄も慕っていたので喜んで参会した。

若い小説家の姿はなかったが、平林たい子賞というのが長くつづいていたので、受賞者が十人ほど参会していたのがよかった。私と同世代（といっても年齢はみんな私より若い）の女性の作家も、数人しかいなかった。みんな、亡くなったり、病気中だったりする。それでも、お二人の御健在の頃の編集者が、ほとんど停年退職しているのに、駆けつけてくれて、会は八十人ほどの人で、結構賑やかになった。

久しぶりで逢う編集者たちがなつかしく、思いの外老けていたり、呆《あき》れるほど若々しかったり、さまざまだったが、散々世話になった人たちばかりで、まるで同窓会のような雰囲気であった。

会員以外の人でお二人を存じあげている人がいないというので、私が短い挨拶《あいさつ》を頼まれた。六、七分でというので、とても話しきれないから、ほんの少し面白いことを話した。

どういう縁か、お二人とも、一時、目白台アパートを仕事場にされ、私はお二人よりずっと早くから、そこの長い住人だったので、一つ屋根の下に暮らしたことがあった。平林さんの方が早く、最後の小説になった宮本百合子のことを書くため、集中したいという理由を伺った。その頃すでに癌の手術もされ、ずっと癌研へ定期的に治療に通っていらっしゃったので、その途中に、アパートが位置するというのが、そこを選ばれた第一の理由らしかった。

たまたま入居を決められた日に玄関でお会いしたら、早口に、

「仕事をしに来るんですからね。あなたももちろん、仕事場にしていらっしゃるのでしょう。お互い、仕事に没頭して、社交的なつきあいはやめにしましょう」

といわれた。それで引きあげられるまで一度もお会いしなかった。

こんな壁ばかりに囲まれた部屋では息がつまるという理由で、さっさと引きあげられた。その日、せめて御挨拶だけでもしようと扉口までいったら、機嫌よく室内に招じいれて下さった。もう荷物の運び出された何もない部屋で、段ボールの空箱を椅子にして少し話した。九官鳥をつれてきていたので、その声が庭を通って、うるさくはなかった

かと問われる。少しも聞えなかったが、何ということばを鳥が話すのですかと伺ったら、ちょっとはにかんだ表情で答えられた。

「『あなたは美しい』『愛してます』と二つの言葉。もちろん、私が教えたんです」


平林さんに誘われて、私は平林さんの故郷の女学校へ講演に行ったことがある。新宿から諏訪《すわ》までの電車の中で、さまざまな話が出た。平林さんは御自分が私を母校での講演につれだしたという負い目を感じているのか、いつもより愛想がよく、当時の文芸誌の小説の批評などされた。その時、たぶんに私の労をねぎらう意味もこめてであろう。突然、

「瀬戸内さんが、女の文士の最後の人になりますね」

とおっしゃった。あんまりびっくりして、私は言葉がなかった。それでもしばらくして文士という好きな言葉が平林さんの口から贈られたことの光栄に、胸がどきどきしてきた。

私の四十代なかばのことであった。

あれから四十年を過ぎた今も、私はまだ自分が文士と呼ばれるにふさわしい人格ではないと思っている。

（「円地文子さんと平林たい子さん」05・10、11）

2006 平成18年 84歳

一月、イタリアで国際ノニーノ賞受賞。授賞式出席のためイタリア訪問。二月、台本を書いたオペラ「愛怨」を新国立劇場で上演。絵本『おにぎり食べたお地蔵さん』（祥伝社）を刊行。五月、東大寺大仏殿前で聖武《しょうむ》天皇千五百年遠忌《おんき》講演。八月、「週刊朝日」で人生相談の連載を開始（〇六年八月十一日号～〇七年二月十六日号まで）。『愛と救いの観音経』（嶋中書店）を刊行。九月、小説「燐寸抄」を「群像」十月号に発表。十月、二〇〇七年の国民文化祭のための新作人形浄瑠璃《じょうるり》「義経街道娘恋鏡」をアスティとくしまで初演。新作浄瑠璃「モラエス恋遍路」上演。十一月、「秘花」を「新潮」十二月号に発表。十一月三日、文化勲章受章。

この度、イタリアの国際ノニーノ賞というのを受賞したので、イタリアへ一週間ほど旅してきた。イタリアの東北の国境に近い町ウディネにある醸造家の名門ノニーノ家が出している文化賞で、もう三十一年もつづいている。

今年は三人の女性の受賞者に特別賞の男性作家、四人が並んだ。

選者の一人であり、ノーベル文学賞受賞者のサー・V・S・ナイポール氏は、私の『美は乱調にあり』を委《くわ》しく読んでいて下さり、絶讃してくださった。いまだかつて日本では、これほどの讃辞を私は一度も受けてはいない。

ノニーノ賞は日本ではあまり知られていないが、イタリアでは有名な賞だそうな。日本人としてははじめての受賞者なので、出かける前は柄にもなく不安で、緊張していた。最初から、一番近いトリエステ空港がストで飛行機が降りられないというアクシデントもあったが、ベネチア空港に降りたら、ノニーノ家の車がちゃんと迎えにきていて、若い運転手さんが私の坊主頭を見つけるとにこにこして手早く荷物を積みこんでくれる。二時間ばかり走りつづけて、難なくウディネの町へ入った。

ホテルに着いたのは、一月二十四日の、二十三時半過ぎであった。

何とそこにノニーノ家の主人夫妻と、長女のアントネーラさんが待っていてくれた。とても寒い夜で、その寒気は、日本なら私が住職をしていた天台寺のある岩手の浄法寺町以上である。いくらホテルの中とはいえ、何時間もここで待っていてくれたのかと思うと、恐縮してしまう。

「これがこちらの挨拶《あいさつ》だからごめんなさいね」

と、いきなりアントネーラさんに抱きしめられ、頬《ほお》ずりしてチューされる。ついでママのジャンノラさん、パパのベニートさんと、熱烈歓迎のキスを浴び、これからお夜食でもと誘われるが、一刻も早く部屋で眠りたい。その顔色を見てとると、それは当然といい、さっと引きあげてくれた。

グラッパという焼酎《しょうちゅう》の上等酒を発売していや増して富を積んだというノニーノ家は、宣伝費を一切使わず、一年に一度の賞を出したお祝いの行事に利益を惜しみなく使う主義だという。日本でもその真似《まね》ができたら、すべての物の値がどれほど安く出回ることだろうか。そういう発想はすべて女社長のママの頭から出るという。

三十日までの滞在の中で、最も印象に残ったことは、このノニーノ家の家族の結束の固さと、風貌《ふうぼう》の美しさと、心の豊かさと、慈悲とも呼べる優しさであった。

もてなしのすべてにこめられた心配りが並々でなく、どうしたらこの遠来の客たちを喜ばせることができるだろうかと、休みなく全神経を活動させている。

ノニーノ家には三人の美しい姉妹が揃《そろ》っていて、それぞれに可愛らしい子供たちがいる。

三姉妹の美貌は、ローマを歩いていると、女優とまちがわれるのが常だという。そういって妻の自慢をする夫たちが、またハンサムで知的で魅力的なのである。それぞれ自分の仕事を持っているが、妻のキャリアを存分に発揮させるため、内助の労を惜しまない。

次女のクリスティーナも三女のエリザベータも三姉妹の家族全部が仲がよく、互いを尊敬しあっている。食事の度、夫たちもテーブルについて、客をもてなし、退屈しないよう、話題を選んでくれる。他の受賞者の面倒を見るため、姿を見せられないママたちからは、始終連絡があって、互いの様子を報告しあっている。美味《おい》しいワイン、山海の珍味にもまして、食事やパーティーの度、私はこの家族たちの心の温かさに感動していた。それは、かつて日本にもあった美《うる》わしい家族の風習であり、客に対するもてなしの愛であった。しかし今の日本は、核家族になりきり、家族制度を旧《ふる》いと捨ててしまった。敬老も失われ、いたわりや、やさしさも忘れてしまった。人をもてなす礼儀を子供に教えられる親がいなくなってしまった。

福々しい表情の、お手伝いの長《おさ》らしい人が、更衣室で、私たちにコートを手渡しながら、

「ここの家族は、女がよく働いて威張っているように見えるけれど、彼女の夫たちがみんな揃ってすばらしくて、しっかり女を援護してるんですよ」

と得意そうに話してくれた。私の『女徳』を訳してくれた日本通のリディアさんが、

と思いついた。

人に教えてもらうのは恥しいので、今まで開いたこともない取扱説明書を開いてみると、活字人間の私には、説明の活字がスイスイ頭にしみこみ、虚心にその指示通りに従ってみると、何と、どうにか文字が並んだのである。相手は六十七歳の仏壇屋の甥《おい》にした。

いきなり「あいしています」と、メールが舞いこんだので、甥は「気でも狂ったのか」と、電話で訊《き》いてきた。私の発心《ほっしん》を聞くと、甥は即座に賛成して、自分も俳句を送ると勢いづいてくる。店は息子の代になり、俳句を習いはじめたばかりの彼は、五七五は、メールに似合うという。たちまち、漢字の変換も覚え、絵文字まで駆使出来るようになり、たどたどしいながら、下手な俳句を打ちあって、私の腕はみるみる上達した。

もうあとは馴れて速くなるだけである。小学生でも出来ることが八十三の老婆《ろうば》が出来なくてどうする。その意気込みと好奇心だけが、私の取り柄で、元気の秘訣《ひけつ》であろう。

（「携帯メールに一念発起」06・3）

久世光彦《くぜてるひこ》さんが急逝されたと、電話を受けた時、信じられなくて一瞬声が出なかった。しかしそれが事実とわかってくるにつれ、言いようのない後悔に胸を嚙《か》まれた。

どうして、せめて四、五日前にでもあれを渡しておかなかったのかと、悔やまれてならなかった。

久世さんがライターを使うのが嫌いで、マッチで煙草《たばこ》に火を点《つ》けたいのに、近頃はマッチが手に入りにくいと、慨嘆している随筆を読んだのは、いつだっただろう。私はそのとたん、久世さんのためにひそかにマッチを集めて、いきなりそれをプレゼントしてびっくりさせてあげようと思いたったのだった。

寂庵製の黄色い丈夫な紙袋がある。トートバッグの代用にもなる大きさである。その一つをマッチ専用にして、私の寝室の隅に置いた。まず、その中に寂庵で作ったマッチを二十個入れた。それは小さな箱の表に、私の描いた六地蔵と、一体の地蔵の二つのデザインがほどこしてある。寂庵へよく見えた東京の信者さんが印刷業をしていて、いつの間にか、作ってくれた。それが可愛らしいので気に入って、つづけて作ってもらっていた。そのうち、その人が仕事をやめ、伊豆の方に隠棲《いんせい》してしまったので、もう残りが少なくなっている。二十個あげたら、あとは惜しくて使えない。

それを皮きりに、その後、私はどこに旅しても、必ずホテルや宿屋でマッチをもらって帰ることにした。全国各地の宿やホテルには、まだPR用にマッチを置いてあるところが多い。レストランでも、喫茶店でも、マッチを見つけては持って帰った。そのため、私はどこに行ってもいつでも久世さんのことを想いつづけ、同行二人《どうぎようににん》の旅をしているような気分になっていた。

一方的な親愛感が、私の胸には醸されていって、それは杳《とお》い杳いほのかな恋の記憶にも似て、甘くまろやかな味に発酵していた。

私はマッチを集める時、自分用には一点も欲しがらず、ひたすら久世さんのためだけに集めていた。袋一杯になったら、いきなり届けてびっくりさせてあげようという愉《たの》しみがあって、私もすっかり幸福な気分になっていた。

現実には、私は久世さんと、数えるほどしか逢《あ》っていない。

はじめて逢ったのは、NHKの俳句教室の企画で、吟行の旅があり、私の故郷の徳島が選ばれた時であった。句座の人として久世さんが来てくれた。同行者は、他に白石かずこさん、林真理子さん、齋藤愼爾《さいとうしんじ》さん、小林恭二《こばやしきようじ》さんなどがいた。その時、私は主人役だったので、気が気でなく、いい俳句など浮かぶどころではなかった。とにかく句会が終ると、徳島の名物の藍染《あいぞ》めの工場へ行ったり、公園を歩いたり、阿波寂庵に寄ってもらったりした。

その旅に久世さんは若い奥さんを同伴していた。久世さんの人気ドラマ「ムー一族」に出演した女優さんで、久世さんはその人を愛して、前の奥さんとは離婚したのだということを、真理子さんから聞いた。久世さんはあれで、若い奥さんに頭が上がらないのだとも、こっそり教えてくれた。たしかに旅の間中、久世さんは常に夫人を気づかい、いたわり、この上なくやさしかった。

その後、私たちはお互い著書の贈呈をしあってきた。久世さんの文筆の才は、目を見張るものがあり、すでに放送界では王者のような権威と待遇だと聞かされていたのに、小説やエッセイを書かずにいられなかったのもむべなるかなと納得した。次々に色々な賞を得ていたが、久世さんの一番望んでいた直木賞は、ついに生前手に出来ないまま逝《い》かれたのは、無念だったであろう。私は『蕭々館日録《しょうしょうかんにちろく》』（中央公論新社）が一番久世さんらしくて好きだった。

『源氏物語』の現代語訳を私が完成した時、キャンペーンの舞台に快くつきあってくれた。その時の白いスーツの粋でまばゆい姿が目に焼きついている。光彦とは父上が光源氏にちなんでつけた名だと聴衆を笑わせてくれた。今、袋のマッチを初めて数えてみたら、百二十二個あった。嗚呼《ああ》。

（「渡しそびれた冥土《めいど》の土産《みやげ》」06・3）

昨年の秋も終りに近い頃、突然NHKから、平成十八年度の「NHK全国学校音楽コンクール」の、高等学校向けの課題曲の詩を作ってくれないかと電話があった。面識のない人で、声から察すると若い人らしい。私は鸚鵡返《おうむがえ》しに、

「はい、書きます、長さは？」

と答えていた。相手は電話の向こうで一瞬絶句した気配である。

「あのう、このコンクールのこと、御存じですか？」

「はい、たまたま、一昨日、昼にテレビをつけたら、全国学校音楽コンクールの練習場面が映って、こんなコンクールもあるのかと、はじめて知ったんです」

「それはまた、奇遇ですね」

「ほんとに！　そしてすぐ、あなたからこの電話でしょう。不思議な話ね」

そんな会話の後で、私はしっかりこの申し入れを引き受けてしまっていた。

その晩、私は詩を二つ書いた。ＮＨＫの主題は「出逢い」だった。最初の方が自分では断然気にいったけれど、これは恋愛詩なので、予備にもう一つ作り、その晩十一時頃、ＦＡＸで送ってしまった。

「あんまり速いので、びっくりしてしまって！」

と、若い彼はまたもや絶句している。

とにかく、私の好きな「ある真夜中に」が、採用されたという。通知を受けて、入学試験にパスした学生のような嬉《うれ》しい気分を味わった。

オペラ「愛怨」で、私はずいぶん詩を作ったので、近頃は何でも韻文でものが言いたくなる。

「そろそろおなかがすいてきた
　今夜のおかずはなんですか」

台所を覗《のぞ》くのも歌になる。

やがて三月中旬、ＮＨＫで今年のコンクールの発表があった。私はその中で自分の詩を朗読した。恥しいのでそのテレビは見ていない。

ある真夜中に

ある真夜中
どこかの星の熱いため息が
花びらになって降ってきた
花びらは舞いながらささやいた
わたしはここにいます
そして　あなたがそこにいてくださる
ああ　何というしあわせ
たとい永遠にあなたの額に
たどりつけなくても

ある真夜中
どこかの星の熱いため息が

雪になって降りしきった
雪は身を揉《も》みながら歌った
わたしはここにいる
そして　あなたがそこにいてくれる
ああ　何というよろこび
たとい永遠にあなたの唇に
たどりつけなくても

（「ある真夜中に」06・3）

吉行淳之介さんの十三回忌が先日、吉行さんと一緒に仕事をしていた元編集者たちによって催された。元というのは、すでに彼等《かれら》は、定年退職して、現在は編集者でない人たちだからである。

声をかけられて、私は喜んで京都から駈《か》けつけ参会させてもらった。

誘いの手紙の中に、十七回忌にはもうこの編集者たちも、幾人集まれるかわからないという一行があって、それに心を打たれたからである。

もちろん、私より二歳若い吉行さんをなつかしむ気持ちが強くあったのは当然ながら、吉行さんを「だし」にして、やはりなつかしい当時の編集者たちに逢っておきたいという気持ちが強かった。

私は今でも、自分がもの書きとして生活しつづけていかれるのは、五十年、いや正確にいえば五十八年前から、ペン一本に頼って暮らすようになって以来、いい編集者にめぐまれつづけて、その人たちのお蔭《かげ》で今があるし、作品も残すことが出来たと、心の底から思っている。

家を飛び出し、京都で放浪生活をしている時、投書した少女小説をすぐ採用してくれた編集者（その社の社長でもあった）も、私の幼稚な作品の中に将来を見込んで、わざわざ京都へ来て、上京して本気で書けとすすめてくれた大出版社の編集者上がりの重役も、恩人なら、私の大人の小説をはじめて文芸誌に採用してくれた大出版社の編集者の誰彼も、すべて恩人である。

あの頃はよかったというのは、年寄りの口癖で、みっともないから人前では言うまいと心がけているけれど、本音を吐けば、朝から晩まで、あの頃はよかったとつぶやきつづけている。

作家と担当の編集者は、一心同体のような深い交わり方をしていた。お互い、家族にも言わない内緒ごとを明かしあっていた。隠しようもないくらい密接に逢っていたからだ。新宿には文壇バーが何軒かあり、毎晩そこに行けば、逢いたい作家に逢えたし、編集者の姿も見つかった。私は酒豪だったが、そういうバーには余り出入りしていなかった。それでも、そこで何か事件が起こると、もう翌日には、昨夜そこにいた編集者の誰かから、臨場感にあふれる報告を受けていた。どの作家が目下誰と不倫関係だとか、どの家に子供が生まれたとか、家族の誰が死んだとか、本人が病気のようだとか、老大家がいよいよボケてきたとか、あらゆるニュースの根源は編集者であった。新潮社で私の係になってくれた最初の編集者田邊孝治さんは、私のごたごたした男出入りの一部始終を見ていて、一区切りついた時、すかさずやってきて、

「さ、いよいよ書けますね。書きはじめて下さい」

と言った。まだ気持ちのおだやかでなかった私が、茫然《ぼうぜん》としていると、

「編集者は、あそこに子供が生まれれば飛んで行き、ここに離婚があれば駈けつける。それでも私は行く、というのが商売です。いい私小説が生まれますよ。さ、早く書いてしまいましょう」

そういって書き上がったのが『夏の終り』である。今でも売れつづけて唯一、ロングセラーになっている。

吉行さんも、そういう編集者にいっぱい見守られていたと思う。彼等は、世間から自分の担当の作家が、どんな非難を受ける時でも、家族に見放された時でも、しっかり味方になって守ってやる。

吉行さんは私とちがい、はじめから才能を認められ、同年配の作家の中でも、とりわ

け期待をかけられていた人だけれど、女にもてすぎたので、様々なことがあり、その度、編集者たちが守り抜いていたのを知っている。その分、吉行さんは、編集者を大切にしていたし、好かれてもいた。だから没後十二年もすぎても、こんな温かな会を開いてくれたのだろう。

今の編集者は、自分の担当の作家の私生活なんかに興味はないどころか、どんな小説を書いて世に出たかさえ知らない人が少なくない。

最近、新しい編集者がうちのスタッフに、

「瀬戸内さんて、小説も書いていたんですか。それともあの晴美というのは、寂聴さんの叔母《おば》さんか、お姉さんですか」

と訊いたという。ま、その程度のことにびっくりしていては、もうこの世界は渡れない。

指定されたホテルの会場には、何と、なつかしい昔の編集者の顔が揃っていたことか。みんな定年で足を洗った人たちである。仕事を辞めたせいか、誰も顔の色艶《いろつや》がよくなり、二つ三つ若返って見えたのには安心した。女性の編集者も辞めた人たちの方が活《い》き活きして見えた。

吉行さんと呑《の》んだり、麻雀《マージャン》したりしていた作家はほとんどすでに他界していて、阿川弘之さん、河野多恵子《こうのたえこ》さん、丸谷才一さんくらいの顔しか見えない。うんと若くなって渡辺淳一さんくらいだった。

「たしかに十七回忌には、もうこの顔ぶれも揃わないことだろう。今日出席してみんなに逢えてよかった」と、挨拶したら、心では誰もそう思っているけれど、ああ、はっきり口にだせるのは寂聴さんだけですよと、編集者たちに笑われた。もう生きていくのも飽き飽きしてきた。これが本音である。


（「吉行さんの十三回忌」06・7）


探しものがあって、自分の本の並んでいる書棚を探していた時、二列につめこんだ背後の並びの隅にあった姉の歌集と、追悼文集が目にふれた。呼びかけられたような気がして、思わず、それを抜き出した。その場で立ち読みをはじめたら、やめられず、いつの間にか私は涙で頬をぐしょぐしょに濡《ぬ》らしていた。しまいには、床に坐《すわ》りこんで、丹念に読み直している。

姉は五つ年長で、艶《つや》という名前だった。二人姉妹なので、仲がよかった。姉は父の弟子だった義兄を夫に迎えて、父の家業を守って一生を終えた。

大正六年（一九一七）十一月二十一日生まれ、昭和五十九年（一九八四）二月二十八日に直腸癌《ちょくちょうがん》で死亡した。享年六十六歳。戒名《かいみょう》は私がつけた。光雲院文艶聴範大姉《こううんいんぶんえんそうはんだいし》。

姉は私のすすめで、三十五歳から短歌を始め、歌誌「水甕《みずがめ》」の同人になり、死ぬまでに二冊の歌集をまとめた。『風の象』と『流紋更紗《りゅうもんさらさ》』であった。生真面目《きまじめ》で誠実な性質だったので、歌を始めると、家業の傍ら、歌に情熱のすべてを注ぎこみ、姉の生涯を華やがせた。

姉に歌をすすめたことが、私が姉にした、たった一つの「いいこと」だった。姉は数えきれないほど、私に心を尽くしてくれたのに。

私が家庭を飛びだし、いわゆる道に外れた生活に飛びこんで以来、良風美俗を守る人々から、姉は様々な非難攻撃の矢面に立たされたが、その辛《つら》さを一言も私には洩《も》らさなかった。いつ、どんな時でも、私を信じ、私の行く手をはばむようなことをしたことはなかった。私の不行跡をなじり、姉につめよった人がいた時も、姉が一言も弁解せず、耐えてくれたと、姉の死後聞いて、私は号泣した。

私の出家を誰よりも理解し、一番最初に賛成してくれた。しかし私の剃髪《ていはつ》をひとり見守っていた姉は、声を放って泣きだしていた。

『流紋更紗』のあとがきの中に、姉はこんなことを書いている。

「――略――生きて来た六十数年という歳月をいま振り返ってみますと、私のように平凡なひとりの家庭の主婦の身の上にも驚くほどのことがありました。

その最も激しかったことは、ただ一人の妹が五十歳を越えたばかりで出離したことであり、その妹の果断さを怖れながらも一種の羨望《せんぼう》を禁じ得なかったのも同じ血のつながりによるものでありましょうか。

家庭を破壊し、自らの道をわき目もふらず、独りで歩きつづけた妹の果てに出離が約束されていたとするなら、家業をつぎ、家を守り、夫や子供たちとの生活をひたすら穏やかに修めてきた私の生の行く方には何が待っているというのでしょう。晩年の私を支えてくれるものは、短歌より外にはないことを身に沁《し》みて思うようになりました」
私は涙を拭《ぬぐ》いぬぐい、それを読みながら、姉の魂がたしかにこの部屋にいることを感じつづけていた。姉の死後二十二年の歳月が流れている。今、姉は何を告げたくて私に語りかけようとしているのか。

けふひと日のみど渇けるまで売りて
　こころ荒野の果てをさまよふ

絮《わた》白く飛びたつさまを見守りて
　吾《われ》も翔ぶ羽根欲しく野に佇《た》つ

諍《あらそ》ひしことみな虚《むな》し
　方形の窓より覗く観音の耳
　　　　　　　　——『颪の象』より

（「死者の声」06・9）

文楽の人形遣いの名人吉田玉男さんが亡くなった。私は阿波の徳島育ちなので、子供の時から、二つのつづらに木偶人形《でくにんぎょう》を折り畳んで入れ、天秤棒《てんびんぼう》でかついでくる箱廻《はこまわ》しの人形を見て育っている。大人になってからは、文楽の人形に心惹《こころひ》かれ、大阪の文楽座にも、東京の国立劇場の公演にもよく通った。そんな縁から文楽座を舞台の「恋川」という小説を書いた。昭和四十五年（一九七〇）に一年間、週刊誌に連載した。私は四十八歳だった。

「恋川」の取材で大阪の文楽座へずいぶん通った。小説は大スター桐竹紋十郎《きりたけもんじゅうろう》さんを主人公にしたものだが、フィクションが多かった。艶福家《えんぷくか》の紋十郎さんや若い吉田簑助《よしだみのすけ》さんに色っぽい話をずいぶん取材させてもらった。また、この世界の並々でない稽古《けいこ》のきびしさや、辛さについても聞かせてもらった。経済的にも報われることの少ないこの仕事を望む若者が減るばかりだと前途を心配していたころであった。楽屋にも座の人同様に出入りを許されていた。玉男さんともそのころ親しくなった。玉男さんは五十一歳の男盛りで、芸も大きく安定し、いきいきしていた。文楽の人形遣いや太夫《たゆう》をあわせた中でも誰よりも美男子で姿もよく、粋ですっきりしていた。大学のプロフェッサーになっても似合いそうな端整で知的な顔の口をきっと結び、生真面目な表情で人形を遣う。

人形がどんなに激しく動く時でも、情に溺《おぼ》れて取り乱す時でも、玉男さんはほとんど動かないで遣う。玉男さんの顔がいつの間にか観客の目から消え、人形だけが動いているようにみえてくる。

後に人間国宝や文化功労者になられる技は、もうそのころから完璧《かんぺき》に近かった。文楽座を背負っていた紋十郎さんも「玉男は、大もんでっせ、めったに出えへん大器でっせ」とほめちぎっていた。

「それにわしゃ簑助とちごて、あっちの方はそら堅い。品行方正の優等生ですわ。そのくせ舞台は結構色っぽい。次第に色気が濃厚になってきよりますなあ」

と話してくれた。

玉男さんの楽屋にも入り込んでつい話しこむことも多かった。いつでも気安く迎え入れてくれて話も親しくしてくれる。足遣いから始める稽古の辛さや、修行時代の心がけなどは、みんな玉男さんに教えてもらった。誰に対してもおだやかで、腰が低く、愛想がよかった。座っていても姿勢を崩したことはなく、それでいて客にはいつの間にかくつろがせてしまう秘術を持っていた。長いつきあいの間に、人の悪口を言ったことがなかった。私の「恋川」を毎回読んでくれていて、

「よう調べてはりますなあ、色っぽうて面白い」と、励ましてくれる。

いつの間にか簑助さんとの名コンビが定評になっていた。いきの合った二人の濡れ場

は絶品であった。何年か前久しぶりで国立劇場の楽屋の玉男さんの部屋を覗いたら、たまたま着換えの最中で、弟子もいず、ほとんど裸だった。あわてた私に、

「先生ならかまへん、お入りやす。これが裸のつきあい、いうんでっか」

肉親に向けるようなあっけらかんとした笑顔であった。

惜しい人がまたひとり逝ってしまった。

（「吉田玉男さんの思い出」06・9）


文壇でつとに有名な二組の鴛鴦《おしどり》夫妻がいた。三浦朱門さんと曽野綾子さんの一組と、吉村昭《よしむらあきら》さんと津村節子さんの一組である。夫婦仲がいい例は世間にざらにあるが、夫婦揃って小説家というのは殆《ほと》んど例がなかった。

画家でも夫婦が並び立つのは難しいが、作家の場合は一つ屋根の下に、机を並べて書くのは至難の業ではないだろうかと、私のようなわがまま者は考えてしまう。

小説家ほど自分本位で勝手な人間はいないと、私はかねがね、自分も含めて定義していた。昔、昔のこと、私の四十代で、最も仕事をしていた頃、後半生を共に暮らすつもりになった男と同棲《どうせい》したことがあった。けれども、たちまち男に逃げられてしまった。

毎晩呑んで正体もなくなり、午前さま帰りをする男に、なぜそうだらしがないのかと、問いつめたことがあった。そんな質問もその時はじめてした。男は即座に答えた。

「この家は仕事しているあなたの、はりつめた気が、硝子《ガラス》の壁のようになって取りまい

ていて、家の内に入るには、それを全身で打ち破ってからでないと入れない。そんなことは素面《しらふ》では出来ない」

いたく納得した私は、その場で男を解放した。爾来《じらい》、私は独りで書いている。

そんな私に、半世紀もつきあっている吉村、津村夫妻の仲の好《よ》さ、仕事の質と量の見事な成果には驚嘆の外はない。尊敬して見上げるというより、奇蹟《きせき》と化物を見るような視線で、呆《あき》れかえって眺めてきた。

節子さんのほうが芥川賞をさきに受賞した時は、すでに何度も候補に上がっていた吉村さんの不運に同情が集まったものだ。ところが吉村さんは悠然と構えて、夫婦仲はむしろ、益々《ますます》緊密になったように見受けられた。

芥川賞こそ逃したが、吉村さんは、他の大きな賞を次々手中に収め、仕事の質も量も、目を見張るような豊穣《ほうじよう》な成果を遂げてみせ、無責任な傍観者を黙らせてしまい、ひたすら感嘆させてしまった。

その間、節子さんは一歩下った形を取り、吉村さんを檜舞台《ひのきぶたい》で輝かせることを第一義に、傍ら、自分も書きつづけながら、二人の子の母として、流行作家の妻として、良妻賢母のお手本のような暮らしを見事にこなしていた。

いつまでも美しく、婦人雑誌のグラビアで、本職のモデル以上に読者から、憧《あこが》れられていた。その手料理の評判は、編集者の間で語り草になっている。

幸福を絵に描いたような二人の家庭は、このままおだやかな晩年を迎え大団円の幕を下ろすのだろうと想像していたのに、予想もしない不幸に見舞われてしまった。

まず、三年ほど前、節子さんが突然、失明の危機にさらされた。難しい眼病で、書くことも読むことも出来なくなった。その時の吉村さんの心配ぶりは、傍目《はため》にも痛ましいほどで、私には直接いい難《にく》いのか、顔見知りの私の秘書に毎日のように電話してきて、

「節子の目が心配だ。ぼくより才能がずっと大きいのに、ぼくに書かせるため、ずっと自分の力をセーブしてきたんだ。このまま、書けなくなったらあんまり可哀《かわい》そうだ。どうしよう」

と、訴えつづけたという。彼女から、私に伝わることを信じていたのだと思い、私は秘《ひそ》かに節子さんの目の快癒を祈りつづけていた。

今でも、完治したわけではないが、書くことは出来るようになっている。そのことを吉村さんがどんなに喜んでいるだろうと思ったら、吉村さんの方が、もっと恐ろしい病気にかかっていて、今年七月三十一日に亡くなってしまった。

節子さんは八月二十四日に催された日暮里《にっぽり》のホテルのお別れ会に、七百人余の参会者を前にして、気丈に二十分ほども話しつづけた。何かに憑《つ》かれたような様子で、抑えた声音で、しかし一語もとどこおらず、発病以来、死に至るまでの壮絶な闘病生活を、微細に正確に語りつづけた。左手に原稿を握りしめていたが、それには一度も目を向けず

語り通した。

固く握りしめた右手の拇指《おやゆび》が、タクトを採るように、ずっとピクピク痙攣《けいれん》しつづけているのが痛ましかった。最前列の席で節子さんを見つづけていた私は、いつ、節子さんが倒れるかとハラハラし通しであった。

会の後、近く逢った節子さんを抱きしめた時、あまりのやせ方に、ギョッとなった。喪服の下の体は、強く抱きしめると、こわれそうにか細かった。節子さんは声をはなって泣きじゃくりながら「聞いてね、聞いてね、話したいことがあるの」と、私の胸を切なそうに叩《たた》いた。

吉村さんは、舌ガンから膵臓《すいぞう》ガンに転移したという。最後は自宅療養を望み、自分で首の静脈に埋められたカテーテルポートを引き抜き、「死ぬよ」と告げたという。

「私の目の前でそれをしたのだから、死にゆく過程をつぶさに見たから、まだ、どこかに旅しているとか、生きているという気は全くしない」

と節子さんは言いきった。

吉村さんから絶対、病気を外に洩らすなと命じられていたので、さりげなく振舞うことが、本当に辛かった、とも言った。

私もまんまとだまされた一人で、吉村さんが一緒でないのを不思議がる場面で、いつも、

「ちょっと風邪《かぜ》をひいて」

とか、

「疲れて体調をちょっとくずしていて……」

ということばを真に受けていた阿呆《あほ》であった。一度のお見舞いも、花一本の贈り物もしていない。

四十半ばのスポーツマンのメル友から「吉村さんが死んだんだって！『羆嵐』や『破船』強烈な印象だったなあ！『戦艦武蔵《むさし》』もすぐ読み返してみます」

とメールが入っていた。

お別れ会で思わぬ人に逢った。私のアタマの主治医の優秀な外科医で、やはり四十代半ばの人だった。

「ぼく、ずっと吉村さんのファンでほとんど読んでるんです。今日は午后《ごご》から休診にして来た」

七百人の人々の中には、こういう人たちがいっぱいいたことだろう。

昭さん、ゆっくり眠ったりしないで、どうか、節子さんをしっかり守ってあげてね。

（「小説家を全うした夫妻」06・10）

十一月三日に、皇居、松の間で、今年度の文化勲章を授与された。九年前の平成九年

（一九九七）に文化功労者に顕彰されている。その時は全く思いがけなくて、電話でそれを知らされた時、思わず、

「お間違いじゃございませんか」

と答えてしまった。私の七十五歳の秋のことであった。その時の、顕彰式は、十一月四日、ホテルオークラで行われ、文部大臣から顕彰された。その午後、宮中で文化勲章受章者の方たちと一緒に、お茶会に招かれた。何事も初体験だったので珍しく面白く、何から何まですべて鮮明に記憶している。茶会というので、イギリス風の紅茶とビスケットなどをいただくのかと思ったら、フランス料理のフルコースでびっくりしたことであった。

今度は皇居の正殿松の間で親授式が行われた。九年前も尼僧の顕彰は初めてというので、当日の服装のことで、当時の総理府賞勲局のお役人と面白いやりとりがあった。

功労者の服装は、男性はモーニングコートか紋付き羽織袴《はおりはかま》、女性は、白襟紋付き（黒、色物）またはアフタヌーンドレスを用いるようにと通達される。私は尼僧なので、法衣《ほうえ》しか着られないと訴えると、前例がないということで、法衣着用の許可が下りるまで、二日かかった。また法衣の紫は禁色《きんじき》なので、その許可にもまた二日かかった。

今度は、係官もすべて代っているので、同じ問答が繰り返された。これ以上の式はないと思い、法衣でも正装にするべきかとお伺いをたてると、

「それは、天海大僧正《てんかいだいそうじょう》のような姿になりますか」

「はい、そうです」

「それはちょっと」

ということで、二時間ほど後、普通の法衣でということに決まった。

紫の直綴《じきとつ》という、袖《そで》の広い衣の上に輪袈裟《わげさ》をかけて出かけた。

今度の受章者は音楽評論家の吉田秀和氏（九十三）、一橋大名誉教授の篠原三代平《しのはらみよへい》氏（八十七）、日本画家の大山忠作《おおやまちゆうさく》氏（八十四）、大阪大名誉教授の荒田吉明氏（八十二）というお歴々であった。

私は大山氏と同じ八十四歳になって、たいてい、どこに出かけても最年長のような場合が多いので、私より二歳お若い荒田氏がいらっしゃることで嬉しくなった。若さからいえば二番めということになる。

四人の方々は揃って矍鑠《かくしやく》としていらっしゃり、ステッキを持たれているのは篠原氏おひとりだった。それも、松の間での式場では、ステッキなしで、悠々とお歩きになった。

控室で顔を合わすなり、揃って話題になったのは、前もって送られている、式の次第であった。図示された受章者の動きは、松の間の入口で、はるかかなたにいらっしゃる天皇陛下に向かって敬礼、そこから陛下の御前二メートルほどまで進み、最敬礼、一歩前進して勲章を親授され、元の位置に一歩戻り斜め右の内閣総理大臣の方へ進み、勲記をいただき、元の位置に戻り左手に勲章、右手に勲記を持ち、天皇陛下に最敬礼、一歩下がって回れ右、入口まで戻り、再び回れ右して天皇陛下に敬礼して、廊下に出るというものであった。イ、ロ、ハ、と記された図面をいくらたどっても、頭に入らない。

受章者の心配はその一点に集まっている。私は四、五日前、テレビ局で転んで左手を負傷したばかりなので、いっそう心配である。松の間の陛下の御前で転んだりしては切腹ものだ。

リハーサルの時間も設けられていて、長老お二人がリハーサルされた。あとの三人はそれを必死の形相でみつめていた。

もうあとは運を天に任せるしかない。ちなみに松の間は、磨きぬかれた板の間で、バレーボールが出来るような大広間である。

天皇陛下はにこやかな御表情で授与して下さった。お顔色もよく、御健康そうで若々しく拝された。

総理大臣が一番緊張した表情に見えた。

その後、係官に勲章をつけてもらい、改めて松の間で天皇陛下への拝謁《はいえつ》があった。この時は、二人の配偶者の方も御一緒である。

最長老の吉田秀和氏が、朗々とした声でお礼のことばを申しあげ、陛下から御祝詞をいただいて、拝謁の式は和やかに終った。

その後、記念撮影があり、宮内庁庁舎に移り、記者会見に臨む。

「天皇陛下から勲章をいただいた時、どういう御感想でしたか」

との質問に、吉田氏が、

「転ばないように、進退や敬礼の順序を間違えないようにということだけが頭一杯で、何も感じるゆとりがなかった」

と、正直に答えられ、私たちもその通りと、うなずいていた。

あの式の不安と緊張を同様に分けあったこの世の縁は、深く有難い。将来の予定を訊かれた時、どの方も即座にきっぱりと、これからのお仕事への予定と抱負を語られたのには感動した。もう生き過ぎたとか、生き飽きたとか、最近よく口にしていた自分が恥しくなり、私も、もっと長生きを心がけ、勲章の重みに負けない仕事をして行こうと心に誓った。

勲章は、橘《たちばな》の図柄の、とてもモダンでシックなものであった。


（「正殿松の間の緊張」06・11）

年の瀬になると、身内の死によって年賀状を欠礼するという葉書が次々到来する。心ならずも長生きすると、その数が年毎《としごと》に多くなる。中にはすでに年賀状を発送したあとで、肉親の死に見舞われる人もいる。

兼好法師《けんこうほうし》の言葉通り、死は前より来るとは限っていない。いつ突然、背後に迫っているかわからないのである。

今年もずいぶん親しい人に先だたれてしまったと、指を折っていたら、また十二月もあと十日ほどになって、青島幸男さんと、岸田今日子さんの死が報じられた。青島さんとは、市川房枝さんの選挙の時、ちょっとお話ししただけのつきあいだったが、今日子さんは、初舞台から観《み》ているし、私の小説の朗読をいくつもしてくれ、そのCDはロングセラーで、どれもよく売れている。どんな小説の場合も、私は今日子さんが引き受けてくれた時は注文を出したことはない。

「好きなように、読んでください」

と言うばかりだった。そして出来上がったものは、これが自分の小説かと思うほどすばらしく仕上がっていた。

お互い忙しくて、仕事以外で遊ぶ時などなかったが、一度テレビの仕事で、花の盛りに京都で桜の名所原谷の句会に出て、愉しい時間を共有した。この時は一座の中で今日子さんが最高点を獲得した。さすが岸田国士《きしだくにお》の娘さんだと感心した。私の東京女子大時代、岸田家は女子大の近くにお住いで、美しい寮監が岸田夫人におさまるような噂《うわさ》がひろがっていた。岸田国士は見るからに智的《ちてき》で美しく品がよく、当時、私たち娘の憧れの的だった。お父さんにつれられた幼い今日子ちゃん、衿子《えりこ》ちゃんが女子大に遊びに来た姿をありあり覚えている。そんな話をしたら、夜桜の下で今日子さんがとてもなつかしそうに喜んでくれた。

その夜の賞品の一つに、私の土仏があって、それも今日子さんの手に収まり、まあ可愛い！　と胸に抱きしめてくれた。青島さんも今日子さんも私より十歳ほども若い。私にとっては逆縁である。

死は長幼の序を踏むとは限らない。私はついこの間、親授式で、長生きもいいものだと思ったばかりだが、やっぱりあんまり長く生きると縁が孤になって淋《さび》しいと思い直す。

今年の字として選ばれたのは「命」だそうだ。自殺や天災死の多かった今年も、もう過ぎて行く。

まだまっさらな来年の命を、どう生きるかが、私たち一人一人に課された宿題である。西行《さいぎよう》は死の数年前六十九歳の夏、東大寺の砂金勧進《かんじん》のため、伊勢から陸奥《むつ》の平泉への、旅に発っている。途中、静岡県掛川の中山峠で、

年たけてまた越ゆべしと思ひきや
命なりけり小夜《さよ》の中山

と詠んだ。命がけだった昔の旅にかけた西行の若々しい情熱が伝わってくる。死ぬその日まで、「命なりけり」と自分を励ましていくしかない。

（「命なりけり」06・12）

2007 平成19年 85歳

一月、徳島県民栄誉賞受賞。二月、文化勲章、国際ノニーノ賞、徳島県民栄誉賞、作家生活五十周年を記念して「瀬戸内寂聴さん　お祝いの会」が帝国ホテルでひらかれる。作家、俳優、女優、編集者、友人たちなど約千人がかけつける。三月、比叡山延暦寺《えんりゃくじ》の直轄寺院「禅光坊」の住職に就任。四月、長野県下伊那郡《しもいなぐん》阿智村《あちむら》にて、復曲狂言「木賊《とくさ》」初演。五月、小説『秘花』（新潮社）を刊行。六月、佐渡で『秘花』出版記念パーティーに出席。七月、日本橋髙島屋にて、文化勲章受章・作家生活五十周年記念「瀬戸内寂聴展」開催。『生きることは愛すること』（講談社）、寂聴おはなし絵本『幸せさがし』と『月のうさぎ』（講談社）を刊行。八月、徳島県立文学書道館にて、文化勲章受章・作家生活五十周年記念「瀬戸内寂聴展」開催。十月十五日、京都名誉市民になる。

一月十五日、東京は雲一つない晴天で、春が訪れたような暖かな日和《ひより》であった。

この日、宮中では恒例の歌会始《うたかいはじめ》が催された。

歌会始は宮中で催されるその年最初の歌会のことで、昔は歌御会始《うたごかいはじめ》などといわれ、正月に催されるとは限らなかったそうだ。

藤原定家《ふじわらのていか》の日記『明月記《めいげつき》』の建仁《けんにん》二年（一二〇二）正月十三日に記されたのがはじめての記録で、新年の例と定められたのは、それから二百八十年ほど後のことである。

近代では明治二年（一八六九）正月二十四日、小御所《こごしょ》ではじめて行われ、一般詠進が認められ、今のように天皇の前で披講されるようになったのは、一八七九年からで、入選者が式場に参列するのは一九五〇年（昭和二十五）からだという。

私が宮中歌会始にはじめて招かれたのは、十年前に文化功労者に選ばれた後の正月の時であった。

今年は文化勲章を受章したので、再び招かれて参列した。つい先日親授式が行われた正殿松の間だったが、先日の極度の緊張で感じた同じ大広間とは思えない和やかさがあった。

正面に天皇・皇后両陛下の御臨席を仰ぎ、その左右に宮様と妃殿下が居並ばれ、その反対側の壁際に今年の入選者たちが並ぶ。左右の壁際に沿い、陪聴者の我々が参列する。

真ん中の空間に机が置かれ、その周囲の椅子《いす》に、読師《どくじ》・講師《こうじ》・講頌《こうしょう》・発声などの人々が座を占める。

披講は二条古今伝授の朗詠調でされるので、ゆったりとして繰り返しが多く、声明《しょうみょう》のような節回しである。あらかじめ歌を知っておかないと、即座には聞きとれない。それでも眠くなるようなゆったりとした披講に全身をゆだねていると、披講の人々のモーニング姿が、王朝の衣冠束帯の大宮人《おおみやびと》の晴れ姿に見えてきて、平成の皇居の大広間が、平安朝の『源氏物語』の舞台のように感じられてくる。

『源氏物語』の中に数々の歌がのせられているが、あの歌がすべて、こういう朗詠で歌われたと思うと、不思議なような気分と同時に、歴史の時間というものの密度の濃さを思い知らされる気分になる。

歌で恋を語り、想いを訴え、悲しみにくれた人々の優雅な魂の営みが、貴いものに思われてくる。祈りも愛も、人は声に出し歌ったことから始まったのであろう。

どこの国にも、それぞれの国民歌はあるだろうけれど、日本ほど、歌が文化の中心になって、国の歴史を高めてきた国はないだろう。

今年の題詠は「月」であった。

どの歌もさすがと思われるお見事な歌だったが、私は故郷びいきで、高齢の順では三番目に当たる徳島県出身の金川允子さんの歌に、心の中で拍手を送った。

台風に倒れし稲架《はさ》を組みなほし
稲束を掛く月のあかりに

天皇の御製《ぎよせい》、皇后の御歌《おうた》の時は、全員起立で拝聴する。

務め終へ歩み速めて帰るみち
月の光は白く照らせり

という御製は、働き者のサラリーマンの歌かと思われるような、公務御多忙のお暮らしぶりがうかがえて、人間天皇を身近に感じられて恐縮してしまう。
皇后さまの御歌、

年ごとに月の在りどを確かむる
歳旦祭《さいたんさい》に君を送りて

には、陛下への深いいまも瑞々《みずみず》しい愛にあふれた情感が豊かにみちていらっしゃる。
皇后さまの御歌はいつも、どれもすばらしいけれど、陛下への相聞歌《そうもんか》と思われる御歌が特に美しい。そういう御歌を集められた歌集をぜひ拝見させていただきたいと思うのは僭越《せんえつ》であろうか。

ホテルに帰り、私も一首。

千年の昔ゆつづく月の径《みち》
古都照らしきて嵯峨野渡りぬ

（「千年の昔ゆつづく」07・1）


一月二日の仕事始めに、はじめて新しい机を使った。

この机は、昨年の初夏、注文したのが、半年過ぎて年の瀬に出来上がり運びこまれたものである。

八十四歳にもなって新しい机を注文するなど、呆《あき》れた酔狂もいいところだが、本人はそれがおかしいと、人に笑われるまで気がつかなかった。

昨年、初夏、はじめて芦屋《あしや》の谷崎潤一郎記念館に講演に出かけたのが事の始まりであった。以前から依頼されていたが、時間が合わず、のびのびになっていた約束がようやく果たせてほっとしたついでに、せっかくだから倚松庵《いしようあん》も訪ねておこうという気持ちになって、谷崎館の館長さんの松岡有宇子さんにご案内していただくことになった。

芦屋市伊勢町にある記念館は、谷崎の作品の原稿や、書簡、書籍、愛用の小物などが陳列されているし、京都の棲居湃湲亭《せいきよせんかんてい》の庭を写したという庭園なども見物だが、何といっても、実際に棲《す》んだ家が残されているのは、神戸市東灘区《ひがしなだく》住吉東町の倚松庵である。戦後の代表作『細雪《ささめゆき》』の舞台として描かれている。

この家に一九三六年（昭和十一）から、一九四三年（昭和十八）まで谷崎は棲んでいた。昭和十三年の阪神大水害もこの家で体験している。

現在の倚松庵は、一九九〇年（平成二）七月に、当時の場所から少し南がわに移されたそうだ。今でも東灘区の住吉川のほとりにあるので、雰囲気は伝えているという。

『細雪』から勝手に想像していた邸《やしき》より、すべてが小ぶりに感じられた。洋間の食堂も、小説の感じより簡素で京都の湃湲亭の豪壮な構えに比べると、全く質素に感じられる。それでも台所や女中部屋を見ると、小説の場面が一挙によみがえってくる。

『細雪』の家族構成ならこの家の間取りでいいが、文豪谷崎の家としたら、書斎にふさわしい部屋がない。

二階は三つ和室があって、一番広い八畳が幸子の部屋、廊下に面して並んだ六畳が悦子の部屋、その隣の四畳半がこいさんの部屋と説明されている。つまり、『細雪』の家としての舞台説明である。現実の谷崎の仕事部屋が知りたくて、うろうろしていたら、二階の悦子の部屋らしき和室の暗い壁ぎわに、唯一の家具として大きな机がどしんと坐《すわ》っていた。それは部屋にそぐわず、いやにいかつくて、何か邪魔ものめいていた。明かりのささない場所なので、ただ暗く、大きな物があるという感じ。

これは谷崎の机だと思うと、急に心が躍ってきた。その前に坐ってみると、いかにもどっしりとした存在感で迫ってくる。それは確か、京都の渡辺千万子さんの喫茶店で開かれた谷崎展で見た机らしいが、京都では、展示物として眺めただけだったので、こんな強烈な存在感は感じなかった。

倚松庵を辞す時、私は思いきって松岡さんに、この机と同じ物が欲しいので造ってくれそうな人の心当りはないだろうかと尋ねてみた。松岡さんは即座に、

「ええ、いい人がいます。話してみましょう。これとそっくりですね」

と心強く言ってくれた。それから半年たって、もう忘れていた頃、

「机が出来ましたよ」

と松岡さんの弾んだ声が電話で伝わってきた。

十二月も押し迫ったある日、机の作者の笹倉《ささくら》徹さん御夫妻が机を寂庵に運んで下さった。生憎《あいにく》私は旅先で、その日は留守だった。

作者の笹倉徹氏は、大学を出てからこの道に入った木工芸の有名な作家であった。今やほとんど円熟自在の境に達していると評価され、熱烈なファンを持っているそうだ。

この人ならきっと、谷崎机と同じ存在感のある机を作ってくれるに違いないと、松岡館長が目をつけて頼んで下さったのだという。笹倉さんの自筆の説明書には、

「材は本体、抽斗《ひきだし》前板が欅《けやき》、抽出の中板が桐材《きりざい》（広島）引手金具は京都の室金物店のもの、塗装は漆《うるし》で、下地は中国産、仕上げは京都夜久野《やくの》の漆。拭《ふ》きとっては塗りをくり返す拭漆技法で仕上げた」

とある。

「倚松庵にあります両袖机《りょうそでづくえ》を拝見した時、その存在感の確かさが寂聴先生の心を捉《とら》えたのだと直観しました。

そしてその存在感の源である天板の広さと杢目《もくめ》が果たしてすぐ見つかるかが、この仕事の決め手になりました。ありがたいことに寸法的にも杢目もイメージに近い板がすぐ見つかりいい出会いを得ました。

こんな時、縁のありがたさを実感します」

と、製作者の深い想い入れを打ちあけてくれてあった。

私はこの机の上に新しい原稿用紙を広げて、年の始めの仕事をした。不思議なことに、写しにすぎない机なのに、谷崎さんの力が乗り移ったような昂揚感《こうようかん》が、軀《からだ》の芯《しん》からつきあげてきて、信じられないほどペンが走り出すのであった。

「わあ！　すごうい！」

私はとうとう、机の上にぺたっと頬《ほお》をつけて、両手で机を撫《な》で廻《まわ》していた。重くて、男手三人でも運び辛《づら》かったという机は、もう何十年も前から、そこに居坐っていたようにどっしりと構えている。

明けて数え八十六歳になった私が、あと何年この机でいくつ作品を産み出すことが出来るだろうか。谷崎さんは八十歳前に亡くなっている。

（「文豪大谷崎の机」07・1）

妹尾河童御夫妻が、ある日、寂庵へ大鉢を届けて下さった。文化勲章受章のお祝いだとおっしゃる。

妹尾さんとは、ベストセラーになった妹尾さんの小説『少年H』（講談社）を拝読して、すっかりファンになり、私からファンレターを出したのが始まりのおつきあいだった。その後はお互いの本の贈りあいをするだけで、それ以上のおつきあいにはならなかった。ひとえに私が年中多忙で欠礼することが多いからだ。それでも妹尾さんは年上の私を、遠藤周作さんのように「姉《あね》さま」とか「姉上」とかふざけて呼びかけて下さり、好意を見せて下さっていた。

あれはもう四年前、平成十五年の十一月の末であった。

私は新国立劇場で演じられている山崎正和さん作の「世阿弥」を観《み》に出かけていた。その頃から漠然と、七十二歳で佐渡へ流されて、八十一歳で死亡するまでの歳月の世阿弥の心の中を知りたいという気持ちがマグマのように胸に湧《わ》いていた。それにつけても、傑作の名の高い山崎さんの代表作「世阿弥」は是非観たかった。初演は昭和三十八年(一九六三)秋で、それから四十年も過ぎている。それでも「山崎世阿弥」はその名声が色褪《いろあ》せていないのだった。初演の世阿弥は千田是也《せんだこれや》だったそうだが、今回は歌舞伎《かぶき》の坂東三津五郎丈であった。

十二歳から愛され、絶大なパトロンとして君臨していた将軍義満に急死されてから、世阿弥の運命はがらりと変っていく。自身の人気も衰えていた。自分は単に義満という光の影でしかなかったのかと、悩む世阿弥の不安と孤独を三津五郎が熱演する。

一幕終った時、私は背後から声をかけられた。すぐ近くの席で河童さん夫妻が観劇していたのだ。初対面の夫人も紹介してくれた。華やかな美しい人だった。

その夜芝居のはねた時、雨が降りだしていた。妹尾夫人がてきぱきと御自分の車を廻してきて、私をホテルまで送って下さった。その車中で、私が世阿弥を書きたいこと、佐渡へ取材に行きたいことなど話すと、

「あら、私は佐渡生まれの佐渡育ちよ。世阿弥のことなら、博物館の館長だった磯部欣三さんを御紹介するわ。佐渡の生き字引的存在だから」

と、いきいきとした表情を輝かせて、頼もしい話をして下さった。その翌日、早速磯部さんにその件を取り次いで下さってあった。

おかげで私はその後、三回も佐渡行をくりかえし、その度、全面的に磯部さんのお世話になり、様々な所に案内していただき、色々な人々に紹介していただいた。

御自分の生涯かけて集めた研究資料を段ボール何箱も送って下さり、私のまだ形もない小説に私以上の夢をかけて下さっていた。

その磯部さんは、小説を一行もお見せしないうちに、昨年一月四日、訃報《ふほう》を聞かなければならなかった。「秘花」という題だけをあの世に持っていかれた。

その年の十一月、文化勲章を受章した時、ああ、磯部さんがいられたら、どんなに喜んで下さったかと思って切なかった。

河童さんが届けて下さったのは、自作の黒い大鉢であった。鉢の中央に銀河が沈々と流れている。渋い銀河の流れがまさに幽玄という言葉を連想させた。

荒海や佐渡によこたふ天の河

芭蕉《ばしょう》の句を、存在感のずしりと重い大鉢が語っている。黒い鉢は、荒海であり、夜の空の闇《やみ》でもあろう。銀河の星屑《ほしくず》は、夜の闇に咲く桜の花のようにも見える。

秘すれば花という世阿弥の言葉も、鉢の中から聞こえてくるようであった。磯部さんの墓前に「秘花」を捧《ささ》げる日も近づいてきている。


（「大鉢『銀河』」07・2）

鉢かずき姫というおとぎ話の絵本を子供のころ読んで、ずっと忘れない。王朝の風俗のお姫さまが、大きな鉢（どうも家の台所にある陶器のすり鉢に似ていた）を、頭にかぶっていた。深い鉢なのでお姫さまの顔はすり鉢の中にかくれて見えない。鉢がとれないのでお姫さまはいろいろ苦労する。子供心に、こんなもの、年中かぶっていたら、さぞうっとうしいだろうなあと同情した。

ところが私も時々鉢かずき姫になることがある。自分にとって大きな仕事、つまり長篇《ちょうへん》の書き下ろしをするとか、ひそかにこれで勝負しようなどと思う小説を書きだした時である。

そういう仕事を始めると同時に、誰かが背後から、すぱっと重い鉢を頭にかぶせてしまう。私はその重さと、目を掩《おお》いそうになる鉢の深さの不便さにへきえきしながら、それを取り除くことができない。頭にしっかりくっついてびくともしない。

それは、私の作品が予定通り進まないのと、書きながら迷いつづけ、どうもこれは失敗作ではないかという不安と自信消失に、寝ても覚めても抑圧されつづけていることと無関係ではない。

それでもどうにか書き終った時は、書いている時の辛さも苦しさも一瞬にかき消えて、とうとうやり遂げた達成感だけが喜びとなって、強いエネルギーになって噴き出てくる。

この瞬間の喜びの強烈さが忘れられないので、書いている間は、もうこんな仕事は二度とやれない、もう止《や》めようと、幾度となく頭の中で繰り返したのも、たちまち忘れてしまう。

「了」と書いたペンを置くと、私はいつも、わあっと声をあげ、その場に飛び上がってしまう。そしてどすんと座ったとたん、この次は何を書こうかと考えている。

お産の苦しさを味わった女は、もう二度と産むのはいやだと思ったのに、子供を育てているうち、たちまちあの産みの苦しみは忘れて、次の子を産んでしまうのとそっくりである。ものをつくることを、作品を産むとはよく名づけたものだ。

今度私は四年ばかり鉢をかぶっていた。能の大成者世阿弥のことを書きたくなって、その仕事にかかわっていたからである。他の仕事は少なくしたり、極力断ったりしてきたのに、予定の期限が過ぎても一向に進まず、その間に、小説が終るはずの計算で引き受けてしまった多くの仕事や、雑用が山のようにたまってきて、その人たちに連日責めたてられる。まさに生き地獄の状態になってしまった。すべては身から出た錆《さび》、自業自得である。

出版社が業を煮やし、ついに書き下ろしでなく、できたところを発表してしまおうということになって、はじめの方を昨年秋、雑誌「新潮」に発表してしまった。もうそうなれば死んでも後を書かねばならぬ。自分の背に火をつけるような仕儀になった。ところがこれが、思いの外の好評で、連日続々励ましの便りをいただく。柄にもなくすっかり照れてしまい、好評が圧迫になって、次が書けない。この取材でお世話になった人々の写真を机上に並べて書いているのが、その人々に睨《にら》まれているような感じになってしまう。

ついに、担当の孫のような若い女性編集者が泊まり込みで見張りに来だした。真夜中、ふとふりむくと、仁王立ちの彼女が腕を組み、じっと見下ろしている。私を眠らせないためである。美人で可愛い人がまさに鬼の形相である。未婚の彼女の器量を落としてはならぬ。私は重い鉢を叩《たた》きながら書きに書いた。

そしてついにある夜、何かが乗り移ってくれて、あれよあれよという間に終りまで書けてしまった。

「了」と書いた時、いつものように喜びで叫ぶより先に、どっと涙が出てしまった。つきあって徹夜してくれた彼女も泣きだして抱きあう。

ふと気がつくと、頭の鉢が脱げていて、軽々、せいせいとしていた。小説『秘花』難産秘話であった。

（「鉢かずき姫解放談」07・3）

大庭みな子さんの訃報が電話で届いた時、私はいつかこの日が来るとはある程度の覚悟はしていたのに、衝撃で茫然自失《ぼうぜんじしつ》した。二十日ほど前、電話で久しぶりに大庭さんの声を聞いたばかりだったからだ。それからほどなく、もと講談社社員の天野敬子さんから、大庭御夫妻と食事に行き、みな子さんは機嫌よく美味《おい》しそうに召し上がっていたという話を聞いたばかりだったからだ。

浦安に移られてからは、私はいつもみな子さんを見舞う時は、天野さんに同道をお願いしていた。あまり同じような形のマンションが並び建っていて、ひとりでは必ず迷って大庭家にたどりつけないと確信していたからであった。

天野さんはその時、なぜか私をすっぽかし、ひとりで出かけてしまったのだった。文句をいうつもりだったが、天野さんのその日の報告を聞くと、みな子さんが思ったより元気だったというのが嬉《うれ》しく、すっぽかしの恨みも忘れて、よかった、よかったと話しあった。私は長い小説の難産で、去年から今年春まで、ずっと呻吟《しんぎん》していたので、いつも心にかかりながら、浦安行を怠っていた。そのためみな子さんが去年の秋乳癌《にゆうがん》の手術をしたことも知らなかった。今年に入ってそれも人から聞き、ほんとにびっくりしてしまった。

人一倍女であることを愉《たの》しみ、女である美しい自分を愛していた大庭みな子が、女のシンボルである乳房を失うということが、どんなにショックだっただろうと思うと傷ましくてならなかった。その事実を知らないでよかったとも思った。

私がついつい御無沙汰《ごぶさた》がちになっていたのは、自分が久々の長篇『秘花』に熱中して

書くものにも自由さがあふれていたが、実物の御本人も全く自由な魂の持ち主で、男女の恋愛観、夫婦や家族のあり方などにも、旧来の道徳からはみ出した自由な観方をしていた。

実在の大庭さんが恋多き人だという伝説も流れはじめていた。しかしみな子さんには利雄さんという立派な夫君がいて相思相愛のいい家庭が営まれていた。夫の利雄さんはある日、突然アラスカでの会社勤めを辞めてしまって、作家になったみな子さんの秘書兼、家政夫のような役目を自発的に断行した。

その頃、私は目黒の大庭家に招かれたことがあった。はじめて逢った利雄さんは、無口でひかえめで、当然のようにキッチンに立ち、お茶をいれお菓子を皿に盛り、物静かに私の前に運んできた。アラスカで立派な会社の重役だった席を停年をまたず投げうって、内助の夫の立場を選んだ男を、私は驚きをもって眺めた。みな子さんは平然と夫に奉仕させ、

「瀬戸内さんも男に尽くしてばかりいないで、うちのトシオのような奉仕する男を見つけなさいよ。とても便利で安心して小説に打ちこめてよ」

とそそのかしてくれた。しかし私の周りには利雄さんのような無償奉仕を希《のぞ》むような男は現れなかった。私はみな子さんを見て、生まれつき女としての格がちがうんだなと、自分の不甲斐《ふがい》なさを納得した。

その一方、みな子さんは度々私を招いてくれては、手速く、しかもまるで本職の料理人のような美味しい手料理を目の前で作って御馳走《ごちそう》してくれた。料理も好きなら、自分の着るものまでたちまち縫いあげる才能も持っていた。

識《し》れば識るほど、私はみな子さんの自由さに感動し、尊敬した。私も人並以上に自由に生きてきたつもりだったが、私のはつとめて努力してやっと得た自由で、みな子さんの天然の持って生まれた自由さには太刀打《たちう》ち出来なかった。

みな子さんが病気で倒れた日、私は利雄さんから電話をもらった。

電話をかけていたみな子さんが突然倒れ、病院に運んだという。電話の声の中に瀬戸内さんという声が度々聞えたので、もしかしてあなたとの電話中ではなかったかという質問だった。あとでわかったことだが、その電話はサイデンステッカーさんとのもので、私の『源氏物語』の現代語訳が出来たので、私と対談してやってくれないかという交渉の電話だったのである。途中で声が変になり電話が切れたとサイデンステッカーさんの話が伝わった。みな子さんが私のためにそこまで考えてくれていたのかと驚いて、私は中央公論の宮田毬栄《みやたまりえ》さんと一緒に翌日病院へ駆けつけた。頭の手術をして包帯のお化けのようになって横たわっていたみな子さんは、そっと声をかけると、包帯の中からはっきりした声で、

「瀬戸内さんね、ありがとう。この世であなたにめぐりあったことはとても幸せでし

た」

といった。驚いて、横の毬栄さんの顔を見ると、毬栄さんも感動をかくしきれない表情で上気していた。あとでみな子さんに訊《き》くと、全然覚えていないといったが、もし無意識でいったとすれば、みな子さんの頭の中には、いつでも詩のような日本語がいっぱいつまっているのだろうと思ったことである。

あれから十一年、利雄さんは、ほんとに献身的にみな子さんを介護しつづけてこられた。半身不随になり、目も見えなくなったみな子さんの目になり足になった。車椅子を押し、食事をつくり、家の掃除もされた。後に介護者も家政婦も来たようだが、我ままなみな子さんは、利雄さんにすべてをして貰いたがった。そのうちみな子さんは私が行く度、利雄さんのいない時、利雄さんへの感謝の言葉を手放しで告げた。

「トシのおかげで生きているのよ。でももう死んでしまいたい日もある」

「あたしが死ねばトシが死ぬでしょう。だから生きていなければね」

利雄さんはまた、

「みな子が死ねば、自分も死ねばいいのだとふっと思った時、心がすっきりして迷いがなくなった」

と平然というのであった。

終《つい》の愛の栖《すみか》になった浦安のお宅で久々に逢ったみな子さんは、生前の肥《ふと》りぎみの顔が、まるで少女のようにすっきりした小さな顔になり、能面の若女《わかおんな》のような静かな上品な表情で眠っているような風情《ふぜい》だった。鼻も目もちんまりとして可愛らしく、きっと十三、四の頃のみな子さんはこんなだったのだろうと思われた。私は安らかなみな子さんの生きているような顔に、

「利雄さんを引っぱっていかないでね」

と云《い》った。しかしその口の下で、浄土で同じ蓮《はちす》に坐っている二人の安らかな姿も思い浮かべていた。

「利雄さんしか書けないみな子さんのことを書ききってからにして下さいね」

私のいう意味を正確に受けとめて、利雄さんは曖昧《あいまい》に微笑《ほほえ》んだ。ちょっと間を置いて、

「そうしましょう」

と言ってくれた。

（「内助の夫に支えられた幸せな女作者」07・7）

東京の病院に入院中の小田実《おだまこと》さんを見舞った。ずいぶん重態のように聞いていたので遠慮していたが、六月二日は、小田さんの七十五歳の誕生日で、私とちょうど十歳の年齢差になるので、逢っておきたかった。

伺ってもいいかと奥さんの玄順恵《ヒヨンスンヒエ》さんと連絡がとれ、六月一日ならいいということで出かけていった。

まず控室で順恵さんに逢った。美しい人は看護疲れと、深い心労で、痛ましくやつれていたが、洗ったように美しい表情でしっかりしていた。それでも、私の顔を見るなり、涙をいっぱい浮かべて私の手を握りしめて声が出なかった。私も胸がいっぱいで、声が出ず、ただ彼女の背を撫でるだけだった。

どんなに切ない気持ちで一日一日を送っているだろうと思うと、かわいそうでたまらなかった。しかし、この病院に入ってから抗癌治療が始められたというのでホッとした。

「第一回の治療が昨日だったのです。だから、今日もまだ辛いのではないかと思うのですけれど、瀬戸内さんに逢いたがっています」と話してるところへナースが呼びに来た。

あわてて病室へ行った順恵さんがすぐ笑顔で戻ってきて、

「打ち合せは早く切り上げて来てもいいよ、ですって」

と告げた。私は早速、病室へ案内された。

ドアをあけると真正面にベッドに半身を起こした小田さんがいた。色がすっかり白くなって、見たこともないやさしい美しい表情をしていた。

私は駆けよって、しっかり小田さんの掌《てのひら》を握った。

「小田さんって、こんなにハンサムだったの、びっくりした」

私の第一声に、小田さんが面白そうに笑った。冗談のように、死なないお経でもあげてくれと、電話で聞いていたので、お経もあげている、天台寺で護摩《ごま》もたいている、写

経もしていると告げると、

「効いているかもしれんよ。効いてる気がする」

と笑った。私に対するいたわりの気持ちがそのことばのあたたかさの中にこもってい
て、私はどっちが見舞われているのか分からない気がした。

あれこれ問うことは何もなかった。どんなに生きたいかという小田さんの気持ちは、分かっていた。

この病院に入ったのも、生きている限り仕事がつづけたいからだと分かっていた。私は小田さんを、世論をたくましく先導していく反戦運動家、市民運動家として尊敬しているが、それより深く、小説家としての小田実に親愛を抱《いだ》いていた。

十年も前のことになるだろうか。あるパーティーの席で、小田さんはすっと人々の間をかきわけるようにして私の側《そば》に来て、

「あのなあ、小田仁二郎は、りっぱな作家やで。もっともっと評価されていい作家や。おれは、ずっと愛読しているし、今も尊敬している」

と言ってくれた。現世では報いの少なかった小田仁二郎の文学を、こんなふうに手放しでほめてくれて、私はうれしかった。妻ではない立場で、小田仁二郎との長い歳月を送った私へのいたわりと、そのことばを受け取った。

真っ白い髪の下の小田さんのやさしい表情はふっと、慈悲をたたえた人間でないもの

に見えて哀《かな》しかった。

「小田さんにもっと生きててもらわないと困るのよう。何でも命令して。その通り、私が動くから。そして、ずっと書きつづけて」

死ぬまで書いてといいたいことばを、こんなふうにしかいえなかった。

昨秋は、平和論の他に長篇小説『終らない旅』(新潮社)や『玉砕』(岩波書店)など次々刊行している。『玉砕』はイギリスのBBCでラジオドラマ化され好評だった。『イーリアス』の翻訳もつづけている。

まだまだ書きたいものがいっぱいあるのだ。病気になって、市民運動から身を引いた分、余命を創作にそそいでほしいと切に思うのは私ひとりではないだろう。

こんな柔和な美しい顔になった小田さんの中に燃えている平和への願いの声の激しさを、ペンで世界に示してほしい。

疲れさせてはならないと、帰ろうとする私に、小田さんは「出たばかりや」といってNHK出版の生活人新書『中流の復興』という新刊書を手渡してくれた。その扉にサインをしてくれながら、

「稀代《きたい》の悪筆や」

とつぶやいた。どうして、どうして、とても雄渾《ゆうこん》な力強い字であった。帰りぎわに振り返った私に、

（「死なないでもっと書いて」07・6）

初期の癌発見で入院療養中の筑紫哲也《ちくしてつや》さんから長いお手紙をもらった。

同じく癌を患う小田実さんを二度めに見舞った直後だったので、文面の明るさとパワーが嬉しかった。

筑紫さんは、私の贈った小説『秘花』を丁寧に読んで感想をよこしてくださったのであった。私の小説を読み、一番感じたことは、私が八十五歳という年齢をものともせず、全く枯れず瑞々しいといって下さってあった。

「世間はとかく老いると枯れるのが当然、否《いや》むしろ、それが上品で美徳のように言い習わしてきているけれど、それはもっての外のことで、人間は年をとるほど枯れてはならないのだ。だからあなたはいつまでも今のように瑞々しく生命力にあふれていてほしい」

と、力強いペン字で書かれていた。

励まさなければならない病人から、反対に励まされ、背を押されたようで、ひとしお感慨が深かった。

今のまま、いくつになっても艶《つや》を失うなともあった。

「衣、よう似合うなあ」

とお世辞までいってくれるのだった。

人間の定命《じょうみょう》は、生まれたときに定められていて、如何《いかん》ともしがたいが、定命の尽きるまで、人間は明日も生きられると信じて、その夜の夢を見たいものである。

……『秘花』をどなたも、八十五にもなってあんな濃密なエロスが匂《にお》いたつように書いたものだと、いって下さるのが、全く意外で、むしろそのほめことばをどう受けとめていいのかと迷っている。

私としてはごく自然に、これまでの作品と同じように、自分の心の底から湧いてくる文章を書きつづけたものである。

小説は書きはじめてしばらくすると、作中人物が作者の思惑を外れて勝手に動きだす。作者はそうなると、作中人物のすること思うことに従って、それをひたすら写すしかない。

その時、その小説はよくなっている。私の言葉で言えば、何か、神仏とか、宇宙の生命のようなものが、もしかしたら、狐《きつね》か、狸《たぬき》かが憑《つ》いてきたという実感である。「来たっ！」と心に叫んでいる。

今度の『秘花』の場合は、書き出すまでに四年苦労したので、いよいよ書き出したとたん、憑いてくれたものがあった。

世阿弥が七十二歳で佐渡へ流され、予期もしなかった逆境に堕《おと》された時、何を支えに生きつづけたか、なぜ、いつでも死ねる海に入らなかったのか、佐渡で十年も生きつづけ八十一歳で死んだのか、老いは確実に、たとえ京にいても佐渡にいてもさけ難く訪れていたであろう。

目もかすみ、耳も聞こえなくなった世阿弥は、能の台本や、芸術論を書きつづけることも出来ない。

その命綱を断たれた世阿弥は、誰かに援《たす》けられて生きたのであろう。

それが、私には気がかりでならなかった。

ところが、書きすすめるにつれ、私の世阿弥は、心が澄み、肚《はら》が坐り、手のつけ様もないくらい堂々としてきた。

私は世阿弥の魂の命じるままに書きつづけた。それはそのまま能仕立になっていた。

世阿弥は、命はこの世だけで終らないということを能に書きつづけた。

夢幻能と後世の人に名付けられた世阿弥の能は、あの世の幽霊が出てきて、死んでも悩みのあることを訴え、旅の僧に供養を頼み、読経《どきょう》をしてもらって、成仏するという筋書である。

あの世とこの世に虹のような橋をかけ、霊が往来する。肉体は死んでも魂は死なないということを書いている。現実と非現実の世界を飛び交う魂の実在を示している。

目に見えない心の強さを謳《うた》っている。

それが六百年も経った今も、現実に生きるわれわれの心に訴えてくるのである。

私は世阿弥から、実に多くの力を与えられた。

夜も寝ないで、書きついだのに、私は病気もせず、人は誰も、前より元気で若くなったといってくれる。

若さの秘訣《ひけつ》を教えろと逢う人毎《ひとごと》にいわれる。私は問われる度に自分の心を真剣に覗《のぞ》きこみ、元気の素《もと》を探す。何も発見出来ない。

私は好きなことを五十年間、律義にしつづけているだけだ。幸い五十一歳の時仏縁を得たので、それ以後は仏に守られているという安心感がある。仏のみ心のままにと、自分をゆだねきってしまえば、悩みもない。心にいつでも風が吹き通っている。それが元気の素であろうか。

肉体に迫る老いはさけ難い。しかし長く生きると、それだけこの世の想い出の数は増える。人との別れも増えるが、出逢いの記憶の方がはるかに多い。想い出をなぞるだけでも退屈しない。私は近頃、老いの愉しさが漸《ようや》くわかってきたような気がする。

（「老いも愉し」07・6）

人間が死ぬ時、一番最後に想い浮かべるものは何だろう。

生涯で一番美味しいと思った料理の味か。

愛する人との逢瀬《おうせ》のふたりだけの愛戯の場面か。

旅の途上の目にも心にもしみた風景の一場面か。お気に入りの着物をまとって、満足のいった化粧のできた自分を鏡の中に見た時の一瞬か。待ちわびた人の手紙の封を開く時の心のときめきか。死んだ人は誰も語ってくれないからわからない。おそらくすべての人がそれぞれ異なった場所や人や、風景や味や匂いを想い浮かべるのであろう。

ある男が余命一、二日という病床に私を呼んだ。これが最後の見おさめだと私も心を決めて見舞った。病室にはふたりのほか、誰もいなかった。

男は私を見て格別の表情も浮かべず、おだやかな声で淡々と言った。

「あなたのおかげで、ずいぶん高級なうまいものをいっぱいご馳走になったけれど、死んでいく今となっては、どれもみんな空《むな》しいね」

返すことばがなく私はだまって男の顔を見下ろしていた。

長い歳月のその折々の美味しいものを食べる時の、無邪気な、うれしそうな男の表情が、私の目の奥を走りすぎていた。

男は料理の味にかこつけて、生きてきたすべてが空しかったと告げたいのではないかと、私はあわれになっていた。

それにもこりずに、男の死んだ後も、私はよく誰彼を誘って美味しいと思うものを一緒に食べたがった。

ある時、親しい落語家が言った。

「江戸時代の終りから明治の初めあたりまでは、男が女に、めし食いに行こうかと誘う時は、寝にいこうかってことだったんですよ」

「へえ、じゃ、女が男に何か食べにいきましょうかという時も、そういう意味」

「まあ、男はそうとりますね。ただし、昔は女からそんなことは言いだせなかったですね」

その日、私は落語家に、

「ずいぶん行ってないから、一緒に駒形《こまがた》のどじょう食べにいかない？」

と誘ったのであった。

どじょう屋は満席で、私たちの会話もまわりに聞かれている風情である。まわりの客もみんなにこにこして美味しそうにどじょう鍋《なべ》をつついていた。

……旅の多い私は、どこへ行ってもその国の、あるいはその土地の料理を食べ、そこの地酒を呑《の》む。男ならそこの女と夢を結べば、その土地のことがすべて体得できるというわけだ。

その土地のものを食べ呑むと、自然にその土地の人と意気投合してしまう。十年の知己のような親しさで話が弾む。

私の小説『秘花』の主人公の世阿弥が流された佐渡は、美味しい米がとれ、水が美味しいところなので、酒もまた美味である。暖流寒流の魚も海藻も豊富にとれるし、山地が多いので、山の珍味にもこと欠かない。そういうものを食べて育ち、暮らしている佐渡の人は、至って心がおだやかでやさしい。他者を受け入れる心のゆとりがある。流人《るにん》も金山の男たちも、ジェンキンスさんもすんなり受け入れる。世阿弥の取材に四年通った赤の他人の私も、まるで身内のように熱い心で受け入れてくれたのであった。

（「食べる」07・7）

あれは何年前のことになるだろうか。

京都で舞踊家西川千麗《にしかわせんれい》さんの舞の会があり、観客席の私の隣の席に見るからにすっきりとした和服姿の御婦人が座られた。着物も帯も超一流の高価な品を、全く無造作に着こなされ、御本人はその値打をまるで意識されていない淡々としたたたずまいと表情であった。

そこに劇場の光という光がみんな集まっているような目を見張る凜《りん》とした美しさであった。

着付けの襟の合せ具合が、粋というよりフランス語のシックという感じがぴたりとしていた。上品であでやかだけれど、色町の雰囲気ではない。かといって、素人の奥さんスタイルでもない。不思議な知的な魅力が匂っていた。その人が声をかけてくれて、鶴見和子さんだとわかった時、私は胸がときめいた。

かねがねその学業と著書に憧《あこが》れてはいたし、写真などで何度もその風貌《ふうぼう》に接している筈《はず》なのに、実物のあまりの美しさに、私はその人と思いつかなかったのだ。初対面の挨《あい》拶《さつ》が短くすむと、和子さんはてきぱきとした口調で、千麗さんの人柄と芸熱心を高く評価された。私も千麗さんの一匹狼的《いっぴきおおかみてき》な芸道への熱意と姿勢に、かねがね感動し、ひいきのつもりでいたので和子さんの讃辞が、けなげな自分の妹をほめてもらったようで嬉しかった。「千麗さんのいいところは、次々新しいものに果敢に挑戦するところですよ。因襲の強い日本舞踊の世界では生き難《にく》いけれど、それを物ともせず突き進むところがいいですね」

私は嬉しさで千麗さんのために泣きそうになった。そこへ河合隼雄さんが飄々《ひょうひょう》とした表情で見えて、和子さんの隣の席に座られた。私はもう何度もお目にかかってはいるが、それまで河合さんと特に個人的なつきあいはなかった。河合さんの方はにこやかな表情で、

「今日は怖い御婦人二人と並んで緊張しますな」

と気さくに言って、さも三人が昔から親密な間柄であるように、一気に空気を和ませてしまった。素朴に見えるえびす顔の笑顔と、関西弁のなまりまる出しの口調が、親しみをまず人に感じさせる。河合さんの生得の人づきあいのこつであろうか。

その夜の千麗さんは、河合さんの好評の著書『明恵《みょうえ》　夢を生きる』（京都松柏社）を舞にして舞台にのせたのである。明恵とユングと河合隼雄を大胆不敵にも千麗さんはたおやかな女体《にょたい》の中にすべて引き受けて、妖艶《ようえん》で幽玄な舞台にして見せたのである。

幕が下りると、和子さんは美しい顔をかすかに紅潮させ、

「感心しました。千麗さんは凄《すご》い！　明恵と河合さんの夢をひとつにして見せましたね」

「いい舞台でしたね」

河合さんも満足さをかくさなかった。

あの夜の香《かぐわ》しい感動は今も私の胸にいきいき残っている。しかし、ああ、鶴見和子も河合隼雄も、もうこの世にはいない。

（「もういない人たち」07・7）

初出一覧

一九九七年

「幸福な生と死　遠藤周作さんのこと」（「文學界」一九九七年一月号）
「最後に逢った日」（「群像」一九九七年四月号）
「わたしの木山捷平」（「すばる」一九九七年九月号）
「はじめての葬儀委員長」（「小説新潮」一九九七年十月号）

一九九八年

「小説の重さ」（「新潮」一九九八年一月号）
「もう一度会いたかったのに」（「すばる」一九九八年三月号）
「源氏物語訳を終えて」（「現代」一九九八年六月号）
「ブッダと私」（「朝日新聞」一九九八年六月二十四日）

一九九九年

「源氏物語との出会い」（「新潮」一九九九年一月号）
「蠟梅の咲くころ」（「朝日新聞」一九九九年一月二十四日）
「三岸節子さん　見事な愛と芸術の軌跡」（「婦人公論」一九九九年六月七日号）
「三つの声」（「朝日新聞」一九九九年五月三十日）
「『源氏物語』から『藤村のパリ』へ」（「読売新聞」一九九九年七月五日）
「猫の墓、人の墓」（「東京新聞」一九九九年

七月十一日）
「文学者と自殺　江藤淳さんの死を悼んで」（「すばる」一九九九年九月号）
「ひとつの見方」（「寂庵だより」『随想』一九九九年十一月一日号）

二〇〇〇年
「ふるさとの川の運命」（「京都新聞」『天眼』二〇〇〇年一月二十三日）
「『釈迦と女とこの世の苦』あとがき」（『釈迦と女とこの世の苦』二〇〇〇年五月）
「春へんろ」（「寂庵だより」『随想』二〇〇〇年三月一日号、四月一日号）
「源氏狂騒曲」（「東京新聞」『寂庵こよみ』二〇〇〇年三月十二日）
「早朝の訪問客」（「群像」二〇〇〇年四月号）
「源氏物語のフランス語訳を」（「すばる」二〇〇〇年六月号）
「身のしまつ」（「週刊新潮」二〇〇〇年九月七日号）
「ふるさとの風」（「週刊新潮」二〇〇〇年十月十九日号）
「生きてきた『場所』」（「週刊新潮」二〇〇〇年十一月九日号）

二〇〇一年
「こういう人」（「週刊新潮」二〇〇一年一月二十五日号）
「『瀬戸内寂聴全集』」（「週刊新潮」二〇〇一年二月八日号）
「櫛田ふきさんの人生」（「毎日新聞」『時代の風』二〇〇一年二月十一日）
「初日の涙」（「週刊新潮」二〇〇一年五月十七日号）
「ハンセン病訴訟『控訴せず』」（「毎日新聞」『時代の風』二〇〇一年五月二十七日）

「摩天楼と平和の崩壊」(「週刊新潮」二〇〇一年九月二十七日号)
「テロ犠牲者の老父母」(「週刊新潮」二〇〇一年十月四日号)
「やっぱり断食だ」(「週刊新潮」二〇〇一年十一月八日号)
「ペン一本の半世紀」(「群像」二〇〇二年一月号)
「禁酒を解いた祝酒」(「小説現代」二〇〇二年二月号)
「尊厳死について」(「毎日新聞」『時代の風』二〇〇一年十一月十八日)
「『報復戦争』へ何を語るか」(「毎日新聞」『時代の風』二〇〇一年十二月二十三日)

二〇〇二年

「いつか介護者になるすべての人に」(「週刊朝日」二〇〇二年三月一日号)
「傘寿誕生日」(「寂庵だより」『随想』二〇〇二年五月一日号)
「あの世からの熱い通信」(「文芸ポスト」二〇〇二年七月号)
「旅は道づれ」(「寂庵だより」『随想』二〇〇二年八月一日号)
「いずこも同じ女の悩み」(「京都新聞」『天眼』二〇〇二年十月二十七日)

二〇〇三年

「羨ましいデュラス」(「すばる」二〇〇三年一月号)
「形あるもののはかなさ」(「読売新聞」『無明に光を』二〇〇三年一月十五日)
「意見広告を出して」(「寂庵だより」『随想』二〇〇三年三月一日号)
「国語を忘れた国民は」(「一冊の本」二〇〇三年四月号)

「バックボーンは恋の女《ひと》」（「俳句」二〇〇三年五月号）
「生きかえった両眼」（「東京新聞」『あしたの夢』二〇〇三年九月五日）
「『寂庵だより』二〇〇号を迎えて」（「寂庵だより」『随想』二〇〇三年九月一日号）
「純真と高雅の魅力」（「文藝春秋」二〇〇三年十一月号）
「今なぜ新作能か」（「すばる」二〇〇三年十一月号）
「ハワイ別院　支えた奇跡」（「読売新聞」『無明に光を』二〇〇三年十一月十九日）

二〇〇四年

「三老人、語り合う」（「毎日新聞」『時代の風』二〇〇四年二月二十九日）
「ふたたびの塾への情熱」（『青葉が出逢った場所』二〇〇四年三月二十七日）
「赤い原稿用紙」（「図書」二〇〇四年五月号）
「イラクと佐世保」（「毎日新聞」『時代の風』二〇〇四年六月十三日）
「美しい脚で極楽へ」（「婦人公論」二〇〇四年九月二十二日号）
「あの世でまた文士劇を」（「新潮」二〇〇四年十一月号）
「仏の道　黄金の絆」（「毎日新聞」『時代の風』二〇〇四年十月三十一日）
「凶事続きの一年を思う」（「毎日新聞」『時代の風』二〇〇四年十二月五日）

二〇〇五年

「還暦の日本」（「毎日新聞」『時代の風』二〇〇五年一月九日）
「井上光晴さんの碑」（「毎日新聞」『時代の風』二〇〇五年三月二十日）
「サガンを尋ねる旅」（「毎日新聞」『時代の

風』二〇〇五年四月二十四日）
「百八十八歳のデート」（「毎日新聞」『時代の風』二〇〇五年五月二十九日）
「また逆縁の別れ」（「寂庵だより」『随想』二〇〇五年六月一日号）
「艶やかに激しく生きて」（「婦人公論」二〇〇五年六月七日号）
「佐渡の薪能」（「毎日新聞」『時代の風』二〇〇五年七月三日）
「二つの展示会」（「寂庵だより」『随想』二〇〇五年七月一日号）
「円地文子さんと平林たい子さん」（「寂庵だより」『随想』二〇〇五年十月一日、十一月一日号）

二〇〇六年
「美わしき家族」（「東京新聞」『あしたの夢』二〇〇六年二月七日）
「携帯メールに一念発起」（「毎日新聞」『時代の風』二〇〇六年三月十二日）
「渡しそびれた冥土の土産」（「東京新聞」『あしたの夢』二〇〇六年三月十日）
「ある真夜中に」（「寂庵だより」『随想』二〇〇六年三月一日号）
「吉行さんの十三回忌」（「毎日新聞」『時代の風』二〇〇六年七月三十日）
「死者の声」（「寂庵だより」『随想』二〇〇六年九月一日号）
「吉田玉男さんの思い出」（「京都新聞」『天眼』二〇〇六年九月三十日）
「小説家を全うした夫妻」（「群像」二〇〇六年十月号）
「正殿松の間の緊張」（「毎日新聞」『時代の風』二〇〇六年十一月十二日）
「命なりけり」（「京都新聞」『天眼』二〇〇六年十二月二十三日）

二〇〇七年

「千年の昔ゆつづく」（「東京新聞」『あしたの夢』二〇〇七年一月十七日）
「文豪大谷崎の机」（「毎日新聞」『時代の風』二〇〇七年一月二十一日）
「大鉢『銀河』」（「東京新聞」『あしたの夢』二〇〇七年二月七日）
「鉢かずき姫解放談」（「東京新聞」『あしたの夢』二〇〇七年三月九日）
「内助の夫に支えられた幸せな女作者」（「群像」二〇〇七年七月号）
「死なないでもっと書いて」（「東京新聞」『あしたの夢』二〇〇七年六月六日）
「老いも愉し」（「毎日新聞」『時代の風』二〇〇七年六月十日）
「食べる」（「東京新聞」『あしたの夢』二〇〇七年七月四日）
「もういない人たち」（「京都新聞」『天眼』二〇〇七年七月二十八日）

解説

齋藤愼爾

生誕から七十六歳までの軌跡を、寂聴さん自身の言葉で綴った『晴美と寂聴のすべて　1（一九二二―一九七五年）』『晴美と寂聴のすべて　2（一九七六―一九九八年）』に続く、八十五歳までの激動の十年間のドキュメントが、本書である。そして今年二〇一〇年（平成二十二）五月、寂聴さんは八十八歳を寿《ことほ》いだばかりだ。つまり〈寂聴のすべて〉シリーズは、まだまだ続く。未完の流動性を孕《はら》んでいるのである。

既刊の文庫二冊と合わせれば、一九二二年（大正十一）から二〇〇七年（平成十九）に至る八十五年間、大正・昭和・平成三代に亘るクロニクルが通覧出来ることになる。「全軌跡を、年代順に取りあげた編集で、文章はすべて、私の著作の中から選び出していた。これが読物としても結構面白く、好評だった。また、私の仕事や行動を調べるのに、とても調法な資料になった。常に身近に置いて、辞書のように、自分の行跡について調べるのに利用した」（「まえがき」）とあるが、寂聴さん個人の自己史、文学・宗教遍歴を超えて、文化史の奥行きとひろがり、重層性がある貴重な時代の証言が出現したという感じがある。フランスの女流作家ダニエル・サルナーヴは、自著のなかで、「真の作品とは、時間と記憶と人間性の貯蔵庫であり、未来の世代に宛てた遺書」と定義したが、本書は、まさにその「真の作品」に列せられる類いの一冊だろう。

ドストエフスキーの『作家の日記』が、随想、批評、注釈、評論、創作の集大成でありながら、なお長大なる小説集と称されるように、この〈寂聴のすべて〉シリーズは、長編の、それも未完の「真の作品」なのである。自己の文学・宗教思想の核心を衝こうと腐心し、政治や経済などの情況の変動をも含めた文明史的な視点を三代に亘って持ちつづけた作家は、世界でも稀れであろう。言及し、射程内に納めようとする対象は、文学、音楽、映画、絵画、演劇はいわずもがな、衣食住の万端まで幅広く豊饒である。

たとえば本書を交友録ないしは点鬼簿という視点から眺望しても、そのことは明らかである。この十年に限定してみても、寂聴さんは深い絆で結ばれた友人を次々と失い、悲傷と鎮魂に引き裂かれなければならなかった。遠藤周作、埴谷雄高、木山捷平、江國滋、中村真一郎、江藤淳、大原富枝、色川武大、河盛好蔵、田中澄江、山田風太郎、鈴木真砂女、水上勉、フランソワーズ・サガン、丹羽文雄、岡本敏子、久世光彦、吉村昭、大庭みな子、鶴見和子、小田実……。画家の三岸節子、女性解放運動の先駆者・櫛田ふき、出版社会長・嶋中雅子、文楽の吉田玉男、女優の岸田今日子、「すばる」編集長・片柳治……。惜別した多彩な仲間への悼みが、そのまま文学史、美術史、大衆文化史、精神史となる所以である。

川端康成は「葬式の名人」といわれたが、寂聴さんは、さしずめ「追悼文の名人」。私は『有縁の人』『人なつかしき』など、暗記するくらい読んでいるが、いまだに倦きない。本書からアトランダムに例を挙げよう。埴谷雄高のことでは、埴谷が歌うハウプトマンの『沈鐘』を聴き、

「ああ、埴谷さんの小説の原点はこれなのかと、私は納得した」とか、ボケや老衰の「たとえ話が蠟燭《ろうそく》でなく、電球なのが埴谷さんらしいと思った」とか、

「あっち（あの世）で会ったら（武田）百合子さんの手をしっかり握って、もう絶対離さないからな」というのに、

「泰淳が怒りますよ」と寂聴さんが咎めると、

「何をいうかあなた、地獄に所有権なんかないんだぞって、泰淳に云ってやる」と答えたなど、吹き出してしまう。こんな「埴谷雄高論」はこれまで無かったし、今後も誰ひとり書けない。

「飛行機が好きだ」と、隣り合わせた席で川端康成。「いつも乗っている時、この飛行機が落ちればいいと思っています」と静かな独り言のような口調でいったらしい。

「それからほどなく川端氏は自殺された」

「熱帯魚を飼っていましてね、それだけが愉しみ」と平林たい子。「魚は裏切りません

からね」と続けたという。

もうひとりが円地文子。「作家はね、生きてる間だけですよ。死ねば二、三年も持てばいい方です。忘れられてしまう」

寂聴さんは、それで何を語ろうとするのか。

「七十七年生き得て、最後に残る大切なものといえば何だろうと考えていた私に、答えるように浮かんできたそれらの言葉が私にはひどくなつかしかった。ふとした瞬間にもらされたそれらのつぶやきは、その方たちの本音ではなく、疲れた時のため息のようなものであったかもしれない。お三人ともその一瞬で忘れ去られた言葉であったかもしれない。しかしそれを確かに聞いたのは私ひとりであったというのは、偶然であろうか」

（「三つの声」99・5）

むろん偶然であり、必然であったろう。それはまた寂聴さんの内なる声でもあったのではないか。「三つの声」も、寂聴さんという存在に感応して発せられたことは疑いない。

年の瀬も押しせまったある日、寂庵のスタッフの一人の実家が、石油ストーブから火事を出し、全焼するという事件があった。スタッフの両親は全財産をすべて焼失してしまう。火災を告げてきたスタッフの電話の声が、思いのほか落ち着いている。どうしてそんなに落ち着いているのかと訊いたら、

「だって、毎月の法話で、いやというほどこの世の無常を聞かされていますもの。形あ

瀬戸内寂聴の本

女人源氏物語（全五巻）

恋しい、けれど憎い！　多情な源氏への嫉妬に身を灼く葵上や紫上……。女人たちの歓喜と苦悩のモノローグで綴る王朝小説。

あきらめない人生

女の魅力とは？　男の優しさとは？　才能を開花させる生き方、愛とセックス、美しい老いなど、出会う幸福、生きる喜びを綴る愛の36話。人間への慈しみにみちた人生讃歌。

集英社文庫

瀬戸内寂聴の本

愛のまわりに

「愛は技術」——生まれながら誰もが持っている愛する才能は、磨かなければ！　恋愛に、結婚に、仕事に、自信をもって生きていくための45話。爽やかな人生応援歌。

寂聴　生きる知恵

法句経を読む

欲望の花を摘むのに／夢中になっている人を／死がさらっていく。わかりやすく語られた釈迦の詩句を通して、愛と欲、生と死、善と悪など、愛や生きることの豊かな知恵を学ぶ。

集英社文庫

瀬戸内寂聴の本

一筋の道

ひとり孤独な自分の道をゆく職人の姿の尊さ——。藍染師や三味線づくり、床山、幇間、講談師……。失われゆく日本の伝統工芸、専門芸を守り続ける名工、名人30人を探訪。二度と取材不可能な貴重なルポ。

寂庵浄福

祈り、仏像を彫り、田を耕し、愛した人の死をとむらい、巡礼の旅に出る……。移りゆく嵯峨野の四季の中で、出家後の日々と心安らかな浄福の境地を綴るエッセイ。改訂新版。

集英社文庫

瀬戸内寂聴の本

寂聴巡礼

幼い昔、春は巡礼の鈴の音が運んでくるものと思い込んでいた著者。出家後、白装束、金剛杖で西国三十三箇所を巡る。新鮮な命の炎を求めて歩く、祈りと出逢いの紀行。改訂新版。

晴美と寂聴のすべて 1

（一九二二〜一九七五年）

結婚、出産をし、幸せに過ごしていた晴美が夫と子供を置いて着の身着のまま家を出て、文学の道を歩み始める。得度するまでの女として作家としての生き方を年譜形式で振り返る。

瀬戸内寂聴の本

晴美と寂聴のすべて 2

（一九七六～一九九八年）

出家して寂聴となってから、『源氏物語』を完成させるまでの人生をたどる。人はどう生きるべきか。悩みはいかに解決したらよいのか。年齢をどう重ねていくのか、等のヒント満載。

わたしの源氏物語

源氏物語をかみくだいて現代風に置き換え、解説。「玉鬘シンデレラ物語」「朝帰りの夫の迎え方」など、寂聴節で今も昔も変わらぬ人間の心情に迫り、源氏物語を身近に感じさせる一冊。

集英社文庫

瀬戸内寂聴の本

寂聴源氏塾

光源氏のモデルは？　なぜ夕顔に惚れたのか？　紫の上に子供がいないわけは？　当時の恋愛とは？　等、『源氏物語』を読んで浮かぶ素朴な疑問に応えてくれる一冊。「源氏」がもっと面白くなる！

寂聴仏教塾

人はなぜ悩むのか。死後の世界とは？　現代社会に例をひき、わかりやすく語る寂聴節で、仏教をやさしく解説。仏教を通じ、人はいかに生きるべきか、幸せになるための知恵を伝授。

集英社文庫

S 集英社文庫

まだ もっと、もっと 晴美《はるみ》と寂聴《じゃくちょう》のすべて・続《ぞく》

2010年9月25日 第1刷 定価はカバーに表示してあります。

著 者 瀬戸内寂聴《せとうちじゃくちょう》
発行者 加藤 潤
発行所 株式会社 集英社
東京都千代田区一ツ橋2-5-10 〒101-8050
電話 03-3230-6095（編集）
03-3230-6393（販売）
03-3230-6080（読者係）
印 刷 大日本印刷株式会社
製 本 大日本印刷株式会社

フォーマットデザイン アリヤマデザインストア マークデザイン 居山浩二

ISBN978-4-08-746612-6 C0195